月食館の朝と夜

奇《き》蹟《せき》審問官アーサー

柄刀 一

講談社ノベルス
KODANSHA NOVELS

カバー・目次デザイン＝大岡喜直(next door design)
カバー写真＝©Inga Locmele/Shutterstock
©David Carillet/Shutterstock
©Ozerov Alexander/Shutterstock
ブックデザイン＝熊谷博人・釜津典之

目次

五十幡邸一階周辺略図

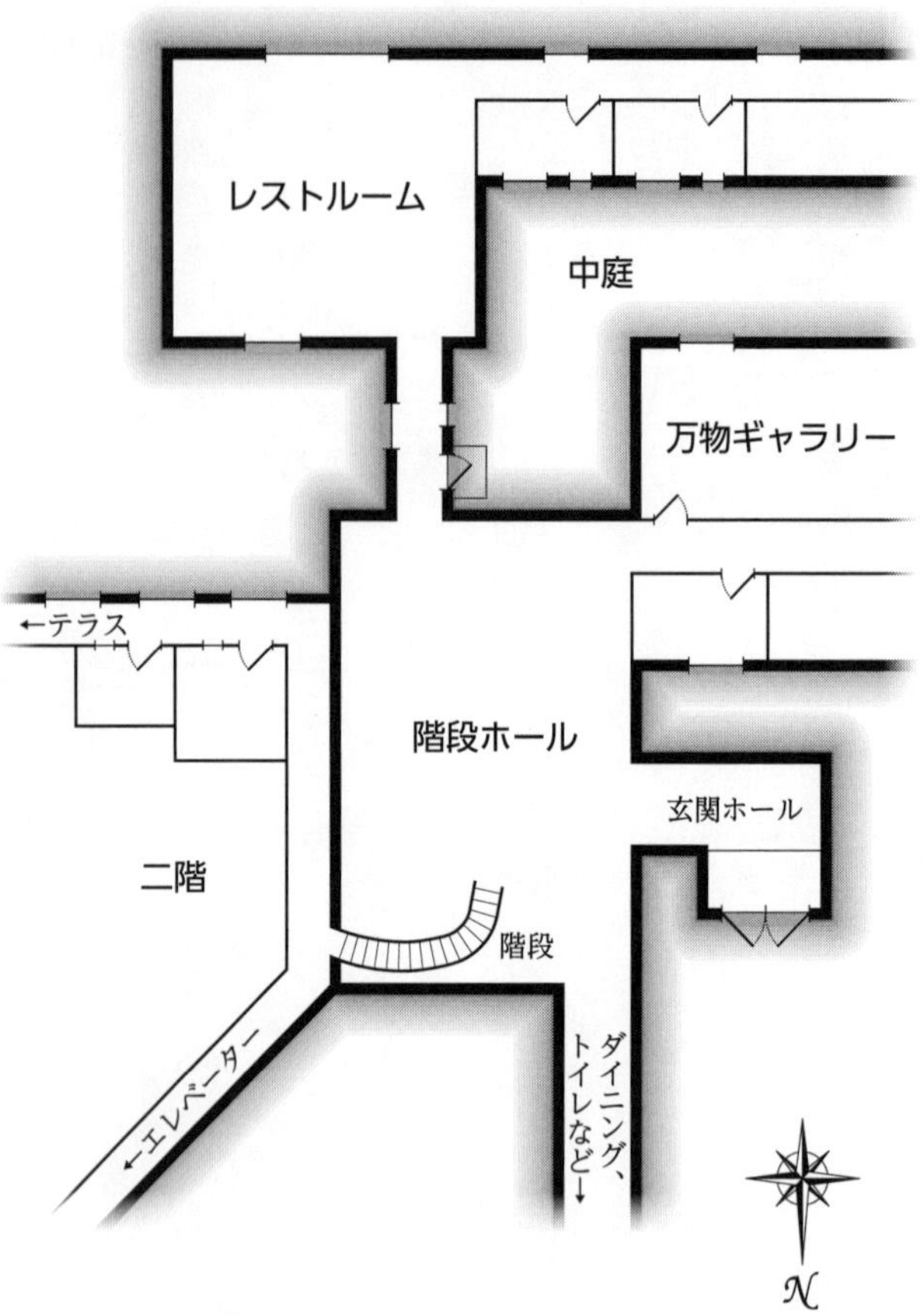

アーサー・クレメンス
甲斐《かい》・クレメンス
五十幡《いそはた》由比《ゆい》
遠國《おんごく》与一《よいち》
望月《もちづき》雪生《ゆきお》
久藤《くどう》央《ひろ》

この者たちは、館の大仕掛けはもちろんどのような細工の実態も知らなかったし、被害者の認識を除けば、誰も、事件の渦中、また捜査の進行を通してもそうした事実を知ることはなかった。事件が解決した後になってさえ――

I　月が欠ける時に種をまけ

1

十月も末にしては周囲の緑に力があり、目の前の三本の木は、アーサー・クレメンスを歓迎するかのように枝を広げていた。

「ええ」独り合点《ひとりがてん》するように、横に立つ日吉礼子《ひよしれいこ》が明るく声を出す。「梅の木なんです。春なんかそれはもう、とてもきれいですよ」

「梅、ですか」

「八重の、白い花なんです。名前は月宮殿というんです」

日本人の継母《けいぼ》や弟を持つアーサーも、頭の中で漢字に変換する間を必要とするかのように、

「月宮殿……」と呟《つぶや》いた。

そして、木を見あげていた視線をさらに高所へと向けた。左の、斜め上だ。

建物にすると四階分に相当しそうな高さの岩壁があり、そこに、四角柱の塔のような建造物が張りついている。背面を、岩の壁に埋めている格好だ。塔のほうが頭一つ高く、それは奥に向かって大きな部屋となっているらしい。窓があれば見晴らしはいいだろう。

「そうなんですの」また、自ら頷《うなず》く素振りを見せて日吉は面白そうに言う。「あの塔の上は〝月宮殿〟と呼ばれていいます。たまたまここに自生していた梅

のほうは、まさか同じ名前の建物がすぐそばに造られるなんて思ってもみなかったでしょうね」

「月といえば今夜は……」

「はい。その月が欠ける月食ですね」


邸内の人間は、全員、〝レストルーム〟と呼ばれる部屋に集まっていた。

南に面する広いガラス壁からは、山裾《やますそ》に蹲《うずくま》る地方の小都市が右手の方向に望める。季節の風物詩である雲海に囲まれることから、日本のマチュピチュや天空の城として知られる竹田《たけだ》城跡は近くにあり、向こうもこちらも、眼下に広がる景色は似ているといえるだろう。

〝レストルーム〟の一角には、木目調を活《い》かしたバーカウンターが設《しつら》えられており、その手前にはデッキチェア風の軽量のイスや小テーブルが並んでいる。部屋の中央を占めるのは、赤を基調にしたソファーなどで囲まれた応接セットだ。

画面でスケジュールを確認し終えた五十幡《いそはた》昭《あきら》はスマートフォンを仕舞い、辺りを見回してから、傍《かたわ》らに立っている弟に声をかけた。

「遠國《おんごく》はどこに行った？　部屋を出たか？」

「それを俺に訊《き》くのかい、兄さん？」

五十幡宗正《むねまさ》は五十の手前といった年齢。やや細身。坊主《ぼうず》頭で、色の薄いサングラスをかけ、白杖《はくじょう》を持っている。中学時代に眼病を悪化させ、以来視力を失った状態だ。

昭は弟よりわずかに背が高く、体型も中肉中背。腹は少し出てきている。カシミヤのジャケットを黒いシャツの上にさらりと着こなし、精力家と感じさせる肉の厚い顔をしているが、今は気持ちの高揚《こうよう》が表情をほぐして年齢より若く見せていた。

「でもまあ、判《わか》らなくはないよ」口元に浮かべた皮肉な笑みを、宗正は兄に向けた。「兄さんの場合、たばこの匂《にお》いだが――」

「俺はそんなに喫《す》わないだろう」

「彼のいる所、酒の匂いが絶えることはないからな。こそこそと触れ合う酒瓶《びん》とグラスの音も、俺の聴覚は拾える。飲み助《すけ》は、カウンターの内側に潜り込んでいるようだ」

昭が首を回すと、バーカウンターの陰《かげ》から肉付きのいい体がのっそりと起きあがり、締まりのない笑みが返されてきた。

「酒の匂いが絶えることはない、はひどいなぁ、正《まさ》さん。言いすぎやろ」

体型は肥満判定の一歩手前。それでも、チェック柄のスーツはボタンがきちんとはめられ、首元の印象は蝶《ちょう》ネクタイが引き締めている。もっとも、蝶ネクタイの趣味は青と黄色の混色という派手派手しいものだった。もともと赤ら顔なので、顔色からは酔っているのかどうかは判らない。

「私は地元への愛に満ちております！」酒の入った男は演説口調だ。「その郷土愛ゆえに、地場産業の発展に貢献しているのであります」

右手に握っているのは、地酒の、といっても全国的に有名な黒松剣菱《くろまつけんびし》の九百㎖瓶だ。

「それを買ったのは、お前さんじゃない」主《あるじ》の昭は軽くあしらう。「うちの日吉が用意したものじゃないか」

「日吉くんは消費しなかろう。残念なことだ」

「残念なのはお前だ。ひとの家にマイボトルをキープしているようなあつかましさを、なんとも思わないのだからな」

憎まれ口を叩《たた》き合う中年の男たちは暑苦しい空気を発散していたが、反して、彼らから離れて応接コーナーに座る二人は、初々しい雰囲気に包まれていた。

甲斐《かい》・クレメンスと、五十幡由比《ゆい》。高校一年の同級生だ。同じソファーに、少し距離をあけて座っている。

首も手首も細い甲斐は、まだ少年の体つきだ。着ているのは、陽で干したばかりのようなボタンダウン。少しカールしている癖《くせ》っ毛は、洗い立てでまだ乾いていない髪のようにも見える。

　話題は、英語の宿題から、「甲斐くんって、英語本当に得意そうだよね」と、語学力へと移っていた。「発音もそうだけど、通じる文章を作る勘がいい」

「まさに、勘だよ」軽やかな笑顔になる。「文法は苦手だ」

　白のブラウスにピンク色のカーディガンを着ている由比は、思春期まっただ中の慎重な情感と活発さとの両方を感じさせて、表情が豊かだ。ちょうど手の平におさまるくらいのヌイグルミを右手に載せている。かなりの時間を共に過ごしてきた相棒らしい。元は白かったのかもしれない色も、ちょっとくすんだアイボリーだ。毛並みも粗《あら》くなっている。それでも可愛《かわい》らしさは保《たも》たれていて、丸いハリネズミといった姿のそれは、目が大きくて愛らしい。

　持ち主の由比のほうは、前を向く大きな耳が特徴的で、人の話を一生懸命に聞く性格の象徴のようでもあった。

　頬《ほお》が少し上気している。

「勘って、才能のことだよね。いいなぁ。うらやましい」

「才能だとしたら、父親譲りなんじゃないかな。アーサー兄さんなんか、天才的だもの」

　甲斐とアーサーの母親が違うことは、由比も承知している。兄弟の年齢差は十歳ほどだろうか。

「アーサー兄さんは何ヶ国も飛び回るのに、会話にほとんど苦労しないからね」

「じゃあ、海外旅行行く時は、クレメンス兄弟がいると心強いね」

　光をちりばめたような視線が、甲斐の顔に注がれている。

「翻訳アプリがあれば充分じゃない？」

　甲斐は苦笑するが、由比は、「旅っていうのは、心が通じ合う者とするものよ」と唇《くちびる》を尖《とが》らせる。

旅を一緒にするという話が耳に入ったのか、五十嵐宗正が近寄って来て娘に言った。

「旅の同行者なら、そのペムでもいいんじゃないのか」

ペムというのはヌイグルミのことだ。

由比がそれを握ると、ペフッと音が鳴る。

「ペムは癒《い》やしの役には立つけど、頼りにはならないしょ。娘を路頭に迷わせたいの？」

家では始終持ち歩いているそうだが、さすがに学校に持ってくることはない。それでも甲斐の見るところ、似たようなマスコットの付いたストラップが通学用デイパックにぶらさがっている。

「クレメンスくん」宗正は、二人が座るソファーの背から話しかける格好だ。サングラスの奥の目は、正面に向けられている。「子供時代からずっと大事にしているのは感心するが、そのヌイグルミ、君から見て傷みすぎていないかね？」

「年季は感じますけど、う……ん、くたくたになるまで一緒にいてもいいんじゃないですか。まだまだキュートです」

ペフッ。

「ところでクレメンスくん」宗正の顔が、甲斐の耳元に近付いた。「君はクリスチャンではないんだね？」

「はい。洗礼は受けていません」

「なら、早めに洗礼を受けてもらいたいものだね。娘の近くにいる男は真面目《まじめ》なクリスチャンのほうが、父親としては少しは安心できる」

「やめてよパパ。マジ引くから」

甲斐もこれは、由比に同意しそうだった。抑揚《よくよう》低くゆっくり吐《は》き出《だ》されるその声は、冗談ごととは聞こえず、重く決定した深意を伝えられているとしか思えなかった。緊張する。

「キリスト教も仏教も、その人を信じられるかどうかには関係ないでしょ」

娘にそう言い返された宗正は、

「そうだなあ」と、兄である昭のほうに振り返った。「あんなクリスチャンもいるわけだし」

その直後、彼の耳が戸口のほうに巡らされた。

それから少し遅れて、皆の顔もそちらに向けられる。

足音が聞こえてきていた。

スリッパだからまだしも、これが底の硬い靴であればかつてのドイツ軍人が来場して来るのかと思えるほどの、きびきびとして威勢のいい足音である。

その足音の主、日吉礼子がまず姿を見せた。五十幡家のハウスキーパーで、年齢は四十代後半。痩身《そうしん》で首も細く、身につけている白いワンピースは、鶴《つる》のようと例えられることの多いルックスにまさにふさわしかった。尖った顎《あご》も、アイラインのくっきりとした目も、対面する相手にしっかりと向けられる。

「アーサー・クレメンス神父です」

どこか自慢して報告するような調子で彼女が告げたところで、当人が姿を現《あら》わした。

長身痩軀《そうく》。黒髪。彫りの深い顔立ちで、しかしイタリアや南欧的な血の熱さは感じさせにくく、その面差しを、ある者はケルト的な風情だろうと評したこともある。

背筋が立って姿勢がよく、立て襟、足首丈《たけ》の黒いキャソックを胸板が内側からプレスしているかのようだ。ケープと手荷物は、すでに日吉が預かって抱《かか》えている。

「ごわっ!?」という変な声をあげた由比は、甲斐に勢いよく囁《ささや》きかける。「お兄さん、激盛りのイケメンだね！　噂《うわさ》には聞いてたけど。ハンサムとして、神？　あっ、神父さんだから神だと混乱しちゃうか」興奮気味で、自身が混乱している。「やんごとない〜！」

ペフッとペムを鳴らして彼女は立ち、甲斐も自分が褒められたかのように表情をほぐして腰をあげていた。

遠國もバーカウンターの中から出て来ている。全員で、来客を囲む形だ。

「お邪魔いたします」

にこやかなアーサーの日本語の挨拶《あいさつ》をみなまで言わせず、五十幡昭がせわしなく進み出ている。

「ようこそ！　ようこそお見えになりました、クレメンス神父！」

両手で握ったアーサーの右手を上下に振る。

「本当によかったのですか？　田舎《いなか》のバスなどに揺られて」

「え？」

こうしたちょっとした勘違いや思い込みを、甲斐も度々見聞きしていた。ヴァチカンからやって来る司祭、それも奇蹟審問官などと知らされると、枢機《すうき》卿《きょう》でも迎えるような高ぶった気構えになってしまう人たちがいる。

でもそもそも、司祭たちは質素を旨としているはずだ。それに兄が、奇蹟の審問のために、世界の辺境や紛争地にも足をのばしていることを甲斐も少しは承知しているつもりだった。まともに動く車をやっと見つけられるような土地柄だ。粉塵《ふんじん》にまみれ、靴の底をすり減らし、飢えて渇く。そのような体験はどこでもしているだろう。

今日も、車で迎えに出るというのを断り、兄はバスに揺られて来た。折り返しの終点から七、八分歩くとこの五十幡邸である。

「停留所を間違える気づかいもありませんでしたので、行程はのんびりと楽しめました」

アーサーが微笑して応えるのに続けて、日吉が、

「バスをおりていらっしゃる瞬間に判りました」

と、大きく合点している。「外国の方だからとか、出《い》で立《た》ちだとか、そうしたことではありませんね。オーロラが違います」

オーラだろそれは、と、ほぼ全員が胸中で訂正していた。

彼女を〝天然〟だとする評価は、彼女自身以外の

みんなが認めていて、言い間違いや笑えるうっかりは日常的だった。

アーサーがふっとなにかに集中する顔になってから、口をひらく。

「これは……、この香りはお香でしょうか？」

「そうなんですのよ！」

日吉の顔は喜色に輝き、舌の滑《すべ》りがよくなる。

「三十分ほど前にお香を焚《た》きました。それはもう燃え尽きておりますが、その残り香が空気と一体になってお客様をお迎えいたします」

「素晴らしい。ほのかな……で、表現はよかったでしょうか？　ほんのわずかに漂うほのかな香り。飾り立てず、気持ちを込めた手間はかけながらも表《あら》われるものは控《ひか》えめ、日本的な美意識ですね」

「恐縮です」日吉の言葉つきは慎《つつ》ましやかだ。「そのようにお褒めいただくことを目指しておりますので、大変嬉《うれ》しく思います」

「日吉さんは、そのへんがなあ……」と、苦笑しながら遠國が呟いている。

足音といい、家政婦としての評価や適性には疑問符のつく日吉だが、すべてこみで愛されながら仕事を続けている。近しい身寄りはなく、五十幡の家に勤めて六年めだった。

自己紹介のような挨拶の言葉が飛《と》び交《か》い始める中、アーサーと甲斐は、互いの肩に手を置くように近寄り、「久しぶり」と、笑みを交わした。「お父さんはどうです？」「お母さんは元気？」と短くやり取りする。

「まあまあ」と、五十幡昭は応接セットに向けて腕を振る。「どうぞひとまず、腰を落ち着けてください」

お荷物はお部屋に運んでおきます、と、日吉は一礼して〝レストルーム〟を辞した。

2

肘《ひじ》掛《か》け椅子《いす》を主の昭が占め、テーブルを挟む両サイドのソファーに、宗正と由比の親子、アーサーと甲斐の兄弟が別れて座った。

遠國与一《よいち》は、バーカウンターの近くにあったイスを持って来て腰掛けている。

由比は、父親が杖を持っている右手とは反対側に座っていた。

甲斐はごく当然という様子で、兄のかなり近くにいて上気した笑顔だ。

「お若いとは伺っていましたが、声の感じですと、予想以上の若さに思えます」

五十幡宗正が聴覚での感想を口にし、アーサーは、若輩ですよ、と応じるが、昭は高揚の面持ちで身を乗り出す。

「この若さで一級審問調査官なのだから凄《すご》いのだよ。ヴァチカンの長い歴史の中でも初めてだろう。列聖省期待の逸材だ」

そして彼は、熱心に解説を始めた。

列聖省は教理信仰省の中にある。これが、奇蹟の審問にかかわる二つのセクション、教理部門と規律部門を統括している。奇蹟の審問は、故人である伝説的なカトリックの信仰者を、尊者、福者、聖者の三つに位置づけて称《たた》えるために行なわれる。

福者として認定して列することを列福。聖者として列することを列聖と呼ぶ。

殉教者はまた別であるが、それ以外の亡くなり方をした信者が聖者や福者に列せられる条件は、信仰者としての英雄的で模範的な生涯を証明された上で、福者に列せられるためには一つ、聖者に列せられるためには二つの奇蹟の顕現が必要とされている。

「奇蹟……。今でもクレメンス神父たちが活動なさっているということは、当然、この現代でも奇蹟かどうかが問われる出来事が起こっているということですな？」遠國の問いには、かすかな懐疑が滲《にじ》んでいる。酒のグラスは手放している右手が、蝶ネクタイをいじっていた。「奇蹟的なことって、そんなにありますか？　どのようなことが？」

「お気軽に、アーサーとお呼びください。クレメンスが二人いますしね。そうですね、調査対象としてイメージしやすいのは、血の涙を流すマリア像とか――」

「ああ、その手のはよく聞きますな」

「ですが、審問にかかわるもので種類が多いのは、実のところ医学的な現象なのです」

「医学的……」

「現代医学では治療不可能の難病を回復させた、となりますと、奇蹟の認定へ向けて動きます」

「なるほど」

しかし、〝現代医学〟というものも変化していく。まったく意外な進歩もする。だから、奇蹟認定には、何年どころか何十年もかけるのは普通だと、甲斐は聞いている。専門的に隙《すき》なく、多角的に、わずかな曇りも残さず慎重に吟味し尽くさなければならない。医学的なことだけではなく、どの傾向の奇蹟的な出来事も同様だ。

ヴァチカンが奇蹟を認定するために段階的に各種の委員会が設けられ、その席へこうした調査報告をあげるのが、アーサーたち、審問調査官だった。

「しかしクレメンス神父は、奇蹟的なミステリーとも遭遇するんだよ」

また、昭が前のめりになっている。カトリック信者として、アーサーとは呼べないようだ。

「オーストリアの雪山での、世界的なオペラ歌手の事件を耳に挟んでいますよ、クレメンス神父」

「おお、イザベラさんの」

「父が、マヨリカ焼きの名工、アンドレア・アドルノさんと懇意でした。そして、アドルノさんがイザベラさんから話を聞いていたのですよ」

名工というなら、昭と宗正の父も、日本を代表する陶芸家であった。惜しまれつつ、二年前に他界しているが。世界を放浪する漂泊の陶芸家で、号を萬《まん》生《じょう》。三年前、アーサーはイングランド中部のストラトフォードで彼と出会っている。この短時間の邂逅《かいこう》で、アーサーは萬生の芸術性に目をひらかされるほどの感銘を受けた。再会や、もっと深く知る機会を熱望し、それが今回の訪問に結びついている。

今もアーサーの目は、さりげなく、この部屋の各所に飾られている萬生の作品を味わっている。

「極寒の地」昭は思い入れいっぱいの語り口だ。「雪の上に記される足跡は、姿なき見えざる者が、一歩一歩踏みしめてつけていくかのようだ……。目撃した者は、天上人《てんじょうびと》の来訪を目の当たりにしたかのように神意に打たれ、震撼《しんかん》する」

遠國の表情は締まり、声も若干低くなっている。

「それは、調査せずにはいられまいな」

「それもクレメンス神父が解き明かした」

「残念ながら、奇蹟ではありませんでしたけれど」

聞き入っている由比は、この世ならぬ世界の話の連続に酩酊《めいてい》しているかのように目を輝かせ、頰を薄く染めている。

「一つ申し添えておきますと……」

アーサーは自ら思索するかのように語りだした。

「認定する、と言葉にしますと、規格に沿って理詰めの知識的判断をするとイメージしてしまう人もいるかもしれませんが、それとはまた違う感覚を私たちは持っています。神のなさることを知的判断だけでは測れませんので。どうしても現代人は、知性のみを真偽の基準にしてしまいますが」

「まあな……」他の者には聞こえないほど小さく、遠國が言っている。「神様《かみさん》のなさることを、人間の知恵で分析するっつうてもなあ」

「では」宗正が問いを発する。「なにを基準にするのです？」

「申し訳ありませんが、そこはなかなか明確には語れません」アーサーは柔らかな表情に謝罪の思いを込める。「デリケートすぎるので、審問官個々で違う答えがあるといえるほどですから。個人の中でも変わるかもしれません。また、基準というのも正確ではなく、メーターとでも言いましょうか、感覚的な傍証のようなものです。私の場合、真《しん》に奇蹟的な事象と出合った場合、心奥での決断を直観的にもたらす、大局的な霊性を感じるのではないかと思っています。抽象的ですみません。しかし、こうした時間も空間も一つとなって押し寄せるような抽象性と、人々の理性内で共通している絶対的合理である具象性の両方が、奇蹟の判断には必要なのかもしれません。奇蹟とは、現世で起きている幻のようなもの。数理的な知性や科学的妥当性だけでは包括できない。もちろん……」もう一度、微笑が加わる。

「皆さんの理解を得るための告知は、厳正で中立で揺るぎのない具体的広汎《こうはん》的言語《ロゴス》の理でお伝えする他ないわけですが」

「そうお聞きするとやはり」坊主頭を撫《な》でながら宗正が言った。「奇蹟というのは滅多《めった》に起きそうにないですな」

すでにトレーを抱えた日吉礼子が入室し、紅茶を配り始めていた。

「ヨーロッパのお客様なので、コーヒーより紅茶がよろしいかと思いまして」

彼女の、他意なき天然の押しつけがましさは、巧《たく》まずして場を和《なご》ませる。

「ですけど、クレメンス神父は今回、奇蹟かどうかを判定する調査のために来日なさったのではないですよね」

「はい」アーサーは、日吉に穏《おだ》やかな目を向けた。

「来年の、高山右近《たかやまうこん》の列福式のためのコーディネートに」

「大阪《おおさか》で行なわれるのでしたね？」と、宗正が訊く。

「そうです。大阪城ホールで。二月七日ですね」

それはすでに、教皇庁国務省によって正式に発表されている。日本のカトリック教会にとっては大変大きなニュースだ。

「あのぅ」と、由比が遠慮がちに言葉を挟む。「その人は列福されるのですね？　すると、奇蹟を一つ起こしたのですか？　さっきのお話ですと、そういうことに……」

「奇蹟とつながる条件が必要なのは、殉教者ではない故人の場合です。ただ、死に方だけを見ました場合、高山右近は殉教者なのかどうかという問題があり、その点、お嬢さんはいい点に着目しました」

アーサーに正面から応じられて、由比は火照《ほて》ったような顔で瞬《まばた》きを忘れている。

紅茶を味わったアーサーに、大変おいしいです、と一声かけられた日吉は満足げな笑みを咲かせて引きさがって行った。

この間に、宗正が、「高山右近は四百年ほど前のキリシタン大名だ」と、娘にレクチャーしていた。

「バテレン追放令などで、最終的には国外追放になる。秀吉《ひでよし》には一目置かれていたので、棄教すれば領地も安堵《あんど》すると言われたが、これを撥《は》ね除《の》けてすべてを失ったんだな。大名が流浪の身となった。毅然《きぜん》として信仰を守り続けたというわけだ」

その先の解説はアーサーが継いだ。

「様々な迫害の果てに、高山右近は家康《いえやす》の追放令によって国外に追われ、マニラに着きます。当時としては高齢だった六十三歳という年齢と、船旅による疲労、そして現地で熱病に罹《かか》ったりして、到着後わずか四十日ほどで没します」

気の毒そうな顔になった由比の口は、まあ、と動く。

「しかしこの亡くなり方ですと、殉教ではないですよね」

「病死とか、衰弱死とか……」と、由比。

「ええ、ですので当初、日本側が教皇庁に高山右近の列福を申請する時、殉教者であれば必要ないのですが、そうではないので、奇蹟の認定が必要な証聖者として請願したのです」

「ああ……」

「これはむずかしい。高山右近が奇蹟を為《な》したと明確に伝わっている伝承などありませんしね。あったとしても、どんなに時間をかけても審問の結果は出ないかもしれない。そこで日本側は、高山右近の死に方は殉教といえるだろうと、申請内容を変更したのです。殉教者かどうかを審問してほしい、と」

ほう、なるほど、と、大人たちも頷いている。

「教皇の意思の下《もと》、列聖省は、高山右近は殉教者だとの認定を下しました。自らの身を犠牲にして信徒たちを守り、迫害に追い立てられる過酷さの中でキリスト教の保護に命を削り、その果てに力尽きたのですからね」

紅茶で喉《のど》を潤《うるお》してから、アーサーは由比の問いへの答えをまとめた。

「確固とした強い帰依と奉仕の姿は、時代を超えて福音宣教の励《はげ》みとなり続けたと、死後の影響力も認められて彼は殉教者となり、列福へ至ります。申請内容を変更した、日本カトリック司教協議会の、列聖列福特別委員会が行なったファインプレーといえるでしょうね。もちろん、正式なる殉教者としての列福は、教皇が列福式において承認なさいます」

「教皇はお見えになるのでしょうか？」昭は、宗教的な至福を見るような、感に堪えないという目をしている。

「いえそこは、代理の列聖省長官が来られる予定です」

こうした大々的な行事の調整のためにヴァチカンから使節が送り込まれていて、アーサーはその一員だった。すでに駐日教皇大使らとの調整は終え、事前準備の舞台は大阪に移ろうとしている。

「基本的に、奇蹟というのは肯定的な概念ですよね」とアーサーは言う。「至高の至福事象だと思います。それを、列福や列聖によって皆さんが身近に感応できれば、赦《ゆる》しの神、救いの神を心からさらに受け入れ、今や未来への光明とするための縁《よすが》になるでしょう」

「キリスト教者にとって至福の体験でしょうな。それを式典にする大事なお仕事が、これから大阪でも待っているのですよね」昭の目は、興奮も半《なか》ば示して輝いている。「そのような使節団の俊英《しゅんえい》にお越しいただいて、誠に光栄です」

「私は、便利な通訳として混ざっているだけです」

「先ほどから謙遜《けんそん》がすぎますぞ」昭の声は高まる。「神学校時代からカリスマであったと聞いています。お父様のザカディアン・クレメンス氏も、神学者として世界を歩いている時から英雄扱いされるエピソードを幾つも持っておられた。カトリック信者となられてからは大司教にまでなられ、今は歴史的な神学校の総長を務めている。そうだよね、甲斐くん?」

「そうですけど、僕だけは、別にどこも優秀ではなく……」

「いやいや、そんなことはあるまい。若竹のようにのびていきそうな将来性を感じるよ」

「そうだよ、甲斐くん」由比も、ちょっと唇を尖らせるようにして言う。「お兄さんに負けてない、負けてない」

「無理しなくていいよ、五十幡さん」

ペフッ、と不満がちにペムが鳴るが、それも意に介さない甲斐が兄に向ける目には隠れもない敬愛の念がある。

「兄さんを、憧《あこが》れではなく目標にしようとは思ってるけど」

「いいね」昭は笑顔になる。「お兄さんのように、歴史的事業も支える存在になりたまえ」

「そのように大それたものを、私は支えてなどおりません」アーサーの瞳《ひとみ》はまつげの陰になる。「歴史的慶賀を進めるための一助でいられることは誇りですが、微力でして……」アーサーはそこで微笑《ほほえ》んだ。「今回、二日間の休みも簡単にいただけました」

「忙中閑《かん》あり、ですか」

　そう宗正が口にすると、

「ぼうちゅう……」アーサーは頭の中で日本語を探す様子になる。「かん……。ああ、閑《ひま》と書く閑ですね。この休みは、願い出た忙中の一時《ひととき》ですけれど」

「使節団の他の方々も、日本の観光旅行はしたいのでは？」

　と遠國に笑いながら言われ、アーサーは、

「実は、週末の、自由時間の取りやすいこの二、三日の間に、個人的な外出をしている者は多いです」と認めた。「それぞれ、お土産や土産話を期待しているのですよ。私は、姫路《ひめじ》城の内部やいろいろな角度からの写真をねだられました」

「もう行って来たの、兄さん？」

「行ったよ。姫路城の裏からの撮影ポイント、男《おとこ》山八幡宮《やまはちまんぐう》もね。天気もいいし、悪くない写真が撮れたはずだ」

　それからしばらくは観光を話題にした時間がすぎ、甲斐が地元自慢を始めたところで、アーサーは、

「この度は、私たち兄弟が顔を合わせる場にお屋敷《やしき》を使わせていただくような格好になり、申し訳ありません」と、五十幡昭に頭をさげた。「ありがとうございます」

「いやいや、なんの」昭は鷹揚《おうよう》に手を振る。「むしろこちらが強引に招いたのではないですか。かえってプライベートな時間を頂戴《ちょうだい》することになり、ご迷惑をおかけしています。クレメンス神父が、父の作品や生活を知りたがっておられるのをいいことに」

「この件に関しては……」アーサーは次に、宗正と由比の父子にも頭をさげた。「そちらにもお骨折りいただき、感謝しております。奇遇さに驚いてつい甘えてしまい、恐縮なのですが」

「大したことはしていません」宗正は冷静な面持ち

だ。「日程的に好運でしたね」

心引かれた陶芸家萬生が、義母と弟がいる地元の名士であったことはアーサーにとってもちょっとした驚きだった。この話題は兄弟の間で、メールや電話を通して何度かやり取りされていた。するとこの春、甲斐の同級生になった五十幡由比が、萬生の身内であることが判ったのだ。

同じサークルにも入った由比と話を交わすうちに、萬生の作品が管理されてもいる家へ招待してもらえる運びとなった。その日程は、肝心のアーサーが来日する時に合わせられた。

萬生こと五十幡典膳《てんぜん》の作業場であり住宅であったここは、作品の著作権と共に、長男である昭が相続した。五十幡家は元々、近隣の但馬《たじま》地方南部に不動産を多数所有する資産家で、現在、昭は、萬生作品の著作権管理者として事務所を構え、作品貸し出し、展示会運営、ライセンス保護なども忙しくこなしている。

次男宗正は、寮のあった大学生時代からこの家を出ている。今は不動産部門基幹団体の理事であり、妻と娘、親子三人で姫路市夢前町《ゆめさきちょう》に暮らしている。

「私たちが、実家であるここに快《こころよ》く迎えてもらえるのは、こんな時ぐらいなのですよ」愚痴《ぐち》をこぼすようにそう言う宗正の口調は、言葉の表向きよりずっと重く思わせぶりだった。「兄の月食観測会を多少にぎやかにできるゲストとして呼んでもらえるわけです。……アーサーさんは、今夜が月食であるのはご存じですか？」

「はい。皆既月食ですね」

「兄は天文好きなのですが、こと月食に関しては尋常ではないほど入れ込んでいます」

「特に、個人的な理由があるのですか？」と、アーサーが昭に訊く。

「きっかけになる大きな出来事があったわけではありません」

昭は、好みの話題なので表情がさらにほぐれていたが、しかし若干、聞き手の評価や反応がどのような方向に流れるのかを警戒する気配もあった。

「天体ショーとしてのスケールが、私は好きなのでしょうな。月食や日食は世界中で話題になり、一般の人々も楽しみにするではありませんか。国営放送でも報道され、天体観測所に人が押し寄せ、ツアーが組まれる。私のような月マニアにはなおさらたまりません。数年に一度しか起こらないのですよ。満月が欠けてゆく様は、神秘的といえば神秘的。そして、極めて稀有《けう》な現象なのです。あらゆる手を尽くして楽しみたい」

「そう」宗正の声は、熱を帯びた兄の声とは逆に、温度がさがる。「楽しみたいのです、自分が。ですから、観測会といっても、同好の士を集めるわけではないし、我々を〝月宮殿〟に招くこともしない」

「〝月宮殿〟というのは、展望台のようなものですね」アーサーは言った。「日吉さんにお聞きしました」

「ええ。いずれにしろ私には無縁の場所ですが、高性能の天体望遠鏡を由比たちに覗《のぞ》かせるわけでもない」

急ぎ気味に、由比が言葉を挟んだ。「私が今日泊まる部屋には、天体望遠鏡が用意されていますけど」

遠國もここで、会話に加わる。彼の場合、あくまでも表面的には屈託がない。

「私も、月食観測日には歓待されるんですわ。アーサーさん、天文ショーを期待する人たちが最も恐れるのはなんだと思います？　こうなったら本当にがっかりしますよ」

「天文で……」二、三秒してアーサーは、小さく微笑んで答えた。「もしかして、曇ること？　天気が悪かったらどうしようもありませんよね」

「そうなんです！　昭も、それは絶対に回避したいわけなんです。それで私が呼ばれとるんですよ。無類の晴れ男なものですから」

「晴れ男……。外出時に好天に恵まれる人のことですね？」

「さよう。私は出張に行って雨に降られたことがありません。運動会やキャンプなどの行事でも、いつも喜ばれます」

宗正が横から言った。「晴れ男や雨男が神通力の為せる業《わざ》なら、アーサーさんの奇蹟審問の対象だったろうけどな」

確かに、と軽い笑いが広がる中、遠國は、

「偶然の産物でも確率が際立って高ければ、あやかりたくもなるでしょう」と陽気に先を進める。「神頼みと言ってもいい。それが必要な心境なのですよ、この夜の五十幡昭はね。晴れ男にそばにいてほしいのです」

「効果はあるようですね」と、アーサーは言う。「天気はいいし、悪くなる予報も出ていない」

「晴れ男効果は上々です」遠國は自ら認める。「といっても、その験担《げんかつ》ぎだけではなく、私が呼ばれることには実務的な理由ももちろんあるのです」

「それは？」

「私の店は、光学機器専門店でしてね。〝月宮殿〟に備えつけた大型の天体望遠鏡は、うちが仲介して取り寄せた物なのです」

「どれぐらい大きいのですか？」と甲斐が訊いた。

「口径は十センチだが、撮影機能との相性がいい。五十万ほどするよ。写真の大型現像機もうちがおさめたもので、定期的にアップデートしている。でも、これらが肝心の時に不調になったら目も当てられないだろう。それで、手早く専門的に修復できる私を待機させたいのだね。このタイミングで急に故障など、するはずもないんだが」

「万全を期さなければ、後悔してもし切れないだろうが」昭のこの時の口調は、かなり真剣なものだった。

「明日がまた大変なのですよ」宗正が、主にアーサーに向けて説明する。「撮影した月食写真のお披露目やら、感想の自己満足的おしゃべりに強制的に付き合わされましてね。その役目で、我々は集められているのです。女房はさっさと、友人たちとの旅行の日程をうまいこと入れて、この苦行から逃れましたけどね」

「わたしはこの家に来るの、好きです」そう言う由比の表情は晴れやかだ。「自然も味わえるし」

「今回は特に楽しみにしていたな」宗正はからかう様子を見せた。「甲斐くんと一緒に、サークルの課題をこなすという名目がある」

　すかさず由比は、父親を甘くにらみつけた。

「課題って、コラージュ用の写真ネタ集めなんですよ」と甲斐が説明する。

　彼と由比が所属しているのは〝アプリ開発&フォトサークル〟。

　活動内容は主に、撮影素材をユニークに加工するアプリをプログラミングしてみようというもの。今回は、面白いコラージュはどうすれば作れるかを探ろうというのがサークルのテーマだ。

「風景写真も撮れましたし、このお宅でしたら、高級感溢《あふ》れる家具や内装も写真パーツにできます。他にはない採集ができましたよ」甲斐は満足そうに、由比と視線を交わす。「まだ撮らせていただきますけどね。萬生さんの作品の中にも、参考にさせていただきたいものがあるんです」

　本来ならば今日は、アーサーは甲斐と神戸旧居留地巡りなどをする予定だったが、そこに五十幡家を来訪できる好機が重なった。昭は、夜までの歓待どころか、月食の時を挟んで翌朝までの滞在をアーサー・クレメンス神父に期待したが、それでは彼が弟と過ごす時間を奪ってしまうとの遠慮と懸念を懐《いだ》いた。ここで、五十幡由比のちょっとした提案が活きる。甲斐くんも招待したらどう？　というものだ。

　これならば、ゆっくりと一泊できて、兄弟は水入らずの時間を過ごせるだろう。甲斐は甲斐で、滅多に入れない豪邸の中を被写体にできる。この段取りが全員に了承され、今日を迎えていた。

明日は、アーサーは甲斐の家へ向かい、義母も交えて過ごす予定だ。

「兄さん」甲斐は、兄がそろそろ言いだしたいのではないかと思えることを口にした。「萬生さんの作品、見せてもらう？」

一同は、〝レストルーム〟の南西の一角に移動した。

そこに、萬生の作品が飾られている。室内には他にも二、三点、萬生作品が置かれているが、ここの一品には展示品であるかのようなあしらいが加えてあった。

男たちのウエストほどの高さがある展示台の上に陶器の碗《わん》は置かれ、その後ろには屏風《びょうぶ》のミニチュアが立てられている。

碗は肉厚で、土色。上部に黒い釉薬《ゆうやく》が流れている。形は、いびつと言えばいびつ、整えるという観点からは解放されているような、大らかな闊達《かったつ》さがあった。小さなプレートに、〝無風〟という銘が記されている。

「萬生さんは風のように渡り歩いておられましたが、風さえも形と捉《とら》え、もっと無形の、無窮なるものにたどり着こうとしていたのかもしれませんね」

アーサーは改めてそれを感じた。

彼が萬生の作品に最初に触れたのは、陶器ではなかった。作品と呼ぶべきでもないのだろう。

イングランドの田舎町《いなかまち》で、審問調査の聞き取りに立ち寄った家でのことだった。極めて慎ましやかに暮らしている老夫婦の家庭だったが、その器の荒削りなまでの質素さは群を抜いていた。しかし奇異さがあるのではなく、実に自然にそこにあった。白木から削り出したような、小さなサラダボール。

木のこぶのような形がそのまま活かされ、そこに指をかけた夫人は「わたしの指に、あつらえたようにぴったりなんです」と、少し不思議そうに微笑した。

その器は、もう長らくこの家で使われてきたかのように食卓の風景に馴染《なじ》んでいた。

夫のほうは、メガネスタンドを作ってもらっていた。これも、元の木片の形を損《そこ》なわない佇《たたず》まいで、言ってしまえば、載せられたメガネの安定感には欠けている。でもだからこそ、メガネは時にうつむくような角度になり、時には上を向く。そこに表情があった。

これらは代金を払ったものではないという。ふらりとやって来て滞在している日本の老陶芸家が、世話になっている礼にと、鑿《のみ》を片手に倒木から一気呵成《いっきかせい》に削り出した物なのだ。

外を歩いていたアーサーは、もう一人、同じような村人に出会った。その老人は杖を突いていたが、その杖は枯れ枝だった。しかし木質は堅牢《けんろう》で、杖として問題なく役に立つ丈夫さだった。

今までの杖が折れてしまって難儀していた時に、例の日本人の陶芸家が、見つけて来てくれて簡単に手を加えたという。それで実用的な杖になった。持ち手のところは、彼にとって実に握りやすい形状だった。森や山の中に無数にある枯れ枝の中からどうやってこれを見つけ出したのか、と、老人は首をひねっていた。

その男萬生と、アーサーは顔を合わせることができた。

八十歳見当の、腹部には肉付きがあるが全体的にはやせた印象の男だった。作務衣《さむえ》に似た服装。短い半白の髪で、丸いメガネをかけ、細い顔の中で頬だけが目立つ肉の膨《ふく》らみは、ぐっとなにかを噛《か》み締《し》め続けるための筋肉のようでもあった。その指は、土を耕してきたばかりの鋤《すき》であり、節くれだった古木であり、鋼《はがね》の意志を持つ触角だった。

林の小径《こみち》で、古びた小さな居酒屋《パブ》で、アーサーは彼から話を聞いた。朴訥《ぼくとつ》に話す人物だった。

「作風に大きな影響を与えたのは、レプリカを作るある仏師の言葉だったとおっしゃってましたね」アーサーは思い出を口にした。「仏様に魂を入れるのは、徳の高い僧侶《そうりょ》の役目であるから、自分はそこになにもこめない、という名工の言葉。萬生さんも、己を消す境地で創造をしたかった。自分が作り出した物の価値は、見る者、使う者がこめていく」

アーサーはここで、萬生と出会った時の、求めの中で自然に生まれたかのような木彫のエピソードを伝えた。

「そういうところはありましたなぁ」遠國は記憶を呼び覚ます口調だ。「ごく普通にそこにあって、なお、美を見いだせる作品を目指し始めた」

「受け取る側の生活に根ざした美でもいい」

アーサーの言葉の後、目の前にある器に昭が揃《そろ》えた指先を向けた。

「クレメンス神父。よろしかったら、どうぞお手に取ってください」

「よろしいですか……」

アーサーは、そっと両手で持ちあげた。

大きく思えていたが、手の中にしっくりとおさまった。しかし器の中を覗くと、手の中にあるとは思えない大きさと広がりを感じる。内側は黒い。その中で、風に渦を巻かせてみたい。そんな、衝動とも連想とも思えるイメージが浮かぶ。

「無風……ですか」

古代からある酒器のような風合いがありますが、この中に風を捕まえて飲み干したいですね、と感想も述べてから、アーサーは問いかけた。

「この銘は、萬生さんが付けたのですか？」

「いえ、実はそうではありません」昭が、頬を掻《か》きながら言う。

「後半生は特に、萬生さんは銘を付けないことが多かったですものね」

「ええ。ですが、代表作になりそうな物、広めたい物には銘があったほうがいいでしょう。こちらから父に、打診しました。その作も、〝無風〟でいいよな、と声かけして拒絶する素振りをしなかったので、そのように命名したのです」

「無風、というのは、十年ほど前から三、四年間の、萬生さんのメインテーマでしたよね」

「そのとおりです、クレメンス神父」相手の基礎知識に満足し、喜ぶように昭は言った。「それはその頃、七年前の作品になります。一時期を代表するテーマですから、他にも、〝無風の野〟や、〝掌中《しょうちゅう》無風〟など、銘のバリエーションはありますね」

〝無風〟を元の場所に戻したアーサーは、改めて、後ろのミニチュア屏風を見つめた。二曲一双《にきょくいっそう》。書物をひらいて立てている格好だ。

「〝風神雷神図《ふうじんらいじんず》〟ですね。宗達《そうたつ》ですか？」

「いかにも」昭は頷く。「俵屋《たわらや》宗達の〝風神雷神図〟です」

「粋《いき》ですね。そして、深い」アーサーは感嘆の声になる。「雷神と風神の間にある、広い空間。ここに、研究家や鑑賞者は様々な意味を見いだすのでしょうが、第一歩として風が舞っていると見るのは自然かと思います。どうなのでしょう？」

「そのとおりでしょうな」と遠國は同意し、昭も、

「基本的にはそれで充分でしょう」と疑問に答える。

「すると、雷と風の神の間で生み出された風が吹き出して来る前方、空間に、〝無風〟の器があるわけですね」

「おっしゃるとおりです、クレメンス神父」昭はまた、満足の面持ちだ。「雷雨や風が打ち寄せてくる中での、その器。そのようなステージを踏まえた上で、いろいろな鑑賞をして楽しんでもらえればいい」

「無風であり続けるのか、風を吸い込むのか……」

「もう一種類、これも俵屋宗達の〝蔦《つた》の細道図屏風〟を背景に置くこともあるのですよ」

「〝蔦の細道図屏風〟ですか。後で調べてみます。……この屏風とこの陶器の関連ですと、〝無〟についても考えさせられますね。日本の感性では、直接

の描写から除かれた部分、余白、そうしたものに、創造と想像の両方を刺激されることが多いのですよね？」

大人たち三人は、それぞれに首肯した。

「短歌や俳句だってそうでしょうな」遠國はそこも指摘する。「短い言葉で語られている内容の、その周辺といいますか、描き出していない情景にこそ、作品の世界が広がる。行間どころの騒ぎではないですな」

「絵画の歴史においては、手本となった中国の水墨画からしてそうでしょう」昭は言う。「山水画などに典型を見いだせますかな。景観描写は遠く霞《かす》み、空気の奥行きを映し出して、そこにこそ幽暗が表わされる。日本画でも、静かに佇む空白の中に、見る側は自分の永遠を問いかけるのです」

アーサーは何度も頷き、

「そうした感覚的な理解が、西洋の人間は苦手ですね。空白のデザイン的な美は判ります。しかし、そこにどれほど深い情緒的意味が落とし込まれているかという受け取り方まではしっかりとできない。空白を通して、描いた側と鑑賞者側とで世界観の押し引きをすることが得手ではないのです。空白は埋めるものと考えてしまう」

遠國がここで興味深そうに目を窄《すぼ》め、

「ところでアーサーさんは……」と訊いた。「絵画の余白に東洋的な美を感じ取れるほうですか？」

微笑んでから、アーサーは、

「自分では感じ取れるほうだと思っています。でもそれを、萬生さんとの対話で膨らませてもらったと感じました」

そう応じて、懐かしい貴重な思い出の鮮度を新たにしたかのように、目の光をいっそう和らげる。

「萬生さんはおっしゃってました。絵画などの意図的空白や、対人関係における間の取り方を、西洋人は〝己《おのれ》〟で埋めようとしすぎる、と。そうした余白は、他者を招き、存在させるための空間なのだとも知ってほしい、と。そうそう、無名ということに関してては、こうおっしゃってました。誰が作ったかなどということは関係ない、人の心の役に立てばいい、と。手法、技術で自分を新たにすることには妥協したくないが、でも、技術を誇るような美術品とは対極の場所に在りたいと考えておられるようでした」

アーサーは、やや微妙に微笑んだ。

「阿呆《あほう》になる、と萬生さんは言っていました」

それから彼は、周囲に慎重に問いかけた。

「阿呆というのは、公然と使っても問題ない言葉でしょうか？　語感が悪すぎる？」

「なんのなんの、大丈夫！　かまいませんて」と白い歯を見せる遠國は、腹も揺する勢いで手を左右に振り回した。「特に関西では。ニュアンスも伝わります」

「まあ、萬生さんはそうおっしゃってましたね。人に笑われてもかまわない。裸の幼児のような、剝《む》き出《だ》しの自分になって陶器用の土とひたすら戯《たわむ》れる。社会にとって無用となる。日本には、自ら画狂と名乗った天才的な絵師もいましたね。西洋ではこうした指針も持ちにくいですが……。萬生さんは、今よりもっと滑稽《こっけい》に狂いたい、と口にされていました」

「しかし……」小さく一言、宗正は言葉を飛ばした。杖で床を打つと、声量を普通に戻す。「阿呆として気ままに振る舞う男の身近にいる者にとってはたまったものではない。そうした経験も多いですよ。俗人にとっては、無責任で迷惑な行動ばかりが目につく。子供にとってはなおさらで、私など――」

自制したように、宗正はそこで言葉を切った。

綻《ほころ》びた場の空気を繕《つくろ》うように、目を見開き加減にして遠國が質問を発した。

「アーサーさんはどれぐらいの時間、今みたいなことを萬生さんと話されたのです？」

「二時間ほどでしょうか」

今度は間違いなく、遠國は目を丸くする。

「そんな短時間で、そこまでの内容を……!?」

「夢中で聞き出してしまいましたかねぇ」

甲斐は思った。調査や知り合うことの基本は、相手の話をよく聞くことだ、と兄は日頃から言っていた。アーサー・クレメンスは、聞き出すことの達人なのかもしれない。

改めてミニチュアの屏風絵を見つめながらアーサーが、独り言《ひとりごと》めいて呟いていた。

「こちらに問いかける無……か。無限のものが描き込めて……、虚空ではないけれど吸い込まれそうで……。この場合……、見る側が豊かでなければ、空白に飲み込まれるでしょうね」

誰かが飲み込まれるのを避けるかのように、アーサーは〝無風〟陳列台の二メートルほど左側の壁面に目を移していた。

写真パネルが掛けられている。

半分欠けた月が写されているそのパネルの前に、アーサーの移動につれて他の者も位置を変えた。由比が、父親の立つ位置をそっと移す。

「月食ですか?」

「はい」昭は胸を張る。「私が撮影しました。前回の月食です。二年前の夏ですね」

「素晴らしいタイミングの一枚だ」

月の前を、一機の中型機が横切っているのだ。右から左へと飛んでいる。飛行機のそのシルエットは故意にブレが生じさせられ、高速感が出ており、その勢いで月を切り裂くかのようだ。

「飛行機といえば……」アーサーの声が翳《かげ》りを帯びる。「萬生さんの亡くなり方は……」

二年前の春浅い頃、五十幡典膳は他界した。死期を悟ったのか、故国日本へ帰る途上だった。旅客機の中、上空、日本の領空に入った頃に命《めい》を落としたという。

「浮世からも浮いていたあの人らしい死ではありますが、それはともかくアーサーさん」遠國は、これから語ることを楽しんでいる気配だった。「この近くに、航空機の航路はないんですよ」

「えっ？」アーサーは写真の機影に目をやる。「すると……？」

「合成ではありません。本物の飛行機が飛んでいます。飛ばしたんですよ、この昭が。わざわざチャーターしてね」

「ほう」

甲斐も驚いた。どれだけお金がかかったのか。

「こういう一枚が撮りたくて、とんでもない手間ひまをかけたんです。阿呆でしょう！」

「阿呆か」宗正が笑う。「あの父の息子ってことだな」

「いやいや、一つの、美への執念だろう」昭は多少弁解口調だが、自信ありげでもあった。「そう。それに空白だよ。欠けるはずのない望月《もちづき》が、夜空の闇《やみ》に呑《の》み込《こ》まれて天の余白となる様に、森羅万象の無常を感じて私は惹《ひ》かれている」

「今思いついたことだろう！」

遠國が笑って突っ込みを入れ、昭も笑い声をあげる。

「まあ私も」と、遠國は自嘲《じちょう》を追加する。「チャーター機の高度やら距離やら角度やら、念入りに計算して協力しましたがね」

「今回の月食でも、なにかイベントを計画しているのですか？」

「いえ、クレメンス神父。今夜は観測と通常の撮影のみで」

「私たちがお邪魔したので、気が散って集中できないのでは？」

「そのようなお気づかいは、どうかご無用に、クレメンス神父。……では、こちらの下心をお伝えさせていただきましょう。実はお願いがありましてね」

「はい、なんでしょう？」

「明日、私が今夜撮影する月食の写真をクレメンス神父に見ていただいて、どれか一枚にタイトルを付けてもらいたいのですよ。インスピレーションを得た一枚でよろしいですから」

「作品のタイトルですね」

昭は恐縮し、説明を急ぐ口調だ。「クレメンス神父のお名前を出したりはしません。自己満足です。付けていただければ記念になり、光栄ですからね」

「かまいませんが……」

「クレメンス神父は世界中歩いておられますから、国や民族によって違う月の見方や伝承などもご存じかもしれませんし」

「ご期待が高いと困りますが、まあ、やらせていただきましょう」

アーサーの笑みで昭もほっとした顔になり、場の空気も和む。

ここで甲斐がスマホを取り出し、由比に画面を見せた。

「コラージュにも、余白や空白って、あっていいんじゃない？　デザイン化すれば新しい格好良さにもなるかも」

「書き込みスペースにもなるしね。うん、いいよ」

それから甲斐は思いついた顔になる。

「ねえ兄さん、二人の写真撮ってもらおうよ」

「え？」

「ほらほら」と、甲斐はアーサーの横に並ぶ。「五十幡さん、撮ってくれる？」

「はいはい」と、由比はペムをポケットに入れてからスマホを受け取った。

二枚の写真が撮られ、その続きのようにして由比と昭がなにか言いたそうにしているところへ、元気のいい足音と共に日吉礼子が現われた。

「いかがでしょう、クレメンス神父。一度お部屋へご案内いたしましょうか？」

それがいいという空気が醸成され、宗正も、「私もちょっと休ませてもらうよ」と口にした。

ゆっくりと歩を運ぶ彼の横に、由比が寄りそう。

この家で彼女に会ってすぐ、甲斐は彼女がペムを常に身近に置いている理由を理解していた。盲目の父親に、自分の居所を無言でも正確に伝えるためだ。

3

築六十年にはなる五十幡邸の中でもこの一角は、最も古いまま保たれている場所だという。そして、最新の改築箇所と隣接してもいる。

クレメンス兄弟と、日吉礼子、五十幡昭の四人がいるのは階段ホールだった。三方向から廊下が集まっている広い空間だが、それよりももっと高さの印象が強い吹き抜けである。

構造的に窓は少なく、仄暗《ほのぐら》いが、それが落ち着きのある古色をこの空間に与えていた。

二階へとあがる階段は玄関を背にした場合左側の壁にあって、緩《ゆる》くカーブを描いている。

左右にのびる二階の廊下は正面の頭上にあり、そこを五十幡昭が指差した。

「右端《みぎはし》で奥へ向かう廊下のすぐ先に、クレメンス神父のお部屋を用意させていただきました。弟さんの部屋へはもうご案内していますが、その隣室です。いつもほとんど利用しない区画の小さな部屋で、心苦しいのですが……」

「とんでもない、お心づかいだけで充分です」

「廊下の突き当たりには外へ出るドアもあり、そこにはテラスがありますので、月食を見るには最適かと」

「真夜中ですから寒いですよ」と日吉が注意を促《うなが》す。「夜になりましたら、スチーム暖房を入れますけれど、古い暖房装置ですから過信して寝冷えしませんように」

二階を見あげる彼らの背後が、正面玄関へとつながる。左手でサイドにのびる廊下の先は、リビング、ダイニング、調理場、浴場、トイレなどだ。右側の壁の奥に位置する、右手へのびる通路は渡り廊下のようになっていて、〝レストルーム〟へとつながる。

　壁の曲面なりに右へと弧を描く木製の曲がり階段に、日吉は目をやった。

「ご覧のように細くて急で、少しすり減ってもいますから、のぼりおりには気をつけてくださいね」

　二階の廊下を左へ行くと、〝月宮殿〟へあがるエレベーターがあるのです、と説明する昭から、クレメンス兄弟は、この一角の改築にまつわる事情も聞かされた。

　萬生こと五十幡典膳が存命であった頃、玄関の外、母屋を左に回り込んだ場所に工房があり、そこから背後の岩壁沿いに階段室が展望部屋へとつながっていた。この階段室は、細かく折れ曲がる階段を垂直な壁面で囲むという構造だ。各所に展示棚が設けられ、萬生の陶器が飾られていた。

　展望部屋は、萬生が気分転換をし、発想を練り、思索を深める場であった。

　彼の死後、昭はすぐにこれらの構造部分の改築に取りかかった。天文マニアである彼にとって、展望部屋は天文観測所にしか思えず、ずっと目をつけていたのだ。

　まず工房だが、これは萬生の作業風景を伝える展示場となった。それに伴い、工房と階段室は分離され、行き来はできなくなる。

　そして階段室は構造を強化しつつ、エレベーター室へと造り替えられた。

　展望部屋は〝月宮殿〟となり、昭にとっての聖域で、滅多に人も入れないという。

　階段室に陳列されていた作品はほとんど、相続税における物納に回された。

「工房跡や窯場は、後でご案内しましょう」

と、昭はアーサーに鷹揚な笑みを向ける。

　邸内には〝万物ギャラリー〟と名付けられた収蔵室も兼ねる部屋があるが、そちらは、夜になってから訪れる来客と一緒にご案内する、とのことだった。

「さ、クレメンス神父。お部屋にご案内しましょう」

と日吉が階段に足を進め、アーサーと甲斐が続いた。

4

面々がダイニングで顔を合わせていた午後のお茶の時間は、遠國与一が隠し部屋だとか秘蔵されている宝だとかを口にするまでは、実に和やかなものだった。

時々長時間スマートフォンの画面を見ていたアーサーは、由比に、どんなものを見ているんですか？と訊かれ、日本語の勉強です、と答えた。

今回の招きにあたり、美術や陶芸に関する専門用語はなるべく頭に入れるようにした。日常の言葉でも、新しい言い回しが一般化している例はいくらでもある。外来語、和製英語、略語、若者言葉などを理解していないと会話にならない場合も少なくない。

先ほどもこんなことがありました、とアーサーは体験を披露した。

〝レストルーム〟の南向きの、足下までが一面ガラスである、窓であり壁である場所から景色を見渡していた時だ。遠くの山まで連なる風景は、足下に広がっている。眼下数十メートルに大きな川が流れ、右手へと流れてゆく。この季節、早朝には大量の川霧が発生し、それがこの一帯を広大に覆《おお》う雲海になることも珍しくない。

手前の岸には、十本ほどの月宮殿の木が生《は》えている。

そのような説明を受けながら景色を観賞していた時、脇のほうで由比が甲斐に話していた。

「今日、オールで来たんだから」

彼女のその言葉を耳にした時、「一瞬、彼女は川を利用して船で来たのか、と思ってしまったのですよ」とアーサーは打ち明けた。

ああっ、と、日本人一同は理解の面持ちで頭部を上下に揺する。

「徹夜の意味なんですね。アクセントが違うとは思ったのですが」

そうした話題のすぐ後だ。

コーヒーのお代わりを注いで回っている日吉が、甲斐に尋《たず》ねられて「いつもは通いなんですよ」と自分の勤務形態を答え、

「でも、こうした月食の夜は別なんです。お客様の接待が夜遅くまで続くのですから、わたしも泊まりにさせられます。今夜の月食は真夜中ですから、主もさすがに皆さんになにも強制しませんが、前回は八時半頃でしたから、みんなも飛行機を肉眼や望遠鏡で捉えろと押しつけたり、月食での月見イベントに参加させたりと、こちらとしてもなにかとお世話しなければならないことが目白押しになるのです」

澄ました顔をしている昭を見やりながら由比が、

「今夜は寝ていていいのでしょう、日吉さん?」

と、訊く。

「はい。ですが主はそれこそ徹夜で写真を現像したりするでしょうから、どうなりますか。携帯電話で叩《たた》き起《お》こされないことを願います」にこにこと苦笑している。「本当に、ストライクでも起こしたいところですわ」

「そりゃあ、ストライキだろ、日吉さん」遠國が笑いをこらえて言った。「いつもなら聞き流して済ますが、アーサーさんに間違った言葉づかいを覚えさせるわけにはいかんからな」

「あらあら、クレメンス神父さんがいらっしゃると皆さんもなにかと気をつかいますね」

いや、もっぱらあんたが元凶だ、とほとんどの者が胸中で突っ込んだ。

あなたもここにいさせてもらいなさい、と昭と宗正兄弟に誘われ、日吉も同席することになった。そ

れから程なく、自然にグループ分けされるようにして話が盛りあがる場が二、三できた。

由比は、甲斐が向けるスマホ画面を覗き込み、コラージュアプリの案を話しながら撮影した写真を見ている。萬生の作品以外は、基本的になんでも撮影OKだった。

そのうち、兄弟二人で写った画面が出てきて、由比の思いがついこぼれる。

「甲斐くん、今日会った誰の時よりも、お兄さんとの時が何倍も嬉しそうだったね」

「それはそうだよ、一年半ぶりだし。……私服の五十幡さんと会った時は照れくさいような感じはあって……、まあ嬉しかったけど、毎日会ってるしね。会えるし」

無関心を装いつつ聞き耳を立てていた日吉は、いけませんねえ甲斐さん、と首を振る。正直すぎます。そこは嘘《うそ》でも、女の子の気持ちをくすぐらなければ。

野暮にも負けず、由比は話を明るく進め、自分のスマホ画面も呼び出してフリックする。

「今日の月齢を見てたら、二十八宿《にじゅうはっしゅく》っていうの出てきた。甲斐くん、今日は、婚姻、開店、種まきには吉だって。他は凶」

これには、アーサーを独占していた昭がすぐに食いついた。

「種まきか。月は天空の園芸家って言われているからな」と隣の姪《めい》に体を向ける。「時間と水を支配するのが月だ。だから植物も支配する。ブラジルのある部族は月を草の母だと見ているし、そんな例はたくさんある。古代の中国では、月の表面は生い茂った草で覆われていると信じられていたんだ。今でも世界のいたる所で、新月に種まきが行なわれているよ」

「へえ」由比が感心する。

「フランスのブルターニュ地方には、〝赤い月の霜は植物の芽を枯らす〟ということわざがあって、農家は春先の赤い月を恐れるんだ。これはもちろん赤い月の魔力ではなく、雲もなく晴れ渡りすぎると早朝の気温がさがって霜を招くという自然観測的な知恵だよな。日本だって同じく観天望気の知恵があり、そうして暦《こよみ》にも活きている」

「そうなんだ。現実的意味があったのか」

「婚姻や開店のほうにもそれに近い意味がある。いつも丸く満ちている太陽と違って、月は日によって刻々と姿を変えるだろう？　だから時を司《つかさど》るもので、生成と運命の支配者ともなった。バビロニアの伝説では、人類は新月の日に創造されたそうだ。物事はそこから始まり、満ちる月と共に繁栄の道を進む」

そこまで聞いた甲斐は、こんなことを思った。新月に生まれた人間が、満月までの時間をかけて完成するはずだったのに、その運命が途中で不意に月食によって消されたらどうなるのか……？　いや、月食は満月の時に起こるのだから、完成した瞬間に訪れる暗黒の刈り入れなのか……。

さらにこんな連想も浮かんでくる。

兄たちは先ほど、日本の美意識を語っていた。特に昔の美意識には、こういうものもあったはずだ。完成させると後は朽ちるだけだから、あえて完成の一歩手前でやめておくという思考。だから一ヶ所だけ統一を乱したり、対称を崩したり、遊びのような装飾を加えたりする。

建築物も、芸術作品も。もしかして月も……？　すると月食は、あえて残された不備か過ちなのか……。

「月は時間的運命を支配するそうだが、あんたは月に喜んで支配されとるなあ」

と、いつもながらの呆《あき》れ口調で大口をあけて笑うのは、遠國与一だ。

今はティータイムのはずだが、彼だけは酒を呑《の》んでいる。正確には、酒も呑んでいる。コーヒーにウイスキーを垂らしているのだ。

「月という主君に仕えるためには手段を選ばんだろう、昭さんは。アーサーさん、この家では、月食が起こっている時は自動的に電気が消えますからね」

　アーサーはもちろん、初耳である甲斐も驚いた。

　そうした客人たちに、日吉が慌てて説明する。

「そうなのです、月食の時は三十分間ほど、家の電気は使えません。もう自動的に設定されていますから。もちろん、〝月宮殿〟は、別の回路というのですか、電気の切断はされず、通常どおりですけれどね。月の観測のために、地上からの余計な明かりが邪魔なのだそうです」

　嘆息がちに首を振る彼女に続き、遠國が、

「聞いてくださいよ、アーサーさん」と身を寄せるようにして言《い》い募《つの》る。「こいつは、町の明かりも全部消してしまいたいと言ったこともあるんですよ。本気のようで怖かったですな」

　さすがにイメージを修正したほうがいいと感じたのだろう、当の昭が口を挟んだ。

「観測会に来てくれたゲストの中には、月食をじっくり観賞したい人もいるからな。明かりはないほうが落ち着いて、ベストだ」

「懐中電灯など用意しておりませんけれど、短い間ですからご辛抱ください」

　と頭をさげる日吉に、アーサーは微笑で応えた。

「今回は真夜中ですし、どうせみんな眠っているでしょう」

「ええ。ご不便をおかけしないかもしれないことが救いです」

「本来でしたら、月が完全に隠れる皆既食の前後の、部分食の時間帯でも消灯は実行したいのです」と、昭の鼻息は荒い。「ですがそれを、皆既食の時間だけに絞っているのです。正確に言いますと、今回の皆既食の継続時間は十二分ですから、これを挟む三十分間は消灯に協力してもらいます」

「神父さんがいると、まだ表現が穏やかだな」と、宗正が冷たく揶揄《やゆ》する。「月の僕《しもべ》ならまだしも、いつもは月の帝王であるかのように命令口調だ」

そうだ、と遠國は赤ら顔で頷く。「だいたいなんや、〝月宮殿〟って、ご大層な。須弥山《しゅみせん》の中腹を回る月にある宮殿なんだろ？　あんた月の天子、月天子《がってんし》か？」

「清浄で美しい宮殿の主と自任はしてないだろうな？」と、宗正は軽く嘲笑《ちょうしょう》する。

「月世界をおさめる月天子は、夫人と一緒で――」

呷《あお》ろうとしていたカップを途中で止めた遠國は、声の調子を神妙に落とす。「あっ、すまん」

謝罪の内容と、生じた空気の重さの意味が、甲斐には判らなかった。

アーサーの声がそっと流れる。

「奥様が亡くなられたことが、カトリックに帰依する契機だったそうですね」

甲斐は初めて知った。

「五年前の九月三日でした……」

昭の指先は、ジャケットの襟を滑りおりた。

「その三ヶ月ほど前に、私、若い男性を車で撥《は》ねて死亡させてしまいまして、そのショックと罪悪感を引きずっている中で、妻まで……というのは大変な悲嘆でした。癌《がん》だったのですが、彼女は頑張っていました……。ま、贖罪《しょくざい》と救いを求めた私に、キリスト教がマッチしたのですな」

昭はそこで、なにがしかの意思の力でもって笑みを作り、遠國の顔を覗き込む。

「こいつは、酒に救いを求められるからいいですよ」

「百薬の長ですね」

そう言うアーサーに、

「いやいや」と、遠國は否定的に手を振る。「アーサーさん。私にとって酒は、もっと身近なもの。一万サプリの長ですわ！」

「サプリだろうと、程を超せばなんでも毒ですよ」と、日吉がたしなめる。

「娘さんも心配してるんだろ？」宗正も言った。

「見捨てられないうちに改心することだな」

「そうだなぁ。見捨てられたら、蝶ネクタイも買ってくれなくなるだろうしな」

と言っているそばからカップにウィスキーを足す遠國に、由比が驚いた顔で尋ねた。

「その蝶ネクタイ、娘さんが？」

「好みを伝えたらプレゼントしてくれる時があるんだよ。……なんですのん、由比さん、そのホッと安心したような顔は」

笑いが広がった後、〝月宮殿〟と月食の話に戻ったが、ここで遠國が、

「昭さん。展望部屋や階段室を改築する時、本当になにも謎《なぞ》めいたものはなかったのかい？」と言いだした。

「謎めいたもの？」思わず甲斐は聞き返していた。

「そうなんだよ」遠國は、酔ったような目を甲斐に向ける。「萬生さんは、この建物か作品群に、謎かけをしているのではないかと、私は思ってるんだ」

「建物か作品群……」

「建物のどこかに、萬生の最上級自信作が秘蔵されているのかもしれない」

昭と宗正兄弟は、またその話が蒸《む》し返《かえ》されるのか、と呆れ気味に聞き流す素振りだ。

由比にプチショコラを勧めている日吉も、似たような表情だ。

周囲のそうした反応を窺《うかが》いつつも、甲斐は尋ねずにはいられなかった。

「どうしてそう思われるんですか？」

遠國は、カップをテーブルに置いた。

「九年……、いや、もう十年前だな。萬生さんがこの屋敷を改築した時に、この二人の息子に意味ありげなメッセージを残したんだ」

「どのような？」ちょっと恐る恐る、甲斐は訊いた。

「陶器だよ。大きめの碗を、それぞれに残した。それには萬生さんの自筆でこう書かれていた。昭さん

へ渡した碗には〝玉兎《ぎょくと》に宝を求めろ〟。宗正さんのには〝金烏《きんう》に宝を求めろ〟。玉兎というのは、玉に兎《うさぎ》と書く。金烏は、金色の烏《からす》だ」

「金烏玉兎って、四文字熟語じゃなかったですか？」と由比。

「そうだよ。金烏は太陽に住むとされる三本脚の霊鳥。玉兎は月に住むとされる兎だね。太陽と太陰。日と月の象徴。熟語としては、時の流れを意味する」

「月……」

アーサーが呟き、それに応えるように昭が言った。

「当時、私はもう月マニアでしたからね。それに合わせて金言をくれたというところでしょう。偏向していても、趣味でもいいから、己を貫《つらぬ》けとでもいう意味でしょうか。芸術家気質《きしつ》がもたらす視点でしょうね」

宗正が続けた。

「私には、〝金烏に宝を求めろ〟。盲目の私は視覚的には暗闇《くらやみ》にいるが、人として太陽であれというありがたいお言葉なんでしょう」と言う声には、皮肉な陰がある。

父親が息子に残す言葉としては筋が通っていると感じた甲斐は、それがどうして謎めいた建物の構造と関係するのか不思議だった。

それを尋ねると、遠國は、

「いろいろなタイミングが重なりすぎているのさ」と答えた。「まず最初の出来事は、安倍晴明《あべのせいめい》が書いたと伝わる書物を萬生さんが手に入れたことだ」

「安倍晴明！」

「占術をまとめた、陰陽師《おんみょうじ》の秘伝書だそうだ」一瞬笑った遠國だが、目の光は真剣な重さを持ち続けた。「萬生さんが入手したのは、普通に購入できる、研究者がまとめた現代語版だがね。もともとは長くてむずかしいタイトルの書物で、略称の『金烏玉兎集』が知られている」

「ああ。金烏玉兎なんですね」

「そう。安倍晴明が書いたのかどうかなどという真偽はこの際どうでもよくてね、まあ、偽書だろうが、内容は萬生さんにとっても刺激に満ちていたんじゃないかな。そしてこの後に、彼はこの邸宅の改築をして、息子二人に奇妙な言葉を残した。萬生さんが改築をしたのはこの時だけで、文字を書き入れた器を残したのもこの時だけなんだよ」

わずかな間の後、

「クレメンス神父」と、日吉が気を回して話しかけた。「安倍晴明というのは、平安時代の人だったと思います。天文や自然を観察して占ったりする陰陽道のスーパースターですよ」

「はい。なんとなく、装束もイメージできます」

「フィクションでは、魔術的な呪文《じゅもん》を唱えたり、物《もの》の怪《け》を操ったり」

「与一さんの着眼もフィクションだよ。すべては偶然が重なっただけのことだ」

そう宗正が吐息混じりに言い、引き取るように昭が説明を始めた。

「恥を晒《さら》すようですが、あの時分、私たち兄弟の仲はかなり悪くてね。しかも、糖尿病を患っていた父も体調が長期的に思わしくなかった。死期も意識していたのではないですかね。そんな時だから、珍しく息子たちの行く末を案じる心境になり、うまくやっていくための助言を残したくなったのでしょう。その言葉を発想するに当たっては、『金烏玉兎集』というタイトルが刺激になったのかもしれませんが」

「改築だって、本当に実用的なものだよ」イラッとした様子で吐き捨てる宗正は、じっと前方に顔を向けている。「老朽化していた風呂《ふ ろ》場周辺を直して、廊下などを広げただけだ」

遠國が反論する。

「では、これもたまたまの偶然なのかな？『金烏玉兎集』の第四巻は〝造屋編〟としても知られているよな。風水的に家相を占う吉凶論って感じ。建築の秘密に触れているともいえる」

「改築工事をする時の親爺《おやじ》には、プランを講じているなんて様子はまるでなかったんだって」昭は言い聞かせようとする口調だ。「創造的な高揚なんてなかった。業者の施工図に注文をつけていた程度だ。それに、父の持っていた『金烏玉兎集』現代語版も見せたろう。あの中の第四巻の記述なんて、ざっとした概要だ。抜粋だ。しかも、後世に別個に付け加えられた巻だろうとの注釈もあったよな。インスピレーションの泉って感じじゃない。さらにだ、あの本のどこかに、親爺がなにか印でも付けている箇所があったか？」

「まあ、それは……」

「断言するが、この家に、隠し部屋だの隠し金庫だのは一切ないよ。ずっと生活してきていて判る。敷地《しきち》の中に、違和感や思わせぶりを感じる場所なんてまったくない」


ここで、お互いの高まる調子にまあまあと分け入る呼吸で、日吉が違う話題を持ち出した。

「クレメンス神父に聞いていただく謎めいたお話なら、あちらのほうがいいのではないでしょうか。月も鳥も登場する詩ですしねえ。ほら、お祖母《ばあ》様の」

そう話を振られたのは宗正と由比で、二人は顔を見合わせた。

日吉はさらに一押しする。

「クレメンス神父のご意見も訊いてみれば？」

由比が、少し遠慮気味に口をひらいた。

「謎というほどのことではないのですけど……」

彼女がそれを切りだしたのは、その〝謎〟に対する無視し切れない不安と、そして遠國と昭が言い合いで作った空気を変えるのにはいいだろうとの判断のように甲斐は感じた。

5

由比はスマートフォンを手にしていた。

「三週間ぐらい前に、母方のお祖母《ばあ》ちゃんが送ってきた詩なんですけど……」その詩を呼び出すために操作を続けている。「ちょうど一年ぐらい前に、お祖母《ばあ》ちゃん、町内会の詩を作るサークルに入ったんです」

宗正も背景説明を加えた。その義理の母親は他県に一人で住んでいる。八十二歳。子供たちの世話にはならないと、気丈に暮らしているそうだ。

「この詩なんですけど、なんか変なんです。いつもとは違いすぎて……」

由比が、甲斐とアーサーの前に画面を差し出した。大きな文字サイズ設定で送られてきているようだ。

文字を目で追う前に、甲斐は感心したままを口にしておいた。

「八十歳を越えていても、メール送受信できるんだね」

「お母さんたちが、せめて頻繁に連絡取りたいからって、覚えてもらったの。お祖母《ばあ》ちゃん、こうしたことには抵抗少なくて、器用に覚えるよ」

由比が指操作して全編を見せてくれた詩は、こうしたものだった。まず詩題が、「空を行く」。


黒い蛾《が》。

焼けた蝶《ちょう》?

暗い空の丸い光の中を行く。黒い鳥もとまる。

墨のような川。

回る観覧車。

回って飛ばす、子供たちの声。

声も羽を持って散り、のぼって行く。

耳ははばたく。

「不意に送ってきたんです」と由比が言ったので、甲斐はオウム返しに問い返した。「不意に？」

「詩を作り始めた頃は、こんなのできたよって、数編送ってきたんだけど、それ以降はそんなことほとんどなかったの。それが、突然これを……」

「それで」と、宗正。「送信先を間違えたのではないかと思ってね、電話をしてみた。そしたらやはり、作詩の仲間に送るのを間違えたらしい」

「内容の調子が、普段と違いすぎるんです」訴えかけるように甲斐とアーサーの顔を見た由比は、最後に甲斐の顔に視線を止めた。「どう、甲斐くん？この詩、明るい？」

「いや……」甲斐は正直に答えた。「不思議と、沈んだ調子だよね。なにか、不穏なことを暗示しているような……」

「そう。変に、なにかを隠しているような、そんな感じでしょ。お祖母《ばあ》ちゃんの詩って全体的に、もっと子供っぽいぐらいシンプルなものなのよ」

「それも、見たものしか書けないというタイプでね」

宗正の評価に、アーサーが言った。

「しかしその辺は、上達したということでは？　想像する力を増し、暗喩《あんゆ》もこめられるようになった」

「いえ。妻が義母の作詩仲間に訊いたところ、うまくなってはいるが、判りやすさが持ち味だし、現実的な身《み》の丈《たけ》で作り続けているとか。それより私が気になったのは、電話で問い合わせた時、最近はこういった空想的な詩も作るのかと訊くと、義母がどことはなく曖昧《あいまい》に答えたことでした。なにかを感じ取れていないもどかしさみたいなものが、私たちにはあるんです。こちらからの連絡が無視されるようにもなってますし……」

「そうですか」

由比が幾分表情を和らげ、「最初の頃のはこんな詩だよ」と、スマホ画面を甲斐に差し出している。

いわし雲

並ぶ、並ぶ。
何尾もそろって遡上《そじょう》する。
それは鮭《さけ》？
青い空が水になって落ちてきたら
あの雲の魚たちは本当の海で泳げる。

微笑ましい。

この詩を見て、アーサーが確認した。

「いわし雲というのは、秋の空でよく見かける、うろこを連想させる雲ですね？」

「秋の季語でもあります」由比はしっかりとした口調だ。

「ああ、季語」

「お祖母《ばあ》ちゃんは、タイトルをつけるのが苦手なんです。それで、いろいろなところから引っ張ってくる。他の有名な詩とか、歌のタイトルとかからも」

アーサーは三週間ほど前に送られてきた詩のほうに戻り、漢字の確認をした。〝蛾〟、〝墨〟、〝観覧車〟などを。

それらに答えてから宗正は、

「見たり聞いたりしたことを元に書くだけだとしたら、明らかに妙なところがあるのです」と、深刻さを深めて問題点に具体的に触れた。「義母が住む県内に、夜間も観覧車を動かしている遊園地などありません。それにもう一つ。月に鳥がとまる、という文章です。〝とまる〟というのは装飾的表現でしょう。月を背景にして際立ったということかと思います。でもですね、夜に飛ぶ鳥って、非常に限られてますよ。義母の生活圏や大きな遊園地のそばに、フクロウや夜鷹《よたか》がいるなんてことは、まずない」

なるほどと聞き入った甲斐は、その辺が謎めいているんだと思ってこの詩を改めて見直してみると、妖《あや》しい不吉さのようなものが深まった気がした。

墨のように真っ黒な川。黒い鳥が飛ぶ下、川の向こうから聞こえてくる子供たちの細々《ほそぼそ》とした声。三途《さんず》の川《かわ》か、賽《さい》の河原《かわら》のようでもある……。

「この詩と重なるようにして、義母の生活にも不可解なものが混ざり始めたような気がするのです」

宗正はそう語っている。

「妻の親友が新聞配達をしていて、この人に義母の様子をよくチェックしてもらっていたのですが、義母は新聞を取るのをやめたそうでして、この間は万引き騒ぎも起こしてしまって」

「万引き!?」甲斐は思わず声をあげていた。

「違う違う」と、由比が顔の前で必死に手を振る。

「そう誤解されただけ」

「どのような誤解です?」冷静に、アーサーが訊く。

答えたのは宗正だ。

「商品を手にしたまま、ふらっと外へ出ようとしたらしいのです。隠すような素振りはまったくなかったので、年寄りがうっかりしたのだろうと、店側は咎《とが》めることはなかったそうです」

すぐに由比が言い足した。

「ボケてはいないはずなんです。わたしも長時間電話で話しますけど、おかしいと感じたことはありませんから」

「でもやはり心配です」とは宗正の本音だろう。

「ま、血圧が高かったり膝《ひざ》が悪かったりして、定期的に検査していますが、それにはちゃんと通っているようです。……経済的な面はよくは見極められませんが、どうなのかなぁ。子供と同居しろと言っても、とにかく頑固で……」

甲斐は、現実的な側面でも、不吉な想像をしてしまった。新聞の配達を一旦《いったん》中止するのは長期間留守《るす》にする時だと聞いたことがある。墨のような黒い川。羽を持ってのぼる……。

やはり、この世とあの世の境界の川ではないだろうか。

それに、万引きは本当に誤解なのだろうか……。

「もう少し考えさせてください」アーサーが言っていた。「なにか意味がつかめるかもしれません」

「ええ、どうぞどうぞ。というより、無理に頭を使う必要はありません」宗正は恐縮する。「単なる身内の話ですし、思い過ごしかもしれない」

「そうですわねぇ」と、日吉も反省したような口ぶりだ。「必ず答えを出せるような問題ではないですよね」

「そうさ！　だから、謎めいた鳥の話なら、あれだろう！」

息を吹き返したかのように遠國がわめく。

「金鳥がらみの風見鶏《かざみどり》だ。昭。あの周りにも、絶対になにもなかったと？」

「またお宝話か」昭は不快気に目をつぶる。

「風見鶏？」と、由比は反応した。

「展望部屋の屋根に立っていたんだよ」遠國は指を一本立てるが、その先がふらふらしている。「普通、風見鶏はニワトリがデザインされてるだろう。尾長鶏《おながどり》とか。ところがここのは、鳥だった」

「金の烏じゃない」素《そ》っ気《け》なく昭が否定する。「よくある錬鉄製だ」

「それを、改築時に、あいつは取りはずしてしまった」

「古くなりすぎて危険だったからだ。そもそも、風見鶏を含め、この家を建てたのは祖父だよ。当時まだ、親爺は若造だ」

「父親が残した建築的な秘密の造形に、萬生さんが気付いてメッセージを残したとか」

「そんな歴史的なからくりなんて、絶対にないよ」

「そうそう」と、軽めの口調で日吉が話をまとめようとする。「お父様が伝えようとしたのは、兄弟仲良く過ごしてほしいという願いですよ」

甲斐には、美術史における烏と兎についてちょっとした知識があった。日光東照宮のことを授業で習った時に、絵巻や屏風絵へと勉強を広げて得た知識だった。

それを言ってみた。

「太陽の烏と、月の兎って、それぞれ日光菩薩《ぼさつ》、月《がっ》光《こう》菩薩の化身でもあるみたいですよ」

「ほう、菩薩か」昭が気持ちを切り替えるようにコーヒーカップを傾ける。

「お父さんの残された言葉の意味は、日吉さんがおっしゃったように、兄弟、菩薩同士のように心穏やかに過ごすことが宝だということではないでしょうか」

「やっぱりそうですよねえ」

日吉は笑顔で合点したが、ここでも遠國は話をおさめなかった。

「どこかに未知の萬生作品が隠されていることもないといえるか?」論戦をあえて求めるような口調だ。「どうにも、作品数の不足が感じられてならない。そのへんの印象、あなたも持っているのでしょう、宗正さん?」

「そこは否定できないな」椅子に立てかけられていた杖を、宗正は握った。「物納時の資産整理で特に感じたが、父の生産量に比して総量は少なくないだろうか」

「萬生さん自ら、厳選した作品をどこかに秘蔵したのではないとしたら、当然、他の者の意思が働いていることになる」

その遠國の言い分と勢いを一つにするかのように宗正もすぐに言った。

「こうした点、目の不自由さは痛いよ」

「滅多なことを言うな」不快さを通り越して、昭の低い声は憤りを示す。

「そうよ、お父さん……」

「こんな席でこれ以上——」

由比と日吉のたしなめを、昭は振り払った。

「聞き捨てにはできないからな、弟の障害まで利用して不正をしていたなどと当てこすられては。満足できない作品は割って捨ててしまうのは陶芸家として普通だ。あの人――萬生は、何年もしてから、自分の作風の変化から見て未熟すぎると感じた作品は捨ててしまうことがよくあったろう。それは宗正、いや、二人とも知っているはずだ。弟子たちにもホイホイと分け与えていた。我々が承知している以上に気前よく、あちこちに振りまいていたんだろう。海外でだって、手土産やカタログ代わりに重宝に――」

「海外はないだろうな」遠國が頬をこすりながら、高ぶる調子は落として言った。「重量のある物をわざわざ幾つも持ち出さないだろう」

「そうかもしれないが、記録も取らず、あまりにも気分次第で、関係者や支援者に与えてきたことは間違いないだろう。作品数が思ったより少ないのは私も感じていた。萬生作品の市場価値がこれからもあがるのなら、生前にもらっていた作品だと真贋《しんがん》鑑定を求めて持ち込まれるケースが増えそうで、それに対処するのも私の仕事だ」


「そこまででいいでしょう」

日吉が立ちあがった。

「クレメンス神父を、工房や窯跡にご案内して差しあげたらいかがです」


夕食の支度《したく》を始める日吉を手伝いに、由比はキッチンに入っていた。

しかしペムを置いて手を洗った後の気合いもどこへやら、まな板の上で解凍されていた食材を目にしてのっけから、

「むぎょっ！」と奇声を発してのけ反《ぞ》った。「こ、この目はちょっと……」

「鯛《たい》の目？」

「魚の目は苦手なんですけど、この目は特に……。なんか血走ってるし……」

「じゃあこっちへ来て、野菜を切ってくれる？」

「はい」

まず長ネギを手にした由比に、

「斜め切りでね」と言ってから、日吉は不意に、

「甲斐・クレメンスくんは、いい声してるわねえ」

と話を変えた。

「え？　え、ええ」

「男の子らしいいたずらっぽい響きもちょっとだけあるんだけど、深いところをじっくり聞きたくなるような柔らかさもあって、親しくなればなるほど耳がくすぐったくなるような……」

唇に浮かんだ微笑をだらしなく広げないようにとこらえて、かえってぎこちなくなりながら、「もっと大人の男の人の声になっても素敵かも、ですね」と由比は応えておく。

鯛のウロコを取る間は黙っていた日吉が、身に深く包丁を入れながら言った。

「わたしにも、あの年頃の男の子がいたのよ」

雨だれのような声、言葉だった。それを由比は首筋に感じた。

「甲斐くんのような格好良さとはほど遠い、普通にうるさくてだらしなくて、女の子に縁のなさそうな子だったけれどね……」日吉の唇も、薄く微笑の形は保っている。「父親よりはましになりそうだったけど。突然、交通事故で死んじゃったのよ」

「そうですか……」

由比は喉の奥で咳払《せきばら》いをし、ネギを切ることに集中した。

「息子が横断歩道ではない場所を渡っていたこともあって、加害者の運転手は罰金を払う刑になっただけ。前方不注意だったんだけどね。悪質な違反がない限り、車社会ではその程度の刑罰で仕方ないんですって」

「そうですか……」

五十幡昭も罰金刑だったと聞いている。

「加害者と被害者、それぞれの立場と人生があるわね……」

ネギを切り終え、トマトに手をのばしたところで、由比は日吉の横顔に問いかけた。

え、と言う。


「神様には祈りました？」

自分でもよく判らないまま、そんな言葉が口を突いていた。

「突然だったから、祈る間もなかったしねえ。でも、そうそう、生き返らせて、とはむちゃくちゃ強く祈ったわね」

でも、奇蹟は叶《かな》わない。アーサー・クレメンス神父は、奇蹟は肯定的な概念だと言っていた。でもこの概念の下には、〝叶わない〟と付くことがほとんどだ。

至高の至福事象……。だからこそ、それが起こることはとっても稀有で……。

由比にも、祈り続けていることはあるけれど……。

コトコトと包丁を動かしながら、日吉が窓の外を見あげるようにした。

月の出は四時半すぎぐらいだって聞きましたから、もう地平線からはのぼっているんでしょうかね

Ⅱ　月は亡霊の母であり、その隠れ家

1

五十幡昭に請《こ》われたアーサー・クレメンスの食前の祈りから始まった夕食は、誰もが器と料理の相乗効果を称える盛況のうちに終わった。

「満腹〜」

との由比の呟きを耳に入れたアーサーが、「満腹。久々に聞いた日本語のような気がします」と独り言めいた感想を言ったのだが、それを遠國与一が大声で、「私も久しぶりに聞いたとよ！」と笑いながら広めたものだから、由比は真っ赤になった。

遠國は飲めや歌えの有様《ありさま》で場を盛りあげたが、ろれつはまだしっかりしている。

だが、食卓から立ちあがってしばらくはフラフラしていた。

「いい加減にしてくれよ」同席者の許可を得てたばこを喫《す》っていた昭が、不安を隠さず注文をつける。

「さっきはその食器棚の角に爪先《つまさき》をぶつけていたろう。天体望遠鏡や現像機に万一異常があった時、それで役に立つのか」

「ほいほい、もちろん。肝心の時にはお役に立ちますって」

疑わしそうに見ている昭は、壁の時計に視線を移した。

一度部屋に戻ったアーサーと甲斐が階段をおりるところだった。

「ねえ、甲斐。由比さんのお祖母《ばあ》さんの詩の話だけど」

「ああ。うん？」

「タイトルの『空を行く』という言葉、季語とか有名な古典的な作品に元がないのか調べてみてくれないか」

「判った。なにか思いつきそう？」

「気になっていることはあるんだけどね、思いつきではロにできそうもない」

なにか深刻なことなのだろうか。

不安と興味を抱えながらホールの一階まで来たところで、今日最後のゲスト二人と顔を合わせた。昭と日吉が案内して来ていたのだ。

「いやあ、冷えてきましたよ」

と外の様子を伝えていた女性は、クレメンス兄弟を目にして言葉と足を止めた。三十代半ばすぎといった年齢で、骨格のしっかりとした細い顔立ち。グレーのパンツスーツ姿だ。

加古川《かこがわ》市にある私設美術館の関係者だとアーサーは聞いていた。若い男性である助手と甲斐には、すでに一度面識がある。二人は微笑み合って軽く会釈をした。

昭はアーサーを、萬生に大変興味を持っておられるカトリックの司祭だ、と紹介した。甲斐とは兄弟で、日本に帰省中とも言えるだろうと付け加える。

アーサーは、「日本語もそこそこ話せます」と挨拶して頭をさげた。

女は望月《もちづき》と名乗り、男は久藤《くどう》と名乗った。

「細かな話は、みんなの前でしよう」

と言い渡した昭は、二階の左手を指差す。

「悪いが今夜は、あの上の〝月宮殿〟での趣味に集中させてもらうからね」

「げっきゅうでん？」望月は完全に戸惑っている。

慌てて日吉が説明役になった。

「岩場の上に、展望台のような部屋があるのです。主はそこで、よく月の観測をするのですよ」

ああ、と、望月は了解した。「月宮殿、ですね」

「今夜は月食だぞ」昭は、それは承知しているのだろうな、と厳しく問うような目を向ける。

「そういえば、そのような話でしたね……」

昭はあからさまに不興げになった。「君は望月という名前なのに、月に興味がないのか？」

望月は、しゃくれ気味の顎をさすする。

「少女時代から、その名字が悪く作用する諸事情がありまして、月のことはむしろあまり意識したくないほうでした……」

甲斐は、もしかして昭さんは、名前が望月だからこの人を仕事相手に選んだのだろうか、と想像した。

ここで久藤が頭をさげていた。

「萬生先生の展覧会を成功させることに力を注ぎ尽くしておりまして、他まで気が回らず、誠にすみません」

これに、無視するほど堂々と主に先んじて、日吉が応えていた。

「ただの趣味の話です。なにも問題ございません。お仕事に専念なさってくださいませ」

「個人的にでしたら私は、日食や月食には大いに関心があります」

そう表情をほぐす久藤の肩を、昭は機嫌良く叩いた。

「そうか。しかし残念ながら、君の部屋からは角度的に月は見えないなぁ」

「そこまではお気になさらず」

邸内の間取りなどを伝えるなら、もっと実用的なことがあるだろうとばかりに、日吉は、

「この左の廊下を行きますと、一番手前のドアが手洗いですからね」と案内を進め、「早く〝レストルーム〟へまいりましょう」と主を促す。「こちらの若い方は、重たい荷物を持っておられるではないで

すか」

確かにそのとおりで、久藤は手にした旅行鞄《かばん》の他にも大きなキャンバス地のバッグを肩からかけていた。丸めた布地の頭が二、三見えるし、額縁なども入っているようだ。

一同は右側奥の廊下を進み、〝レストルーム〟に入室した。

久藤が素早く、大きな手荷物を預かると、望月のブレスレットをした腕が名刺を配り始めた。

五十幡宗正と遠國与一に渡された名刺には、住所や連絡先以外には、

大曾根《おおそね》古典美術館　企画展示主任
望月雪生《ゆきお》

と記されている。由比がそれを、父親に読みあげた。

「雪に生まれる、で、ゆきおねぇ」

珍しいですねというニュアンスで遠國が呟くと、「男の名前みたいですけれど、女です」と、望月は小さく笑みを作る。「お見知りおきを」

続いて、荷物を下におろした久藤が名刺を取り出して渡していく。

「望月の助手をしております、キュレーターの久藤央《ひろ》です」

二十代半ばのその男は、引き締まった体形で少し背が低く、ごく普通の黒っぽいサラリーマンスーツを着ているようだが、仕立て直しがしてあるのか格好良く見える。長めの髪形も、さりげないが手が加わっていた。

遠國は昭の友人だと名乗り、昭の弟だと自己紹介した宗正には、「弟様ですか」と、望月が何度も頭をさげた。

そしてざっと、大曾根古典美術館の創設からの経緯を伝えた。阪神《はんしん》圏を中心に貿易や港湾地区開発な

どで一時代を築いた大曾根財閥が、大正期に、資産を文化活動にも還元したいとの思いで設営したのが古典美術館だという。

「運営資金のほとんどが篤志家の寄付でまかなわれております、かつかつの小さな美術館ですので、こうしてわたしたちが何役もこなして走り回る、実にアナログで手作り感満載の施設です」丁寧な口調で言って、望月は頭をさげた。「ですので、どこまでご満足いただけるか判りませんが、萬生展が成功するよう精一杯努めますのでご協力よろしくお願いいたします」

萬生は陶器だけではなく、絵画や書も残しており、多岐にわたるそうした作品群を紹介する展覧会は、年明けに開催される。

「さあさあ、ひとまず、座って一息つかれてはいかがですか」と、日吉が応接セットへと誘導する。

久藤と一緒に、荷物をバーカウンターの前へまとめて置きながら、望月が恐縮口調で、

「お屋敷に泊めていただきますような破格のはからい、申し訳なくて仕方ないです」と礼を述べた。

「なあに」気を楽にさせてやるとばかりに、肉付きのいい体を小さなイスの上におさめた遠國が肩をすくめた。「朝早くから、月食トークを聞かされる役なのさ」

「ああ。五十嵋さん——お兄様のご趣味のですね。聞かせていただけるなら楽しみです」

「興味なかったのではないのかね?」昭が疑わしげに言う。

「積極的に見聞《けんぶん》はしてきませんでしたが、新しい知識が授けられる機会は逃せないでしょう」

「気の毒に」遠國が首を振りつつ呟く。「知らぬが仏やな」

甲斐と由比が座っているソファーに、軽く会釈をしてから久藤が近づいて行った。そして、二人の間の、一人分あいていた狭い隙間《すきま》にストンと体を入れた。

甲斐はちょっと驚き、驚いたのは由比も同じだが、彼女は啞然《あぜん》としつつ瞬間的に顔もしかめた。ちょうどそのシーンを目に留めた日吉も、おやっ、と不思議そうに動きを止める。

「久しぶりです、甲斐くん」

久藤の甘い笑みが甲斐に向けられる。

どうも、と、甲斐も愛想《あいそ》良く応じた。会ったのは二週間ほど前だ。五十幡昭が今回の展覧会の打ち合わせに姫路市内まで出て来ていた。その時、挨拶しておきたいと由比に頼み、二人で学校帰りに顔を出したのだ。その折、約束の時間よりかなり早く打ち合わせに来ていた久藤と短い時間だったが言葉を交わしていた。

遅れて久藤は、由比にも挨拶をする。

「またお会いできましたね」とその後、子供を相手にするような口調になり、にっこりと微笑みかけた。「可愛いヌイグルミじゃないですか。いいですね」

由比があまり嬉しくはなさそうにお礼を言う間、日吉は瞬きをしながら頭の中を感覚的に整理した。それから微苦笑になり、由比に応援するような視線を送る。

夜にふさわしいハーブティーをお持ちしますと告げると、日吉はきびきびとした足音を残して部屋を出た。

久藤は由比には半ば背を向けるようにして甲斐とおしゃべりを始めたが、全員が着席したところで話は萬生作品のことになった。

「こちらのクレメンス神父には、夕方、窯跡も見てもらったのですよ」

と、昭が美術館の二人に説明する。

その時はもちろん甲斐も、そして由比も一緒に行き、サークル活動用の写真もたくさん撮った。甲斐個人にとっても興味深い光景だった。

工房の横手へ進み、岩壁を回り込んだ先に登り窯があった。斜面を利用して造られた、陶器を焼く窯だ。

望月が確認する口調になり、

「萬生さんは海外にいることが多かったので、もっぱらお弟子さんたちが火を守っていたのですよね」と半ば問う。「しかし、萬生さんの死去によってお弟子さんも散り、窯の火は絶えた」

「そういうことです」

「写真で紹介するパネル作品になるかどうか、明日、拝見させていただきます」そこで望月は、隣に座るアーサーに向き直った。「神父さんは、窯跡を見たり話を聞いたりした時になにか感想を得ましたか？」

「感銘はいろいろ得ましたが……」アーサーは、その感銘を再び味わうような目になる。「炎をじっと見つめ続けた萬生さんのあの言葉は驚きましたし、考えさせられました。炎の形が一つ一つはっきり判る時があり、それを記憶して次からは同じような形の炎をタイミングの目安にした、というのです」

「それ！　それですよ」望月が声を高め、表情を弾《はじ》けさせた。「わたしもその言葉を聞きました時には衝撃を受け、実は、今度の萬生展のメインコンセプトをそれにしたのです」

「ほう、そうでしたか」アーサーも表情を明るくして望月の目を見る。

「常識的には有り得ないことですが、芸術も神妙に入《い》るとそうしたことも起こるのか、と想像するのは可能です。神妙というのはこの場合、神の域というほどの意味です」

「なるほど」

「わたし、北斎《ほくさい》にも同じことが起きていたのではないかと思っています」

「ほう！」

二人は俄然《がぜん》意気投合の様子だった。

他の者も徐々に前のめりになっている。

「葛飾《かつしか》北斎。まさに、画狂老人と名乗った人ですね」

アーサーが知識を確認し、望月は頷いた。

「江戸時代の多才で天才的な絵師ですね。彼の木版画作品の中に、『神奈川沖浪裏《かながわおきなみうら》』という風景画があります。有名な名所浮世絵・富嶽三十六景《ふがくさんじゅうろっけい》の中の一枚です。遠景に富士《ふじ》があり、波が画期的な大胆さで描かれている」

「絵柄が思い浮かびました。海外の著名な画家にも多大な影響を与えた作品ですね」

「はい。そうした木版画にも科学的なアプローチが近年盛《さか》んに行なわれていて、面白い事実が判明してきています。そこでこの『神奈川沖浪裏』ですが、描かれている波頭の細かな形はデザイン的に見えて、実は、5000分の1秒のシャッタースピードで捉えた実際の波の姿と酷似しているのです」

ほうっ、という驚きと感嘆が混ざった声が場に流れた。

同席者の顔を見回しながら、望月は自説を披露していく。

「自然を凝視し、観察し続けてきた北斎は、驚異的な動体視力を身につけるようになったのでしょうか？　わたしは、少し違う見方をします。常人離れした集中が生んだ瞬間的な視力の問題でもあったかもしれませんが、こうも考えられるでしょう。見えるというより、感覚的に一瞬の真実をつかめるのです。感覚のフィルムに、本当の像が瞬間的に焼き付けられる。肉眼とは違う、そうした本能的な〝視覚〟が、波や自然と究極に一体になった瞬間に訪れたのではないでしょうか」

「その境地、有り得そうですね」アーサーが深く頷く。「常識的な見えるではない」

「野球でも聞きまっせ」バーカウンターのほうから遠國が声を出す。「伝説的な天才バッターが絶好調の時は、ボールが止まって見えたってね」

「それも現実的には否定されるでしょうけど、そのバッターは感覚的真実を語ったのかもしれませんね」と、望月が応じる。

「萬生さんには、炎が止まって見える時があった」

アーサーは思索する面持ちだ。「炎が止まり、波頭が止まる……。それは宗教的に解釈しますと、永遠を一瞬で見るような経験かと思います」

　遠國が呟いていた。「野球のボールよりはもっと深遠だったか」

「使徒や聖者とされる偉大な信者は、一瞬でそうした経験をしたのかもしれません」アーサーは言った。「過去も現在も未来も、それらが躍動的な美しさをもって真実の一瞬となり、聖的な訪れとなる。……このような想像をしますのは、もう一つ、萬生さんの興味深い言葉を先ほど伺ったからです」

「それはどのような？」

　との望月の問いに答えたのは、昭だった。

「土から生まれる器の様も、炎の有り様《よう》も、すべて神の遊びだ、というやつでしょう」

「それは聞いたことがなかった」と、望月が小さく言い、アーサーは、「想像を掻《か》き立《た》てられます」そう口にした。

「神の遊びと言われれば、神父さんとして感じ入るものがあったということですね。それを、ぜひお聞かせください」メモでも取るつもりか、望月はスマホを取り出してオンにしている。「萬生展のコンセプトにプラスできるかもしれませんし、よろしければ作品解説に引用させていただくとかも……」

　傍らで久藤もすっかり仕事モードの目になっている。

「私の見解はともかく、まず萬生さんの言葉を再現してみます」

　アーサーはそう断って話し始めた。

「陶器を生成してくれる炎の揺らめきは、神の遊びの庭の上での、神の踊りだ、と感じたそうです」

「神の踊り……」望月はそれを打ち込んだ。

「窯は萬生さんにとって、一種の聖杯だったのかもしれません」そこでアーサーは、ちょっとした笑みを望月に向けた。「望月さん、今の聖杯の例えは使わないでくださいね。そうした聖なる器の中の炎の向こうに、自然のすべても、創造の神秘も見る。土の性質、釉薬の流れ、熱の高低、熱風の渦。千変万化の自然が一瞬集結する。……イングランドで会った時の萬生さんのあの言葉は、このことだったのでしょう。それらを相手に百パーセントの自己表現ができた、などという結果を求められるわけがない。勝とうとも思わない、捉えようとも思わない。……萬生さんは当然ながら心底から東洋思想が備わっているでしょうから、このように感じていたのではないでしょうか。自然のすべてに仏性《ぶっしょう》がある。ですので、炎の中にある仏と握手でもして両者の作品を授かる……そのような意識に至ったのかもしれませんん」

「仏の微笑。神の遊び……」

望月が気持ちに取り込むように呟いた後、由比が、思わずといった様子で素直に声を出していた。

「アーサーさん。神父さん。神様って遊ぶんですか？」

「それも素晴らしい問いですね、五十幡由比さん」明るく応じ、「そうですねえ……」とアーサーは続けた。「もちろん、人間の感覚と直接的に結びつけてはいけないわけですが、象徴的に論じ、参照するために学ぶことはできるのでしょう。まず、遊びというのは神聖で真面目なものだ、とする論考は知られています」

同意するように久藤が頷いた。「遊びと聞くと、子供じみた行為としか受け取れない人も多いですが、違いますよね」

「本質を見ていくと、深いですからね。遊ぶということがすべての人間的な開放性の始まりであり、祝祭や祭祀《さいし》の起源とも考えられます」

ここへ、日吉がトレーを持って現われた。ハーブのいい香りが漂う。

カップの数が多いので、由比が立ちあがって手伝った。

この隙に、甲斐はスマートフォンで検索をかけてみた。兄に言われていた内容だ。「空を行く」に引っかかるものはないか。

急いで見回した中に、なにか気になるものがあったが、じっくり確認するには時間が足りなかった。

「カモミールのお茶です」

日吉が言い、甲斐も、透明なカップの中の香りと温かさに注意を奪われた。

「体も温まって、眠りにつきやすいですよ」

「まだ一仕事あるのだがね、日吉さん」という主である昭の横やりも、自走式の家政婦は意に介さない。

「がぶ飲みしないでくださいい、皆様。ゆっくり味わうペースが効果的なのです。遠國さんにはなにをお出ししても張り合いがありませんが」

「まあ、そう言わんと、ご婦人。飲ませたってや」

由比にカップを渡された甲斐は礼を述べ、盲目の宗正は、立ちのぼる香りの豊富な情報を味わっていた。

遠國にもカップを手渡した後、日吉は言った。

「どなたの奥様たちのご機嫌のお話だったのです?」

なんの反応も返せない間《ま》があくが、やはり一番慣れているのか、昭が真っ先に、

「あのね」と溜息《ためいき》をつく。「妻と子の妻子じゃない。まあ……」判りやすい接ぎ穂を探す。「遊びも神聖なものではないかという話だ」

「そりゃあ、子供たちは真剣ですよ」日吉はトレーを胸に抱える。「遊びながら真面目に学んでますし、表現者として天才です。ごっこ遊びにしても、それはもう」

「ええ」アーサーは、ハーブティーで嗅覚《きゅうかく》と味覚を癒やした。「あらゆる生物の中で人類だけに与えられている根源的な想像力をフルに羽ばたかせる、最初の場ですね。自由でありながら社会性も学びつ

つ、そこになんの隔《へだ》ても生じさせない。肌の色が違おうと、障害があろうとなかろうと、歓声と笑いと知恵で和を作る」

いつからそこに、差別や悪意が生まれていくのだろうと甲斐は思う。

「無心です」アーサーの目は、そんな子供たちを見ているかのようだ。「無心で遊んでいる。無心……、まさにこれこそが、大事な、神聖な要点ではないでしょうか。心を空《から》にしている――遊びですから原則的に楽しく。そこに、神は存在しやすい。神も憩《いこ》える。純真な存在は神に触れるために遊んでおり、その姿を微笑んで見つめる神がいる。遊び、歌い、踊る人間を、神は愛するのです。萬生さんも言っておられたとおり、遊びとは神の域です。神の美的な祝福です」

静かに立っている日吉は、自信のハーブティーをお代わりする声に備えているのだろうが、遊び回る幻の子供を眺《なが》めているようでもある……。

「人は成長しても、遊びの心をけっこう持ち続けます。じゃれたいという本能からはある程度離れた、本質的な自由を再発見して魂を洗い直すような意味を持ち始めるでしょうが。あるいは……」

アーサーは、透明なカップに指先を当てている。

「そうしたことを必要とし続けるのが人類なのかもしれません。いずれにしましても、遊びから、宗教的な祝祭や民族的な行事が誕生しているという事実も知られています。どこの国や民でも、熱狂的な踊りと一体化したセレモニーで神秘体験を招き寄せたり、心も体も裸にするような祭りで生活を新たにすることは行なわれています。日本にはたしか、行事にからめて日常と非日常を表現する、陰陽に似た言葉がありましたね。ハレと……」

「ケだね」と、宗正が言い添える。

「ああ、ハレとケですね。晴れ着のハレ、特別な日。ハレは非日常的な時で、めでたく、祭祀とも結びつく。ケは、日常や普通の状態。……必然的にハレの日は、ケの日々に比べて極めて短時間になる。ですけど、意識における濃度ではケの日々と対等でいいのではないでしょうか」

「そうだ！」もう飲み干したカップを、遠國はカウンターに勢いよく置いた。「私はいろいろな祭りの世話役もまかされとる。ハレの日の晴れ男なのだ。そんな男が言わせてもらえば、一年に一度の羽目をはずせる祭りのために、他の日はつまらん通俗に耐え忍ぶというのは、かえって抑圧的でどこか寂《さび》しく、不健全にさえ感じる時がある。違うかね？　特別は特別でいいが、踊るような思いは、普段着の中にずっとあってもいい」

援軍に、アーサーは微笑を向け、

「エデンを出ても、無心で、裸で踊ろうとし続ける人類。それも当然ではありませんか。この世界は神の安息日で、我々はその中で生かされているのですから」

2

「安息日……」

甲斐が声にした。

「創世記ですよね。神は七日間でこの世界を創りあげた。一日めに天と地を創り、光と闇を分けて、六日めに大地を覆う生き物たちを生み、神の姿に似せて人を創った。……そして、七日めを安息日とした」

「そう。万象を創り終えた神は、その第七日を祝福して、これを聖別なさった。こう聖書は記します。『神がこの日に、そのすべての創造のわざを終って休まれたからである』……祝福し、聖別なさった。その第七日めを私たちは生きているのです」

「安息日の中で……」昭は考え込む目になる。

「創世の記《き》はなぜ、森羅万象を創りあげた御業《みわざ》を讃《たた》えるだけで終わらず、聖別された安息日をわざわざする最後に置くのでしょう」アーサーは問いかけた。「そこを私たちはもっと、重要なこととして受け止めていいのでは」

「安息日から続いている世界、か……」久藤が長めの髪を掻きあげた。

望月は、スマホ画面からあげた目を中空に据えている。「目をひらかれたと言いますか、思いもかけなかった見方です……」「面白い」

「安息日に身を置いたその神が見守ろうとしているのは、やはり、自分の形に創った人類が憩う光景でしょう」

アーサーが言うと、宗正が言葉を挟んだ。

「だが最初の人間は神を失望させ、楽園を追われた。そういう意味では人類は、安息日の後の八日め、いや、七・五日めを過ごしているのかもしれませんな」

「その解釈も興味深いですね」アーサーは頷く。

「示唆《しさ》的で、インパクトもある表現だ」

「しかし、この世のベースが安息日であることに変わりはない、と」昭は、嚙み締めるようにそう語る。

続けてアーサーが言う。

「楽園を追われた人類は、地を耕し狩りをするという労働をしなければ生きていけなくなりました。労働を追放による刑罰として定義したため、働くという営為を神への贖罪行為とし、時には苦役とも意識づけしてしまう例が多いです。実際、キリスト教の歴史的な一時期において、厳格な規制や禁欲、非現実的ながんじがらめの抑制のみを敬虔《けいけん》な姿だと導いたこともありました。五感を抹殺するような徹底した永続的倹約、果ては苦行。それらも否定はできませんが、七日のうち一日ぐらいは心身に安息を与えなければ。なにしろ神でさえそうなさったのですから。キリスト教を含め宗教は、威厳《いげん》を発生させるかのような堅苦しい厳粛さを主軸にもしてきましたが、本来のもう一面も重視していいと思います。解釈き放たれた愉悦的な意識である、人間的、民衆的な祝福を」

　酔いで目が半分閉じそうになっているが、そうだ、と遠國が頷いている。

「共生的に作用し合う建設的労働は、言うまでもなく尊いです。ただ、賃金を得る苦役の末に一日だけ休息日が巡ってくるという意識ではなく、ハレの日という安息日世界の中で、私たちはエデン以降の勤労の六日間を務めてみているんだ、と捉えることも意義あるかもしれません」

　久藤が言った。「ケの日もハレの日の一部だ、ぐらいの強気の人生観ですかね。ケの日も前向きに活かすハレの意識、と言いますか……」

　なかなかいいね、といった目で、望月は部下を見る。

　アーサーも一つ頷き、

「神を讃える聖なる日は宗教それぞれにあるでしょうが、いささか強引な遊びの観点からすると、心静かに祈ること以外の、自由度を高めた原初的歓喜の共有をもっと認めてもいいのではないでしょうか。例えば、キリスト教の重要で基本的な儀式で……、まあ、このようなことを口にする司祭はまずいないかと思いますが……」

　理解を求めるような視線を周囲に投げかけるアーサーに、甲斐は、大丈夫なの兄さん、という眼差《まなざ》しを送る。

「ミサの中心的な儀式である聖体拝領は一面、ここだけの話、イエスの肉をパンとし、血をワインとしたごっこ遊びではないでしょうか」

　ふふんっ、と宗正は渋《しぶ》く笑い、昭は苦笑しつつも顔をしかめた。

「なんとも大胆な」久藤は笑みで唇を曲げた。「ですがそれもまた面白い指摘ですね」

「宗教というものは、起源となる伝承や聖典をなぞって儀式としますから、本質的にはそうなってしまうとも言えます。儀式は真面目な転写ゲームであり、神聖な過去を再演する芝居です。それを粛々《しゅくしゅく》と、厳《おごそ》かに、聖なる信仰の共有宇宙とする。厳粛さや荘厳さは、人々をごく自然に敬虔な精神にしますし、宗教の格をも示すでしょうから、そうした何重もの意義深さをもっていることは論を俟《ま》ちません。ただ、敷居《しきい》を高く感じさせるような重々しさに偏ってしまってはいけないはず」

　アーサーは、カップの最後の一口を飲んだ。その美味がもたらしたかのように、表情は柔らかい。

「キリスト教的に言っても皆さんは、神が創り与えた肉体に備わる五感や官能を賛美して、しかし同時に本能からも環境からも自由になることは可能でしょう。安息を得て見守る神の心を安んじるためには、人も大いに歌い遊び、踊り、楽しんでいるその姿を見せるのが一番かと」

　この時、ピロピロピロと、スマホの着信音が鳴った。

「あっ、すみません」と、由比が慌てて体を小さくし、スマホの画面をテーブルの下で確認する。メールのようだった。タイトルだけ眺めるつもりだったようだが、やや真剣な顔になると続きにも目を通し始めた。

　その気配を察し、「どうした?」と、父親が尋ねる。

「なぁんだ」急に気を緩めて、由比は姿勢を戻した。「お母さんからだった。タイトルが『おばあちゃん』だったから、どうかしたのかと思ったけど、おばあちゃんへのお土産はなにがいいと思う? だって」

　この時、「あっ」と甲斐は声をあげていた。

　今度はアーサーが、「どうした?」と訊く。

「ほら、あの、『空を行く』とつながる古典の言葉だよ。見つかったかもしれない」

「なんだった?」

「枕詞《まくらことば》だよ」

　これはアーサーも正確には理解できなかったので、甲斐が説明した。

「和歌の修辞法なんだ。次にくる言葉の頭に決まり事のようについて、形を作ったり調子を整えたりする。〝たらちねの〟がきたら〝母〟、みたいに」

興味を示している人々の中で、「それがどうしたんだね？」と、宗正が声に出した。

「〝天伝《あまつた》ふ〟という枕詞がありました。この言葉の意味が、空を行くでした。ですので、〝雲〟や〝日〟、〝入り日〟などにかかるみたいですね」

「やはりそれか！」

さほど喜ばしそうではなく、アーサーが言っていた。

「それ、とは？」昭が首を突き出すようにして訊く。

「由比さんのお祖母《ばあ》さんが作った詩のタイトル。そのとおりに詩の内容を見れば、お祖母《ばあ》さんの状態が推測できます」

「状態とはなんです、アーサーさん」ぐっと眉《まゆ》を寄せた宗正は心配顔だ。

由比は両手を握り合わせた。「よくないことでしようか？」

「残念ですが、よいことではありません」

ここで、この話を知らない美術館の二人に、かいつまんで事情が伝えられた。

それから、

「お祖母《ばあ》さんの生活の変化を見ますと、視力に関係あることが起こったと推測できますね」とアーサーの話は再開された。「新聞を取りやめたのは、小さな活字が読めなくなったから。こちらからの連絡に返答がないとのことでしたが、電話ではよく話しているようなので、メールの連絡に対してはということではありませんか？　これも文字がほとんど読み取れないことが原因では」

「しかしアーサーさん。老眼も進み切っているあの歳《とし》になってから急にそれほど視力が悪化しますか？」宗正の疑問だ。

「視力の低下ではないと思います。お祖母《ばあ》さんの目は、視野が暗くなってしまう病気なのでしょう」

「えっ!?」

声を発した宗正や由比だけではなく、誰もが思い詰めたような視線をアーサーに注ぐ。

「あの詩は、〝太陽〟をタイトルにしているのです。書かれているのは夜ではなく、昼間の光景なんですよ」

甲斐も驚きが激しく、理解が追いつかない。

アーサーは続けていた。

「冒頭の、黒い蛾と焼けた蝶は、蝶を描いているんです。黒い大きな蝶なのかもしれません。それを、暗い視野で見ると蛾のようだ、と詠《よ》んでいる。黒い鳥は、鳥かもしれませんし、鳥のシルエットなのかもしれない」

「待ってください」宗正は戸惑いを深めていた。

「シルエットって……。月ではなく太陽を横切るような鳥を直接見るなんて――、あっ！」

「そうです。視界に入る太陽の光をくすませるほど、視野に暗いベールが掛かっているんです」

書かれた詩を読んだものが、月だと勘違いするほど……！

「昼間ですから、遊園地の描写は普通のものです。日陰《ひかげ》にある川などは黒く見える時もあるのでしょう。そうした川を越えた先では、子供たちの軽やかで楽しそうな声が弾んでいる。そうした隔世の心境を詠んだ詩なのではないでしょうか。

それと万引き騒動。あれは、店内の明かりだけではどうしても、商品説明や値札が読み取れず、日の光を求めてつい外に出かかったのかもしれません」

青ざめている由比に、アーサーは丁寧に声をかける。

「重い病気とは限りません。歳を取るとなりやすい目の状態で、そのような症状になるのもあったと思います」

由比だけではなく、何人かがスマートフォンを急いで操作し始めた。

「加齢黄斑変性《おうはんへんせい》……」由比がうつむいたままで言う。

「網膜動脈閉塞症《へいそく》……」昭が低く言う。

「どうして言ってくれないんだ！」宗正は杖で床を突いた。

少し間をあけ、

「お祖母《ばあ》さんの親友や詩の仲間の中にはごく少数、目の状態を知っている人もいるのでしょうね」と言ったのはアーサーだ。「その方たちには口止めしているのでしょう。特に、お身内に対しては。心配かけまいとして」

何人かは気付いていた。彼女の娘の夫は失明者だ。どのような心理か詳細はつかみづらいが、言いだすことに気兼ねする思いもあるのかもしれない。

「それに」アーサーが言葉を足す。「病院に定期的に通っているとのことですから、さすがに眼科には告げて、治療してもらっていると思います」

宗正は、一つ大きく息をついた。

「込み入った治療が必要な病気なのか、由比？」

「急いで大きな手術をしなければならないとかは、ないみたい……」

「そうか」

「どうしよう、お父さん？」

宗正は、今度はゆっくりと呼吸をした。

「慌てて対応しないほうがいいな。こっちが感情的になったり性急になったりすると、あっちはムキになる。意固地だからなあ。……お母さんが帰って来てから相談して、じっくりと策を練ろう」

「そうだね……」

宗正は、

「いやあ、アーサーさん、ありがとう」と頭をさげた。「気付けてよかった。助かりましたよ」

望月も笑顔になった。「解決しちゃったのね」

「クレメンス神父。まったくあなたって人は……」

昭は、呆れの色も交えるほどの賛嘆の顔色だった。

宗正がこめかみを揉《も》み込むようにして、中断するまでの話を思い出そうとしている様子だ。

そして、「神が創りたまいし肉体か……」と呟く。声に、問いかけのような響きがこもる。義母の眼病を知った後では、そうなっても当然かもしれない。

「労働の尊さもそうだが、開放的に喜ぶ姿も見せて神の心を安んじる、ですね」

宗正は言いたかったことを思い出した様子だ。

「目指す肯定的な面としては理解できます。しかし、前提となる概念そのものが一定の恵まれた者たちを選んでいるような気がしますね。貧困地帯の子供たちなどには、労働に尊さを感じる余裕などないでしょう」

「そうですね」アーサーの面《おもて》にも、胸の痛みから生じるような陰が流れる。「そうしなければ死が目の前にあるので動いているだけ。ケの日もハレの日もない。紛争地帯で、笑い踊れるか？　……ですが、彼らの労働の姿こそが、命に対して敬虔です。あらゆるものを超えて尊い。今までの論拠にしてきた踊りという例も、もちろん、ただの自己満足で……なんといいましたか……能天気に浮かれ騒ぐことではありません。人の世の苦が背景にある。誰しもそれを背負って祭りに参加し、それでもすべてをあるがままに受け入れ、自己を溶かして陰陽の一体化を目指す。そうした祝祭だからこそ、実存性のある未来的な創造の力となるのです。……この世への感謝など今は欠片《かけら》も感じられないかもしれない大勢の人々も、人が造り出せる荘厳な空間に触れ、その庭では手を取り合って軽やかなステップを踏める……、そんな風にして救われてほしい」

アーサーの一言に多くの思いが共振するような無音の一瞬が生じた。

しかしその静けさの中に、

「神様は救わないのですか？」という由比の問いが

すっと流れた。「安息日に続く七・五日めには、なにをしているのでしょうか？」

「ああ……。常にある、根源的な問いですね。様々なむずかしさをはらんだ神学的テーマですが……」

アーサーの親指の先が、下唇《したくちびる》をゆっくりとさすっていく。

「今までの話の流れに沿った方向で短くまとめると、こうなるでしょうか。人間の最大の属性にして本質は、自由ということです。創世の神は、人形のようにしか動かない人類を箱庭におさめて愛《め》でるような世界の形は取らなかったのです。楽園という箱庭から出した。希望と叱責《しっせき》である自由を与えて。しかし、得た自由を使いこなせず、人類は殺戮《さつりく》や紛争も作り出して神に見せている。そこは人類の罪で、人類が克服しなければならないことでしょう」

少し判ったような、という目になった由比に、アーサーは最後に添えた。

「神様だって基本的に、安息を得られる光景を見たいでしょう。確かに、試練も与えますが、数限りなく導きも示しますし——そもそも試練も導きでしょう——、神は救済のパズルを練り、微笑しながら、芸術の神秘を成す息吹《いぶき》で炎も揺らす」

細く長い顎の先をつまみながら、望月は囁くように言った。

「人類だけは、芸術を生み出して見せることもできる」

眠りかけてイスからずり落ちそうになっている遠國を、日吉が揺り動かしている。

昭は、

「そういえば思い出しました」と言う。「地球上のあらゆる存在の中で、人間だけが救済を欲し、人間だけが遊ぶ。こう定義する人もいましたな」

合いの手を入れるようにこれに応じたのが日吉だ。

「わたしも、救済についてはもっと知りたいですけれど、このお話にお時間を取らせるわけにもいかないでしょうね」

　壁の時計を見る。八時をすぎていた。

「またの機会を見つけまして、ぜひお伺いしたいです」

「そういたしましょう」

　それもまた神父の務め。重要な。そう甲斐は思う。

　自分はとてもその道は進めない、とも思う。

「昭さんもおっしゃってましたとおり、私も楽しみにしているもう一仕事が残っていますしね」そう言ってアーサーは微笑む。

「〝万物ギャラリー〟見学。これがあります」顔色を晴れやかにする昭は、膝をつかんで前屈《まえかが》みだ。

「その前に日吉さん」宗正が顔を向ける。「お茶のお代わりいただけるかな」

　私も、と幾つも声があがり、日吉を喜ばせた。

3

　お茶の時間が終わると、二人の美術館員がひとまず部屋へ向かうことになった。

　手荷物をさげて望月は歩き始めたが、すぐに、

「おや、絶景ですね」

と感想を漏らして窓へと進んだ。

　ガラス壁といっていい窓が広がり、なだらかな夜の山襞《やまひだ》がそこから一望できる。まさに絶景だった。

　山の上に満月が顔を出し、それは眼下の広い川面《かわも》に分身を揺らす。わずかな月明かりが、枯淡で雄大な山水画を描き出していた。

　望月は荷物を一旦おろして夜景に見入る。

　久藤は手近な場所に荷物を置き、ソファーの肘掛けに寄りかかった。

　借景を自慢するかのように、昭が山の名前などを望月に教える。雲が非常に少ないことに安堵しなが

ら。右手に広がる盆地状の平野には、小都市の街明かりが散っていた。

二人から少し離れた場所で、甲斐は由比に囁いた。

「この夜景も、コラージュ素材にいいかもね。光量が足りなくて、うまく写らないかもしれないけど」

スマホのレンズが向けられ、シャッターが切られる。

結果に甲斐は満足した。

「見て。ガラスの映り込みもないし、けっこう撮れてるよ」

「いい！」ペフッ、ペフッ。「幽玄って言うの？ムードある」

「なにが写っているか、はっきりしないかもしれないけど」

「それもミステリアスでいいんじゃない。そういうのも撮ろうよ」

由比もスマホを出した。

二人は、月光を反射するサッシの窓枠やカーテンの陰などを撮影していく。

被写体を探して少しずつ移動し、二人はバーカウンターに近寄った。二、三枚撮っていると、するすると久藤が寄って来て、密着するような距離で甲斐のスマホ画面を覗き込んだ。

ワイングラスの曲面に魚眼的に映り込んでいる家具類が、アップになっている。

「品が良くて、一種の脆《もろ》さも味になってるね」

微笑みかけるその顔の前に、由比が腕を突き出した。自分の撮影した画面を見せる。

「わたしの、このマドラーはどうです？」

そこは久藤も如才なく応じる。

「なかなかアートですね。もっと細かく光がちりばめられているとさらにいいでしょうね」

月光の美しさを語る昭が一息ついたところで、望月が、「では」と声にし、手荷物を持ちあげた。

久藤も荷物が置かれた場所に戻り、担いだり抱えたりする。

　案内をする日吉が、西へとのびる廊下に体を向けて立ち止まり、

「すぐそこの右手に、ドアがありますので」と腕をのばして指し示す。

「ああ、見えます」と望月。

「手前を望月様がお使いになられるとよろしいかと」

「そうですね」

　と足を運び始める望月に、久藤が後ろから声をかけた。

「荷物、持ちましょうか」

「大丈夫だって。君のほうが重たいだろう」

「そうですよ」と甲斐が言う。「手伝いましょうか？」

　歩きつつ、久藤は振り返る。

「甲斐くんは優しいなぁ。でも問題ないよ」

　笑顔で手を振った。


　二人を待つ間、〝レストルーム〟で甲斐は、アプリ制作の勉強を由比と少しした後、母に送っておいたメールの返信を見て表情を和らげた。

　望月と久藤が交互にトイレに行く時間を挟みながら、一同は揃って〝万物ギャラリー〟に移動した。

　階段ホールにつながる三本めの廊下。西へ向かう廊下だが、ここを少し進むとすぐに〝万物ギャラリー〟のドアはある。形も広さも学校の教室ぐらいの部屋で、戸口は、長辺の左の端《はし》に近い。入るとすぐ、左の壁面が目を引く。

　アーサーも、「おお」と小さく声をあげた。

　漆喰《しっくい》の壁は深い群青《ぐんじょう》に塗られ、そこに、大小様々な陶器が埋め込まれている。

「割れてしまった陶器の破片、欠けた陶器などを利用したものです」と昭が説明する。「それらの品にもあっていい、主張できる再生の場です」

　破片がモザイク画を思わせて密集している一画も

ある。半ば埋まっているひび割れた壺《つぼ》から小さな破片へと、大から小へとたなびくようなラインを感じ取れる配置もある。上向きに埋まって高い位置にある碗の幾つかは、天上から滴《したた》るなにかを受け止めに向かっているかのようだ。

「〝額縁の壁〟ですね」望月が、賛嘆と満足の息を吐く。

「僕も写真で見たことがあります」

そう甲斐が言えば、久藤は応える。

「ちょくちょく紹介されてるよね」

「この壁も、絶対にパネル紹介させていただきますから」望月は燃えるような目を昭に向けた。

「〝額縁の壁〟を額縁で切り取る、という企画でしたな」

「はい」声に張りがある。「三種類の大きさの額縁を持参しました。この部分など……」望月はモザイク画のように破片が美しく集まっている壁面に近寄った。「小さめの、F8サイズの額で縁取りたいですね」

久藤も、キュレーターとして採点するような目で壁を眺め、見あげていく。

「天井のエアコンが無粋《ぶすい》でしょうな」

若干《じゃっかん》言い訳口調で昭が説明を始めた。

壁からはそれほど離れていない天井に、左右に二ヶ所、ほぼ正方形のエアコン送風口がある。

「壁面全体を写したい撮影者は、あれが入らないようにちょっと苦労するようなんだ。でも実用的な効果がある。あそこで空気を動かせば、上のほうの器に埃《ほこり》が溜《た》まるのを防げるだろうから、清掃保守がぐっと楽になるという寸法なんでね」

どっちにしろこの部屋の掃除は楽ではない、そう言いたそうな目を日吉はしている。

由比は、少し広いスペースに立っている宗正の傍らにいた。

〝額縁の壁〟の前の床を奥に進めば、中庭に面している窓があり、遠國はそちらにぼんやりと進んでいる。

　部屋は右手側に広がり、そこに様々な品が詰め込まれていた。

　壁から目を離し、甲斐は室内の様子を見回した。四本の太い木の柱が立っており、品々のおさまり具合からすると、改まったギャラリーというより、招待した者に陶芸家萬生を多面的に紹介しようとする空間のようだ。壁に飾られている写真には、萬生の日常の姿が写されている。ドアの横からはガラスケースが並び、萬生が使っていた日用品がおさめられていた。子供時代の玩具《おもちゃ》やクレヨン画がまとめられている場所もある。なにが入っているのか判らない木箱も多く積まれ、どうかすると家人が修学旅行で買った三角ペナントまでありそうだった。

　そうした中で一ヶ所、きちんとした展示空間として目を引く場所が中央のややドア寄りにあった。上部がガラスになった展示台が二台ある。

　吸い寄せられるようにして、望月が寄っていた。久藤とアーサーも続く。

「これですね、萬生さんが〝蟻《あり》の長き一歩〟と名付けた作品群は……」

　望月は食い入るようだ。ガラスの中まで手を突き入れそうだった。

　横に長い展示台には、二つの器が並んでいる。

「右側のは、彫刻的な創作陶芸の品になる」と昭が解説を始めていた。

　それは麒麟《きりん》が体の所々からたなびかせる体毛が細かな炎となって見える作品だった。

　甲斐も後ろから覗き込んでいた。

「これはあえて、土質と焼きの温度の適性をずらしてあるので、保《も》ちが悪いはずなのだそうだ」

「そう聞きますと、表面がやや粗いような気もしますね」久藤も目を凝《こ》らしている。

「実際、下に微細な陶器の粒が落ちている時がある。次のも、同種の変化を刻む作品だ」それは丸い花生けだった。「土の練り込みを意図的に甘くしてある部分があるそうなんだ。そこは砂質も多いとか、そんなことを聞いた。それでありながらちゃんと焼成できた器だ。縦のラインの模様に沿って脆さが仕込まれている。……ただそこにありながら、いつの間にか姿を変える陶器だな」

「これらは、風化との握手でしょうか」アーサーが感に堪えぬように言った。「自ら砂になっていく砂時計とも例えられますかね。萬生さんが亡くなった後も、その変化は続いていく……」

　望月は感銘の面持ちであり、甲斐も深く感想を持った。

　これらの作品に込められたのは、あえて変化を呼び込むことで永遠の時間に抗しているという反転する壮大なテーマなのかもしれないと思え、そしてこれは同時に悠久の遊びでもあるのだろう。

「そして皆さんの後ろにあるのが、生前の萬生が特に、使い込んで味わってほしいと申していた作品になる」

　昭の解説に従い、皆がそちらの展示台に向き直った。

　人が通り抜けられる幅をあけて設置されたもう一台の展示台。

　そこにもある二つの陶器は、茶碗《ちゃわん》と水差しだ。水差しは、グリーンとグレーの絶妙の中間色で濃淡があり、表面にトロリとした艶《つや》がある。茶碗の中はただ覗き込むだけで、もう水紋が感じられる趣《おもむき》だった。

「使い込まれることによっての風合い。その増し具合が大きいはず、との観点から選ばれたらしい」

「まさに、それですね。ずっと手に取っていたくなりそうです」

　うっとりしているような望月は、深く二度三度と頷き、それから二つの展示台の中身を交互に見やった。

「人に使われることによる、生活と一体化した変化と、無機質な時間の中だけにある変化。陶器ならではの挑戦的な表現の二極ですね。……で、五十幡さん、ご主人、これらも展示予定ですが、時の変化のほうの二作品には、展示上の演出も加えさせていただきます」

「そんな話だったね」

「陳列ケースの下、周囲に敷く毛氈《もうせん》の色を、展覧会の間、徐々に変化させていこうと思いまして。時の変化の象徴であり、表現効果です。リピーターさんは、おやつ、と、なにか変わっていると感じるかもしれません。毛氈、色違いで数種類用意してきましたので、どれがいいかご主人にも見ていただいて、意見交換をいたしましょう」

「ああ。もちろん、明日でいいよな？　明日しよう」

　そうした大人たちの仕事の話の合間、甲斐は他にも興味の対象を見つけて鑑賞した。日本の甲冑《かっちゅう》も置かれていたのだ。ガラスケースにもおさめられず、無造作に置かれているから模造品なのだろう。刀も、近くの、丸めた古地図などが差し入れられている簡素なラックに上下逆《さか》さまに入れられている有様だ。でも鎧《よろい》は感心するほど細部までしっかりとしていて素材にも重厚感があり、迫力充分だった。

　甲斐と由比の参考になる萬生作品を見つけて掲げたのは、日吉だった。

「お二人が見たかった作品はこれではないですか？」

　シンプルな額縁におさめられた写真である。

「それです、それです」

　弾むように言う由比と一緒にそちらに行った。

　一枚の四角い陶板が、斜めになって中央に写っている。周囲は白い余白。そして画面全体に、毛筆による太い文字が、数は少ないが大きく書き込まれている。撮影者も揮毫《きごう》者も萬生である。

「格好いい！」甲斐の素直な感想だった。

　他にも、同じように楕円《だえん》形の皿を上から写した作品もあった。

「ここでも余白が活きているんだなぁ」

「それに、筆文字の格好よさも相当のもんだと思うよ、甲斐くん。かえって粋な感じ」

「そうだね」

「コラージュの上から書き込める文字に、毛筆書体も加えたほうがいいと思う」

「断然いいね、それ」

そうした一方、甲斐は個人的に大変興味のある品も見つけた。

風見鶏だ。

展望部屋の改築時に取りはずされた風見鶏だろう。

近寄るまでもなく、それが思っている以上にかなり大きな物であることが判った。高さは一メートルを超えるだろう。赤茶けた、とまでは言えないが、全体は錆《さ》びたようなくすんだ鉄の色だ。

部屋の奥まった場所にあり、木箱で半ば隠れるようになっていた。

回り込むと、遠國がいたのでびっくりした。木箱の段差に腰掛けるようにしていたので見えなかったのだ。

半分眠っている様子の相手だが、訊かずにはいられなかった。

「これが、遠國さんのおっしゃっていた風見鶏ですね?」

「んっ?」福々とした顔があがった。「ああ、そうだよ、これだ」

「ニワトリじゃなく、鳥ですね」

「だろう?」

両端がそれぞれNとS、EとWの文字になっている二本の棒が水平に直交し、その下の基底部で風見鶏は取りはずされていた。真ん中の支柱の上には球体の構造物があり、鳥の像はその上だ。

正面を向き、羽を広げた鳥である。少なくとも、鳥に一番似ている。三本脚ではないので霊鳥扱いではないらしい。鳥の下には、嘴《くちばし》と同じ方向を指し示す矢印がある。

「この風見鶏本体も調べたのですか？」

「素人なりに徹底した。といっても、調べる箇所など極めて少ないがね。怪しげな所などまったく目につかないのさ、残念ながら」

甲斐にもそう見える。「そうですか」

遠國は身を起こした。

「こう見えても私は、探偵小説が好きでね、最近はともかく、以前はよく読んだものだ」

「ミステリー。私も好きです」

「かなり以前の巨匠で鮎川哲也《あゆかわてつや》という人がいる。どの作品だったか忘れたが、その人が書いた〝風見鶏の論理〟というのが記憶に残っている。好きでねえ」

「へえ。どんなのです？」

悪戯心《いたずらごころ》に酔っているような光を浮かべた目が、甲斐の瞳を覗き込む。

「正常に動く風見鶏が、北を向いている。さて、風の状態は？」

「……北から吹いてますよね」

「もう一つ、可能性がある。無風状態だ」

そう聞けば、甲斐もすぐに思い出す。陶芸家萬生にも、無風をテーマにした一時期があった。

ここでいきなり遠國が立ちあがり、かなり遠くで宗正や望月と話していた五十嵆昭に声を放った。

「お〜い、昭。風見鶏の設置場所には本当に、印《しるし》らしき痕跡《こんせき》や余計な機構はなかったのか？」

不興げに一度天を仰いでから、昭は、吠《ほ》えるような声を返した。

「風見鶏がクルクル動く度にネジが巻かれるからくりか？　そんなものは絶対にない！　あの時の業者でも取り調べてみたらどうだ。こっちはお前に詮索《せんさく》されるいわれはない」

「いささか声が荒いぞ、昭」宗正が咄嗟《とっさ》に忠告した。「ビジネスも進行している場で大人げない」

「向こうが子供じみているんだ」

「あしらうことも笑い飛ばすこともできるはず。疲れてきてるんじゃないのか」

「……自覚はないが、気が削《そ》がれたのは確かだな。望月さん、今夜はこの辺までにしておきましょうか」

「そうですね……」

そう応えつつも望月の目に未練がちなものがある、と認めると、昭の顔は笑みで崩れた。

「まあ、夜を徹してじっくり話し合いたいというのであれば、〝月宮殿〟まで来てくださってもいいですぞ。エレベーターは暗証番号が必要ですが、反対側のテラスから外階段があり――」

「ご婦人になにを言っているのですか」日吉が咎《とが》めた。「やはり、ここまででおひらきにしたほうがよろしいようですね」

アーサーが軽く笑った。

「日吉さんのご指示には絶対感がありますね」

ちょっと恥ずかしそうにする彼女に、遠國が気楽な調子で声をかけた。

「俺には寝酒を頼むよ、日吉さん」

4

コーヒーの入った保温ボトルを手にした昭が階段をのぼり、クレメンス兄弟がその後ろから続く。

二階に着くと、祝祭に臨むような高揚にほんのかすかな俗っぽさも秘めた目の色で、昭は、「では、良《よ》い月食の夜を」と言い残して、明かりを点《つ》けた左手の廊下へと向かった。

アーサーと甲斐が下を見ると、〝万物ギャラリー〟脇の廊下で、まだ日吉がいてこちらを見あげていた。

甲斐が手を振り、アーサーが一礼すると、日吉は、

「おやすみなさいませ」と深々頭をさげた。

そして廊下の奥に姿を消した。その先に、彼女が就寝する小部屋がある。

アーサーが階段上のスイッチを切ると、辺りはかなり暗くなった。一階の廊下にはどれも常夜灯があるらしく、そこから漏れてくる明かりがぼんやりと階段ホールを浮かびあがらせる。

ひっそりと静まりかえった建物の中心部が、館全体の眠りを告げようとしているように甲斐は感じた。冷えた空気が靄《もや》のように漂っている気もする。

二階の廊下は、足下が不安になるほど暗い。進行方向の窓から満月の明かりが射し込んできているので、歩いて行く分には気持ちも楽だ。

左へと曲がると窓が並ぶ廊下で、左手、最初のドアがアーサーに割り当てられた部屋だった。甲斐もその部屋に入り、二人はしばらくおしゃべりに興じることになった。

家具にはアンティークの趣があるけれど、質素ともいえるほど狭い部屋だった。主な家具は、ベッドと、その反対側の壁にある書き物机ぐらいのものである。窓に掛かるカーテンは緞帳《どんちょう》のようにしっかりと厚くて遮光性が高く、これも夜空観測に備えた明かり漏れ対策なのかもしれない。

二人はベッドに腰掛けた。イタリア語で父親のことやヴァチカンのことを話し合い、なんとなく、クスクス笑う。甲斐は修学旅行の気分だった。

「この部屋に泊まったらダメかなぁ」

「ああ、いいじゃないか。そうしよう」

「でも、ベッドが小さいね」

「私は床で眠るよ」

「えっ!?」

あまりの大事《おおごと》を、実にあっさり言われて甲斐はうろたえた。本気？　と問う声は呑み込んだ。兄はもちろん本気だろう。

「君の部屋から、布団は拝借してこよう」

「いや、でも、兄さん……」

アーサーはベッドをおりて、高級絨毯《じゅうたん》の感触を確かめている。「これなら直《じか》でいい。ベッドの敷き布団を勝手に床に敷くのはまずいだろうからね」

確かに、二人で寝るにはベッドは狭い。しかし……

「だったら兄さん。僕が下で寝るよ」

「そんなことはさせられない」

そう言うアーサーは、もうドアに向かっていた。甲斐も慌てて後を追う。

隣室に入り、甲斐のベッドから布団を巻きあげる間も言い合いは続いたが、最後にはアーサーが勝った。

「最近僕は恵まれた環境にいすぎる。少し、心身を締めたいんだ。絨毯の上でも贅沢《ぜいたく》すぎるよ」

という言葉に甲斐は仕方なく折れたのだ。

布団を抱えてどこかこそこそと移動する間も、甲斐は修学旅行のちょっといけない行為を味わっているようでわくわくした。断りもなく布団を別室で使うというのもマナー違反かもしれないが、神父が率先してやっているし、いいだろう。

二人は就寝用の服に着替え、予備のシャツを丸めて枕《まくら》にしたアーサーが床の上で横になって布団を掛けるのを、甲斐は黙って見ているしかなかった。甲斐はベッドの上で、半ばうつぶせになる。

壁の隅《すみ》か壁の奥から、カンカン、チリチリといった音が聞こえ、どうやらスチーム暖房が働いているようだ。

今日見たり聞いたりした、芸術の意味、思惑を持つ何人かのこだわり、神学、そんないろいろなことに瞬間的に思考を巡らせた甲斐は、思わず呟いていた。

「人間は、意味を求め続けずにはいられない存在……か」

アーサーは目をあける。「無意味なことに虚《むな》しく恐怖する、という説は、なるほどだね」

「それと救済説かぁ……」

〝万物ギャラリー〟を出た後、主に日吉と話した内容がそれだった。客人を部屋へエスコートしたり主のコーヒーを用意している間に、立ち話のようにして、アーサーは彼女の問いに答えていった。

「でも、兄さん」甲斐は体を横向きに起こし、兄の顔を見つめた。「あの考え……、無意味で無目的な、神の聖なる戯れがこの世であることを悟れば、救済の道も見えるというのは、誤解も招きやすいんじゃない？」

「答えに真面目さが足りないと感じたり、突き放されたように思ったりするかもしれないね」

「うまく伝わらないとそうなっちゃう」

「慎重に受け止めないと悪く曲解されてしまう、むずかしい教えはある。仏教にも有名なのがあるだろう。悪人正機説《あくにんしょうきせつ》とか」

「阿弥陀仏《あみだぶつ》が救う衆生《しゅじょう》、ってやつだね。ええと、善人なほもて往生をとぐ、いはんや悪人をや」

「それだ」

「僕たちは無力な凡夫で過ちを犯さないはずがなく、そうした意味で悪人であると自覚した者を皆救う……そんな意味だよね。悪人のほうを救うとか、悪人も救うとかではない」

「善悪を分けるものではないらしいね。それと、さっき話したのは、あくまでも、ささやかな一つの見方だ。今日話していた、神の遊びという論旨に沿った中でのね」

「うん」

甲斐は、先ほどまでの話の中身を反芻《はんすう》してみた。

人は、永遠に未解決であろうと思われる問いも常に発する。人は死んだらどこへ行くのか？　絶対的な終末のある世界でなぜ生きるのか？

そしてこうした根源的で広大な問いは、実は、個人的な苦難の時期における問いから始まっていることがほとんどである。死別の悲しみ。耐えがたい心痛。

その苦難が、どこへも到達しないような無限の問いへとなっていく。その問いを受け止めてもらうために、無限の存在を必要とする。

人は、安息にいる時、その意味を無限に問うたりするだろうか？

「兄さん。あの言葉はズシンときたなあ。苦を強く問うなら、楽も同等に強く問え」

「少し強い調子になっちゃったけど」

あの話の時、ちょっと耳が痛いという顔をして由比が考え込んだのを甲斐は思い出していた。

兄が、引用混じりに伝えてくれたこと。

笑みや快楽を与えてくれるものに対して、人はそれ以上の意味を求めない。

なぜ楽しいのか、などと、深遠な問いは発しない。気持ち良いからと、神を問い詰めたりしない。

なぜ救済を求め、死、病《やまい》、苦、悪などだけを問うのか？

神に無常を問うことは無意味である。少なくとも一方的だ。無常も含めたこの世界の創造的な戯れを完了していいるからだ。

人は無意味に戯れている時、魂の渇きは満たされて、それ以上の理由は問わない。ならば、混沌《こんとん》とした遊びであるこの宇宙の中で、神への問いは消滅する。

人はすでに、神の救済と恩寵《おんちょう》の戯れの中にいるのだ。

「……でもそれは一つの境地で、納得はむずかしいだろうなぁ」

甲斐は、ごろりと仰向けになった。

そして、萬生の〝無風〟という作品を鑑賞していた時に兄の口からこぼれた呟きを思い出していた。

こちらに問いかける、虚空ではないけれど吸い込まれそうな無。この場合、見る側が豊かでなければ、空白に飲み込まれるでしょうね……。

「救済を得るためには、こちらの器も必要だってことかな。神頼みだけではダメで」

両手を頭の後ろで組み、甲斐は天井を見つめた。

アーサーが言った。

「問いかけはまた別だとしても、もっと身近で開放的な感覚に取り込めれば、神の声は聞こえやすくなるかもしれないね」

身近……と考えるうちに、ごく日常的なことで甲斐は思いついたことがあった。

「兄さん」

「うん？」

「日本ではここ何年か、神って言葉も身近に引き落とされすぎて、ずいぶん俗っぽく使われだしているよ」

「そうかい」

「なんでも最上級のことを、〝神〟って言う。例えば、ベストスリーは神スリーだ。好感が持てる対応は神対応」

「先進国ではどこでも、その傾向はあるね」

「人気マンガやアニメ、映画に登場した実在の場所を探して歩くのを、聖地巡礼って言う」

「……文脈に気をつけないと、それは間違えそうだ」

甲斐は天井を見ている。

「神様が安息日にいて微笑みたいと思っているなら、今は苦笑の時代かもしれないね」

いや、世界全体を見れば泣き笑いで嘆いているだろうか……。

まだ眠れそうもないので、二人はテラスに出てみることにした。


「うひゃあっ。やっぱりこの格好は失敗だった」甲斐は笑いながら悲鳴をあげた。「寒いや！」

景色は最高だった。深く幅のある渓谷を越えた先に広がる尾根の重なりは、深山の濃密な空気を闇に溶け込ませながら、月光を受ける梢《こずえ》は潤いの光で瞬《またた》かせている。

テラスはいかにも個人宅のもので、観光地用のしやれた造りは見当たらない。イスも置かれてはいない。全体が木製で、手すりなどはかなり太く、丈夫さが取り柄といったところだろうか。

背後の岩場の頂《いただき》には〝月宮殿〟があり、そこまでは、二、三度軽く折れながら階段が続いている。

「スマホを持って来ればよかった」甲斐は悔《く》いた。

「凄い景色だなあ。満天の星だし」

満月の南中まではもう少しだろう。

静寂に包まれた雄大な景色と月の運行が意識に入り込んできた甲斐は、ふと、兄に尋ねた。

「永遠を感じさせる一瞬という話があったけど、確信的な信仰の道に入る人って、こう……真実の光の凝縮に触れたような体験をしたのかもしれないよね。兄さんも、そんな体験をしたのでしょう？」

「……あったね。それがどこまで真実なのか探ろうとし、その先を見たくなった。信仰というのはまず、信じるの〝信〟があり、それを〝知〟で支えるのが基本の姿だと思うのだけど、私は〝知〟に比重がありすぎるようで、バランスが悪い。……かなり寒いね、中に入ろうか」

ドアをあけて廊下に入りながら、アーサーは続けた。

「こんな私を活用して、大司教や枢機卿は、なにか実験をしようとしているのではないかと時々思うよ」

「まさか！」呆れて、甲斐は思わず笑った。「そんなことあるはずないでしょう。妄想がすぎるよ、兄さん」

外より静けさが増す廊下の中で、前を行くアーサーの声が甲斐の耳に触れた。

「お母さんの調子は、ずっといいんだね？」

「もう何ヶ月も発作は起きていないよ。ここ二、三日は、体調がちょっと優れなくて、外に出ないほうがよさそうだったけど。いや、基本的に元気だよ」

甲斐の母には、癲癇《てんかん》に分類される病があり、悩ましく珍しい症状を伴う。服用している今の薬の服《の》み方は効果的なようで、それがずっと続いてほしいと甲斐は祈っている。

部屋に戻り、

「じゃあ、就寝の祈りでもさせてもらおうかな」そう言って明かりを消そうとしたアーサーだが、

「あ、そういえば……」と動きを中断すると、スマートフォンを手に取った。

「癲癇発作に関する論考の一節を、この間入手したんだ」

「へえ？」震えながら布団に飛び込んだ甲斐だったが、すぐに体を乗り出した。

「日本語のテキストだから、記憶もしづらいし、正確に翻訳してみようと思って保存してあってね」

「母さんの治療に役立ちそうなこと？」

「いや、いくらか抽象的な論調でね。発作中における時間の観念を論じていて、このようなものは初めて目にした。そしてどこか、お母さんの症状の特徴に触れているようでもある」

「へえ！」

精神病理学者、木村敏《きむらびん》の文章だった。発作の襲来によって、日常性内部での時間の流れは完全に寸断される、と見解が示されている。発作を目撃した第三者もそれに巻き込まれるという。異質な時間構造になっている、と。

画面をスワイプして、二人は目を通していく。


いってみれば、日常の時間は発作中完全に停止して、無時間の空白が忽然《こつぜん》として出現する。時間の見積りは、時間の連続性を前提にしてはじめて可能になる。時間が突然とだえて、再び出現したような場合に、この途絶の間の時間を見積るということは本来不可能なことなのだろう。

（中略）癲癇の発作においては、環界との相即関係を保障している時間の連続性が唐突に中断され、短時間ののちに再び回復される。これは主体にとっては一つの重大な転機（クリーゼ）である。しかし、発作が終了したの

ちに患者は稀《まれ》ならず気分の一新、さらには一種の高揚感を体験する。発作という「死と再生」のドラマにおいて、「大死一番乾坤《けんこん》新なり」という禅的な境地が現成したのだといってよい。このクリーゼにおいては、時間の中に永遠が稲妻のように侵入してくる。永遠は彼岸的なものとしてでなく、現世的生の真只《まっただ》中《なか》で生きられるものとして姿を現す。癲癇発作は、生の只中《ただなか》での死の顕現である。もちろんこの死は、個別的生命の終焉《しゅうえん》としての個別的な死ではない。それは、いかなる個別的生もそこから生まれそこへ向って死んで行く、個別の生死を超えた一つの次元である。

「……本当に凄いね」甲斐は、しみじみと賛嘆した。「『時間の中に永遠が稲妻のように侵入してくる』。……『いかなる個別的生もそこから生まれそこへ向って死んで行く、個別の生死を超えた一つの次元』って、これは、生命や魂の源である、あっちの世界、不滅の来世みたいなものと同じことだよね」

「世界の様々な死生観や宗教観に共通する生命原理だと思う。そこまで深く、思索的に感得できるとはね」

「……確かにスケールある本質論みたいで、詩的ですらあるけど……」甲斐の表情は沈んでいく。「個別の病状や発作は、もっと悲痛で、生々しく凄絶《せいぜつ》なものでしょう。現実からかけ離れたら、どんなに天才的な鋭い分析でも……」

「そのとおりだ」アーサーも、内側の痛みを共有するように応じ、「そうではあるけれど、これは病状の現実を記載するものではない。意図が違うからね。日常の垣根《かきね》の向こうの時間感覚や人間以外のものとの共鳴などを知っているのかもしれない人たちから想像的に教えを請い、精神の殿堂から闇を払おうとしている」

「うん……」

「その切り込み方は独創的で鋭利だと思う。そしてなにか、お母さんの精神を掻き乱すあの症状に、新しい意味で触れていると思わないかい？」

「ああ、うん。ここか……」甲斐は画面を操作してその部分を拡大した。「『患者は稀ならず気分の一新、さらには一種の高揚感を体験する』……これだね」

「お母さんも、発作時に一種の神秘体験をしている。どうやら珍しいことではないらしい」

「でも……、心配なのは、暗黒の方向に一変する時だよね。あれも高揚の一種なのかな。残酷な高揚をする……」

発作時と、発作が終わってから、彼女は自傷行為に及ぶ時がある。周囲の人間や環境に対しても冷厳として荒々しい存在となる。発作の多くでは、聖的なものと恍惚《こうこつ》感を持った交流をしているように傍目《はため》には見えるのだが、何割かのパターンで、無慈悲な暴力性を発揮してしまう。

甲斐が最も恐れた母の発言がある。発作の後の荒々しい行為の時間の中でも、かすかに意識を保っていたらしく、その時の感覚と思いを、母は自ら恐れるように吐露したのだ。膨れあがる破壊衝動が快感だった、と。なにものをも——人の理性も法律も、すべてを支配できそうで、その実行を全《まっと》うすべき使命感すらあった、と。わずかに残っていた理性が、その衝動と行動原理の方向を引き留めていたらしい。

甲斐くん。お母さんを引き留めなければならない時は、躊躇《ちゅうちょ》しないでね。

母ぐらいいい人を、甲斐は見たことがない。朗《ほが》らかで、なにごとにも開放的で、公平で裏表がなく、前向きで柔らかな雰囲気で周りさえ包む。——そんな母の、あんな姿は見たくない。なぜ、自分を破壊する。

善良で穏やかすぎ、防御力すらないから、悪魔に狙《ねら》われているようにも甲斐は感じる。

スマホの電源が切られたが、甲斐はそのまま視線を留めた。

その彼の頭の中に、ある問いが浮かんでくる。今までも何度か脳裏をかすめることがあったけれど、どうしてもそれを形にする気にはならなかった問いかけ……。

ザカディアン・クレメンスは、純粋に、心底母を愛して結婚したのだろうか。

若き有能な神学者だった彼は、母の癲癇時の特異な症状に興味を引かれたのではないだろうか。自分ならエクソシストになれると自負したか、稲妻のように侵入してくる彼女の神秘体験を身近にいて共有しようとしたか……。

母を観察対象としてつなぎ止めた、とはさすがに思いたくない。父の人格からしても、それは恐らくないだろう。

でも、愛情ではなく同情だった可能性は……？

だが息子といえど、そんなことを想像しても仕方がない。

今は離れて暮らしているけれど、父と母の籍はつながったままだ。父はカトリック司祭として叙階された時すでに妻帯していたので、その結婚はそのまま認められている。

破壊的な発作のない九十九パーセントの母との生活は幸せだ。幼《おさな》い頃に死別した実母の記憶がほとんどない兄には申し訳ないほど……。

それでも……。

母の精神と肉体はぎりぎり限界までいったことがある。その時は兄も駆けつけた。あれから程なく、新薬が功を奏して深刻な発作は減った。そして数ヶ月前の、複数の薬の新しい服み合わせへの調整以降、発作自体が抑えられている。

だがそれは、なんと危うい防御壁なのか。完治ではまったくない。なにかの弾みで一度だけ自傷発作が起こり、間が悪ければ、それで母は死んでしまうかもしれないのだ。

美しい母の、すぐ足下には暗黒の獣が口をあけている——。

アーサーは、「こうした学説が治療現場になにかをもたらしていないか、調べてみるよ」と言った。

「発作は永遠に起きないでほしい」

と言った後、甲斐は、明かりの消えた部屋で仰向けになった。

「兄さん……」

「うん？」

「申し訳ないけど、僕は、お母さんを助けてくれるなら悪魔にも協力するよ」

「そうか」

5

なにかの振動か物音のようなものを感じて目が覚めた——気がする。

夢の中の出来事だろうか。

重く凝《こ》り固《かた》まったような体を苦労して起こし、遠國与一はフラフラと立ちあがった。

そのほんの数秒の間、彼の意識の表面を漂ったのは不思議なことに、アーサー・クレメンスという神父のことだった。彼と話したのは数時間だけだったが、なぜか、自分がずいぶんと肯定されたような心持ちがした。

直接褒《ほ》め称《たた》えられたり祝福されたわけではもちろん、ない。それでも、自分のどこかを信じたり褒めたりしてもいいのか、という気にさせられた。

聞いて話す、その呼吸だけで、ああした神父は日常的なミサでも行なっているのだろうか……。

こうした考えが整然と成立したわけではないが、とにかく、現実的には酔って醜態を晒していた遠國にもこの時は肯定的な思いがもたらされていた。もっといえば自信に溢れていたともいえる彼の五感が、この一瞬、周りの情報を目覚ましくまとめあげた。

「これは――!!」

遠國の顔が闇の中で輝く。

「やはり、こんな凄い仕掛けがあったんじゃないか! ――〝風〟、〝無風〟……そういうことか!!」

男の両眼は、秘められた宝物《ほうもつ》を凝視するように滾《たぎ》っていた。

「月食の夜だからか? やはり昭が動かしているのか?」

遠國与一は行動に出ていた。

◐

〝月宮殿〟の主は息絶えていた。

〝月宮殿〟と名付けられた一室の中で。

両腕両脚を緩くひろげ、仰向けで、夜空を見据えているようだった。だがその網膜はもう、その一室の天井すら映すことはない。

殺されたその者の妄執が叶えられるとしたら、そのまま夜空へと漂い出て行ったであろうか。

だが仰向けのまま、男は動かず……。

やがて……

月が欠けるのに合わせるかのように……

屍《しかばね》の顔が……

黒い闇に溶け込むようにして消えた。

自分に心酔した者への月の慈悲か、化身として今の姿を重ね合わせるかのように。

そしてそのまま月は欠け続け、今度は屍の……

左手の先が黒く欠けた。


夜も更けていたが、仕事を続けている望月雪生の傍らには、ノートパソコンから出力したプリントが何枚も置かれていた。月や月食について、文字どおり一夜漬けの勉強をしようと思って用意したものだ。

聞いたとおりに、朝早くから、月食の話を五十幡昭からさんざん聞かされることになるのであれば、少しは話を合わせられないと、営業としてはさすがに準備不足の誹《そし》りを免《まぬが》れないと考えてのことだった。

彼女はまだ目を通していなかったが、そのページの文章にはこのような一節があった。

> われわれが見ることができるのは常に月の同じ面で、そこには白っぽい汚れがある。汚れはどうしてできたのだろう。その理由づけに人間や動物がよく引用された。たとえば、それは晒《さら》し台《だい》に見せしめとしてつながれている1人の男で、過ちを償うため、地上のすべての人間の目にさらされているというのだ。(中略)過ちは多くの場合、宗教の戒律に関係していて、キリスト教国ではそれは普通、日曜の安息日を守らないこと、盗み、慈善を施さないことであった。

●

アーサー・クレメンスは夢を見ていた。不穏な夢だ。

風の神と雷の神が大地に騒乱を招き、アーサーの身近な者たちを苦悶《くもん》の表情に塗り固めていく。

そして、暗く逆巻《さかま》く空に現われた天使がラッパを吹く。黙示録だ。

> 第四の天使がラッパを吹いた。すると、太陽の三分の一、月の三分の一、星という星の三分の一が損なわれたので、それぞれ三分の一が暗くなって、昼はその光の三分の一を失い、夜も同じようになった。

屍はまた大きく欠けた。すーっと、闇に溶け込むように胴体が……。
月天《がってん》が、魂ごと吸いあげるかのように。
肉体はさらに欠け続け……
その左腕が黒く変質して消えた……。

Ⅲ　月欠ける時、王を扉の後ろに横たえ……

1

早朝の空気の中、甲斐は階段ホールを見おろしていた。

味わいのある空間に思えた。古色さえ感じさせる様式で整えられた建物内部が明け初めていく。

今通って来た二階の廊下にある窓からは淡い光が入り、一階部分には仄暗《ほのぐら》く静謐《せいひつ》が残る。

右端《はし》の壁にあって左へとカーブしながら下へつながる階段は、ゴシック小説の一場面に登場したことがあるかのような雰囲気だ。

甲斐が今いる、左右にのびる廊下は謁見台のごとく吹き抜けに面していて、その手すりは、クラシックな、中央に膨らみを持つ親柱や子柱で支えられている。階段の手すりも同様だ。

深い艶を持つ構造物が朧《おぼろ》な朝日に輪郭《りんかく》を溶け込ませる、今この時だけの光景だと思える。写しておくべきだろう。

部屋へ戻り、そっとドアをあけた。

「あっ」

兄が立っていた。やはり、甲斐が抜け出した気配で彼が目覚めないはずはなかったのだ。だから驚くのはその点ではなく、祭服こそ身につけていないが、この短時間で身支度を調えていることだ。

「スマホを取りに戻ったんだ。階段ホールがいい感じで、撮っておきたくて」

「そう。じゃあ行ってみよう」とアーサーは微笑む。

二階の廊下から一枚シャッターを切ると、一階、左端の廊下から日吉礼子が歩いて来るのが見えた。長袖《ながそで》Tシャツに緑色のエプロンをつけている。いつもの、大きくリズミカルな歩調ではない。考え事にふけっているような……。

それでも、階段の手前で人の気配に気がついたかのように上を振り仰いだ。

表情のなかった顔に、笑みがパッと咲く。

「これはお二人様。おはようございます。――って、本当に早いですね」

「朝食の催促はしませんよ」

アーサーが笑顔で言って、二人も挨拶を返した。

彼女はそのまま階段をのぼって来たけれど、二階になんの用があるのだろう、と甲斐は不思議に思った。

それを尋ねると、

「昭さんと連絡が取れないものですから……」彼女の顔に戸惑いの色がのぼった。

「連絡が？」アーサーが問う。

「月食の翌朝は、それはもう、早朝からうるさいものなのですよ。いつもは立ち入らせない〝月宮殿〟に呼びつけますし、コーヒーを持って来いとか、しまいにはお酒まで。ですが今朝は、この時間までなんの動きもなく……。スマホの電話も通じません」

「たまたま寝入ってしまっているということもあるのでは？」アーサーは推測を口にした。「大事な月食観測ですから、スマホも切っているのではないですか？」

「はい、絶対邪魔をさせないように、月食の時間帯は切っています」エプロンのポケットから取り出したスマホを、日吉は操作し始める。「ですけど、その時間がすぎれば元に戻すはずなのです」

「……それで、〝月宮殿〟まで行ってみよう、と？」

「はい。行けるようなら……」

スマホの呼び出しにはやはり、五十幡昭は応じない。

身近な人間としての勘が彼女を動かしているようで、それは無視できないと甲斐は感じた。ちょうど、由比たち家族が、漠然とでも祖母の異変を嗅《か》ぎ取《と》っていたように。兄も同じように感じているらしい。

「では行ってみましょうか」と言う。「甲斐はこの辺にいてくれ」

「はい」

奥へ進む廊下へ体を向けたと見えた日吉だったが、ふと立ち止まると、甲斐に向き直った。不思議なほどその表情がほぐれていて、甲斐はちょっと驚いた。いたずらをしようとしている叔母さん、とでもいったような親しげな笑みがある。

人差し指を立てた。

「一つ提案があるのです、甲斐さん。五十幡由比さんのことを、名字などではなく、由比ちゃんとお呼びなさい」

「えっ？」

「きっとそうするんですよ」

魔法でもかけるようにそう言って背を向けると、彼女は待たせていたアーサーと歩きだした。

二人を見送り、甲斐はスマホのレンズを階段へと向けた。由比……ちゃん？　と口の中で呟きながら。階段の壁には、名月の様々な姿を捉えた写真が複数飾られている。

廊下はすぐに、右へと多少曲がる。突き当たりになる薄暗い場所にエレベーターがあった。

「しかし動かせるのですか？　暗証番号が必要だとか聞きましたが」

テンキーが備えられているのが見える。

「日吉さんは番号を承知しているのですか？」

「いえ、存じません。もしかしたら、という憶測があるだけで、試してみます。四桁《けた》だとは聞いています」

エレベーターは古風なデザインだった。重厚な木質のドアが左右にひらくようだ。真上に階数表示があり、円形のそれは今、一九〇二年のサイレント映画『月世界旅行』の砲弾をめり込ませた月面を模《も》した絵になっていて、そこに2の数字が記されている。

慎重にテンキーボタンを見ながら、日吉が四つを押した。

すると近くにあった赤いランプが緑に変わり、エレベーターの駆動音が聞こえてきた。

「正解でしたね、日吉さん」

ほっとしたようではあるが、日吉に笑顔はない。

「昭さんの奥様の、命日の日付です」

月宮殿は、月天子とその夫人がおさめている……。

駆動音と共に、丸い覗き窓の中の月の戯画は横へずれていき、変わって1と書かれた太陽の顔がすっかり現われると、チンと停止音が鳴った。

扉があき、二人は中に入った。

シックな木目調で、床は厚い群青色の絨毯。非常装置以外は、上下の行き先スイッチがあるだけだ。

のぼりのスイッチを押し、日吉はアーサーの目を見あげながら小さく笑う。

「昭さんのお邪魔をすることになったら、しこたま怒られますね」

ほんの数秒でエレベーターは上の階に到着した。建物の二階からさらに七、八メートルは高い場所だ。

ドアがあくと、そこはもう部屋だった。右に向けて部屋は広がっている。

エレベーターから出て、二人はすぐに右へと体を向けた。そちらが南で、正面突き当たりは一部を除いて広いガラス壁となっている。床の中央には素人離れした趣《おもむき》で天体望遠鏡が設置されて、それが仰角でガラス壁に向けられており、その様はまさに、ちょっとした天体観測所だった。

　一見すると、五十幡昭は不在のように感じられる。ただ、なにか、かすかに異臭が鼻腔《びこう》に触れるようで、二人の顔をわずかにしかめさせていた。

　彼らのうち、どちらが最初にそれに気付いたろうか。床にある膨らみ――。

　室内の三分の二ほどは、天体望遠鏡の設置場所を除いては絨毯敷きになっている。ただ、西側三分の一ほどの床は、サイズの大きな黒いタイルが敷き詰められていた。白と黒を基調にして、スタイリッシュな内装といえる。一服用のテーブルセットもデザイン性が高い。黒いテーブルの上には、日吉の渡した保温ボトルと、コーヒーカップやスマートフォン、灰皿などが置かれている。

　このタイルの床の南側は壁になっていて、そこには丸くかなり大きな鏡があり――言うまでもなく満月の模造だが――もちろん姿見であるそれは黒い床を映しているはずだった。だがその床の一部が平らではない。

　それは――それこそが人の体のようであった。仰向けになった人体。

　しかしその様相は、世界のいたる所で奇蹟的な怪異と出合ってきたアーサー・クレメンスをして、「Dio mio（なんてことだ）！」と唸《うな》らせるものだった。

　体形と服装からして五十幡昭だと思われる。だがあまりにも情報が少ない。

　ジャケットは見当たらず、襟つきの黒い半袖シャツ姿である。両脚は窓、頭はアーサーたちのほうに向いている。だが顔には黒い布が掛けられていて、人相は判らない。そして、左腕――。

　手首から先は、異様な黒さを見せている。塗料が塗られているのではない。薬品で焼かれたか、炎で燃やされたのだろう。そして手首から上の腕には肩まで、布だったらしき物が巻き付けられていて、それごと火をつけられたようだ。元の腕よりは幾分膨らみのある状態で焼けただれている。顔に掛けられている黒い布の隙間に見える首も、黒いようだ。

さながら、人の白い肌が視界に入るのを忌避する者が、憎悪の対象を徐々に粉砕していったかのような様相だった。

無事に見えている肌は、右の腕だけである。

ふらつくようにして、そちらに二、三歩近づく日吉は、

「えっ？　……あ？　……」と、言葉にならない混乱と当惑の声を漏らしている。

青ざめたまま口元を両手で覆い、

「昭……様？」と唾《つばき》を飲み込む。

アーサーは進み出て横に並び、彼女の腕にそっと手を掛けた。

「手の施しようはありません。なににも触れず、警察にまかせましょう。……ただ事ではない」

頷くというより、日吉は震えるように体を動かした。

アーサーはスマートフォンを手にし、まずは甲斐を呼び出した。

「〝月宮殿〟に入ったよ。昭氏と思われる人物を発見したが――」

『思われる、ってどういうこと？　発見？』

「ひどい有様でね。殺されたのだろう。少なくとも死体損壊は間違いがない」

『殺され……！』

「これから警察に通報する。一一〇だったね？」

『そ、そう……』

「……いや。全員の安否と居場所を確認してからのほうがいいか。甲斐、そこを動かずにいて。一緒に行動しよう」

『はい』

「君のことだ、騒ぎ立てることなどしないと思うからそちらの心配はしないが、身の回りの安全には充分気を配るんだ」

『うん』

通話を切った。

崩れそうな日吉に手を貸して、アーサーはその場を離れかけたが、立ち止まると遺体を振り返った。それから数メートル引き返し、遺体のそばで膝を突いた。

「ああ、ええ……」涙ぐむ日吉の声が震える。「お願いします。あの方、カトリックですもの……」

アーサーは臨終の秘蹟《ひせき》を唱えた。

2

〝月宮殿〟でエレベーターのドアをあけるのにも暗証番号が必要だった。下と同じ四つの数字であけることができた。

エレベーターで下へおりる間、日吉が気付いたかどうかは判らないが、アーサーはずいぶんと、ケージ内に視線を走らせたり指紋は残さないようにあちこち触ったりしていた。

下に着き、廊下を曲がって進むと、階段ホールの二階廊下に甲斐以外の人影があった。

久藤央だ。貧血でも起こしたようにしゃがみ込んでいる。

アーサーと日吉が近付いて来るのに気がつくと、壁で体を支えるようにして立ちあがった。

「大丈夫?」と、甲斐が声をかける。

「まあ、なんとか」と応じてから、彼はアーサーたちに弱々しい自嘲の表情を向けた。「本当に人が死んだのですか? 殺されたとかって?」

両者は情報を交換した。兄と日吉がエレベーターへ向かった後、少しして甲斐も、暗証番号でロックされているのではなかったかと思い出し、二人が手こずっていないのか様子を見に行った。この時の、廊下に入って行く甲斐の姿を、トイレへ行こうと階段ホールを通りかかった久藤が目にした。それで階段をのぼって来たのだ。

この時は、アーサーと、階段ホールへ戻りかけていた甲斐との間で電話での会話が交わされていた。甲斐も久藤の姿に気がついていた。久藤はそばにいて、「殺され……！」などの声を耳に入れていた。詳しく内容を聞くと、ショックを受けた久藤はふらついてしまったらしい。

日吉も顔色はかなり悪い。

アーサーは、久藤にさらに追い打ちをかけないように表現は選んだが、遺体の一部が燃やされていることは伝えた。死因は不明……。

甲斐も、緊張と恐怖で頬の色が白いが、

「みんなに知らせるんだね、兄さん」と気丈に振る舞う。

「全員集まったほうがいい」

足下のおぼつかない二人は特に慎重に階段をおり始めたが、途中で甲斐は「あっ」と小さく声をあげた。階段ホールの一階に人影が現われたのだ。

五十幡宗正と、彼に付き添うようにそばにいる、娘の由比だ。

ホール左側の、彼らが宿泊している部屋や〝レストルーム〟などに通じる廊下からやって来たところだ。

向こうもアーサーたちに気付き、目を――宗正は耳を――向けてきた。

由比はパッと笑みを浮かべて手も軽くあげるが、甲斐のほうはなにぶん明るい挨拶は返せない。

一階で合流して事態が伝えられると当然、二人は信じられないという面持ちを経《へ》て、悲嘆と動揺に満ちた顔色になった。

由比の茫然自失《ぼうぜんじしつ》ぶりと怯《おび》えた目の色を、甲斐は見ていられなかった。

「兄が……」宗正は体が重くなったかのように杖にすがっている。「間違いないのか？」

アーサーが答えた。「顔は直接確認できない状況なのです。しかしほぼ間違いないという覚悟は必要かと」

幸い、玄関ホールの隅には二脚の肘掛け椅子が用意されている。そこに、宗正に座ってもらった。由比も座り込むようにして、隣の椅子に腰を落とした。

宗正の次の言葉は、兄が今まであえて避けていた内容だろうと、甲斐は思った。

「〝月宮殿〟で殺害されたということはどう考えても、行きずりの犯行ではあるまい。これはいったい……？」

「事態は流動的です」アーサーは言う。「まず、あと二人、声をかけてみましょう」

不安に染まった目を向けてくる由比に、甲斐は強めに頷いた。残念ながら、僕がいるから心配するなという騎士的な意思ではなく、兄がいるから大丈夫という意味でしかなかったが。

久藤は望月雪生の無事を早く知らなければと焦り、しかし相手は女性だということで日吉と二人で向かうことになった。アーサーと甲斐は、日吉から教えてもらった遠國与一の部屋に向かう。宗正と由比の父子はこの場に待機だ。

遠國に割り当てられていたのは、〝万物ギャラリー〟のほぼ向かいにある、予備的な応接間だった。長椅子の背が倒れてベッドとして使えるという。

甲斐はノックをして呼びかけた。しばらく待ったが返事はなく、ノックと声をかなり大きくしていく。それでも反応はない。

「かなり深酒していたから……」

「完全に寝入っていて起きられないということもあるだろうね」アーサーも言った。「でも、確認したほうがいいだろう。あけてみよう」

錠などはない。ノブをひねり、ドアはあく。カーテンが閉められたままで、室内は暗い。しかしすぐに判ったことがある。

「兄さん。寝た形跡がないね」

布団はきれいに敷かれたままだ。大きくドアをあけて二人は室内に入り、家具の陰を見回ったが、どこにも遠國の姿はない。

玄関ホールに戻り、宗正と由比に、部屋にはいなかったと甲斐は報告した。「寝た様子もないんですよ」

「他も見て来ます」アーサーが次の行動に移る。

甲斐も一緒にトイレや風呂場を見て回ったが、やはり遠國の姿はない。

玄関ホールに引き返すと、ちょうど望月も他の二人と姿を見せたところだった。

部屋にもどこにも遠國がいないと知らされると、望月がハッとした様子で叫んだ。

「で、では、遠國さんが昭氏を殺害して逃走したということでは？」

ぎょっとしたような複数の視線を浴びて、彼女は慌てて口を押さえた。「す、すみません。無責任なことを口走ってしまいました。つい……」

「遠國さんは家の中にいると思います」冷静というより、細い声でそう告げたのは日吉だ。「戸締まりはされたままでした。それに、玄関の窓から見たのですが、あの方の車は停《と》まったままです」

わずかな沈黙の後、アーサーが言った。

「ではまず、一階で、まだ見ていない場所はどこでしょう？」

ダイニングとリビング、そして〝万物ギャラリー〟……。

アーサーと甲斐は最初に、〝万物ギャラリー〟に向かった。

向かう、と言ってもすぐそばだ。廊下に入るとそこにドアがある。甲斐があけた。

次の瞬間、二人の目に飛び込んできたのは異常事態を告げる光景だ。

荒らされている一角がある。陳列物が折り重なるように倒れ、壊れてしまっている物もある。そして視線の正面、争いでもあったようなその場の床には、うつぶせで男が倒れていた。頭を奥に向け、両腕を広げている。服装と体形からして、遠國与一に間違いないだろう。

そしてその背中には、模造刀が突き立っている。不快な恐怖感で、甲斐は喉が締めつけられるようだった。

深々と、垂直に刺さっている刀。

そう、遠國が倒れているのは鎧《よろい》のそばだった。

足下や周りに気を配りながら、アーサーが遺体に近づいて行く。甲斐も恐る恐る続いた。

場所は柱にも近く、その手前にあった衝立《ついたて》は上部が壊され、傾き、近くにあったらしい日本人形が床に落ちて壊れていた。扇子も二、三本ばらまかれている。

甲斐は、この部屋で一番重要な陳列物かもしれない〝蟻の長き一歩〟の展示ケースへ視線を飛ばした。そこは荒らされておらず、無事のようだった。

模造刀が入れられていたラックは壊れ、入っていた巻物状の古地図や脇差《わきざ》しが辺りに散っている。模造刀の鞘《さや》は真っ二つになっていた。遠國の右手の先には、一メートル半ほど離れてスマートフォンが落ちていた。

アーサーは数秒、調べたそうな目をしてスマートフォンを注視していたが、近付くことはせず、視線を横たわる人体に戻した。

甲斐もちらっとだけ遠國の顔に視線を走らせた。左の横顔が見えている。それは驚愕《きょうがく》と激痛で凝固したマスクのようで、丸く見開かれた眼球にはすでに光も反射しない不透明なベールがあるようだった。

ひっ、と息を呑む気配がし、甲斐は振り返った。いつの間にか、日吉がすぐそばまで来ていた。恐れと悲嘆で打ちのめされた顔を両手で覆う。戸口からは、久藤も息を詰めるようにして覗き込んでいた。

さあ引き返しましょうという身振りで、アーサーは日吉を誘導する。

「血液の色や凝固具合から見ても、こちらも亡くなってから長時間経《た》っています」

遠國与一も殺されていたという知らせは、〝月宮殿〟での死の衝撃を、倍加どころか数倍のものへと深刻化させた。

警察への一報の後、椅子を求めてリビングに移動した一同から声はない。

窓の外に見える空には、地上に湿気《しっけ》を閉じ込めようとするような厚い雲が広がってきていた。

甲斐はぼんやりと、スーパー晴れ男の遠國さんはもういないものな、と考えていた。

3

激しい雨を引き連れるようにして、刑事の一団がやって来た。リビングがそのまま、関係者の待機場所になっている。

椅子が集められている場所は二ヶ所だ。テレビの前と、それよりは入り口側でローテーブルを囲む一角。テレビの前の席には、宗正と由比、日吉がいた。他の四人はローテーブルの周りに着席している。緊張をほぐすような会話もできず、甲斐は落ち着きなく身じろいでいた。

制服警官や所轄の捜査官たちに長い時間をかけて事態のあらましを聴取されたり指紋も採られたりした後、しばらく待たされてから二人の刑事が入って来た。

加藤《かとう》と名乗った男は背広が似合う長身で、刑事たちから「係長」とか「警部補」と呼ばれている。

「五十幡宗正さんはじめ、ご遺族の方には県警本部を代表しまして改めてお悔やみ申しあげます」

物腰の丁寧な官僚の趣だった。殺害された一人が、県を代表する芸術家の権利相続者ということもあり、対応にはそれなりの配慮がなされているのだろう。

「私、萬生さんとも昭さんとも顔を合わせておりますよ」と、加藤は宗正に語りかける。「お兄様とは、芸術を活用した更生プログラム検討会の折に何度かご一緒しました。社会的意識も高い、エネルギッシュなお方でしたね」

「気が合わないところもあり、何度か衝突もしましたが……」宗正は、杖の頭をこねくるように握り締める。「信じられませんなあ、この世でもう、あれと会えないとは……」

語尾は不意に消える感じで、宗正は頭をがりがりと掻いた。

隣の由比は小さなヌイグルミのペムをぐっと抱き締めており、力が入りすぎてそれはペフッと音を立てた。

「あっ、すみません」と肩を縮める。

甲斐の目に今の彼女は、怯えている子供同然に映っていた。

加藤警部補は、かまいませんよ、といった同情的意味がこもっていそうな視線を由比に送り、それから全員を見回した。


「ご不快を与えることもあるかと思いますが、事件解決のためです、ご協力はぜひともお願いいたします」

彼はそこで踵《きびす》を返《かえ》し、もう一人の刑事に、後はまかせたという意味らしい一揖《いちゆう》を示して部屋を出た。

椿《つばき》と名乗った刑事は、まだ四十前と見えるが、「主任」と呼ばれて、現場の実働的な指揮を執っている男だった。少し肩幅の広い中肉中背。刑事にしてはやや髪が長く、ブルーストライプのシャツを着て、どこかしらしゃれ者といった気配があった。

この部屋を覗く他の刑事の目、あるいは彼らの態度からは、二重殺人という大事件に熱くなりながらも、重要容疑者はもう手中にあるといったどこか満足げな興奮も垣間《かいま》見《み》えた。しかしこの椿刑事はずいぶん飄々《ひょうひょう》とクールで、松明《たいまつ》の束《たば》の中にあるＬＥＤライトをも思わせた。

彼は立ったまま高価そうなメモ帳をひらき、基本的な人物関係とこの屋敷での集まりの概要などを声に出しておさらいし、一同から確認を取った。

「つきましては、争い事など起きなかったのでしょうか、と訊かざるを得ないのですが」そう問う声や表情からは、感情が窺いがたい。「昭さんや遠國さんを巻き込んで感情的になった場面はありませんでしたか？」

感情的になったといえば、甲斐には、秘密のからくりを巡る話題しか思いつかなかった。他はずっと和やかな時間だった。とはいえ、犯罪捜査をしている刑事を相手に、遠國さんはこの家の隠された仕掛けをしつこく知ろうとして昭氏を苛立《いらだ》たせていましたとは言いにくい。本気で取り合ってくれるだろうか。

誰もが同じ思いらしく、首を横に振る程度ではっきりとした返事はない。

そうした微妙な空気を嗅ぎ取っているようだが、椿刑事は、

「まあいいでしょう」と話を進めた。「すでに大曽根古典美術館には確認を取っていますが、萬生作品の展覧会を予定しており、その準備として望月雪生さんと久藤央さんがやって来ていた、と」

椿は具体的な仕事の内容や予定を知りたがり、望月がそれに答えていった。その説明が作品の目録作りに差し掛かると、椿は興味を示して流れを止めた。

「目録作りというのは昭さんの指示ですか、望月さん？」

「そうです。もちろん全作品ではなく、展覧会出品予定作品とそれに関連する周辺の作品群が対象ですね」

「実はそれは、私が兄に要請していたものです」と、宗正は手をあげ、ついでにサングラスをつまんだ。

「あなたが？」

「無論、すでに作品目録はありますが、古いので……というよりも、部分的にでも外部の目も入れて

客観的な再確認のリストを作るのは無駄ではないと考えますので」

「外部の目ね……」椿刑事は言う。「資産目録の監査、といった意味にも聞こえますが」

「間違いではないでしょう。作成された目録は、私の身近にいる美術に詳しい経理担当者に目を通させます。兄も了承していましたよ。資産の管理にたるみが出ない。展覧会などの度に、可能な限り行なってきたことです」

「その目録作りは今日から開始するはずだったのですね？」

と椿刑事が尋ねると、望月と久藤が揃って頷いた。

さらに椿は、

「今までさほど手を入れていなかった作品ジャンルで、今回目録作りが行なわれるということはありますか？」と尋ねた。

これには宗正が答えた。

「書画ですかね。陶芸家萬生の展覧会でこの手の作品が目玉になるのは珍しいです。作品に目を通しながらの目録作りを、望月さんにはお願いしてあるはずです」

はい、と企画展示主任は頷く。

なるほど、と何事か考えを追うように横を向いた後、椿は、

「そうした企画の準備が進んでいる最中でも、昭さんは月食観測に専念する時間は確保したのですね。特別な思いを持っている方だった、と。この観測に当たって、いつもとは違う出来事などは起こっていませんでしたか？」

思い当たることはない、という反応の一同を見回す椿刑事の目が、なんとなく日吉に合わさった。

それに応じるように、彼女は口をひらく。

「〝万物ギャラリー〟で昭さんは、望月さんに、夜通し仕事の話がしたいのならば〝月宮殿〟へ来たらどうだと――」

「ほう！　あの現場は人を寄せ付けない昭さんの聖域だと伺っていましたが、望月さんを招待したのですか」

違います違いますと、日吉をはじめ何人かが急いで否定した。

「招待などではない」と、宗正はきっぱり言う。「あれは軽口だ。来るなよ、ということを前提としたおふざけだ」

「おふざけです」日吉はそう繰り返した。「本当に望月さんが訪ねようとしたら、冷たくあしらわれたでしょうね。望月さんもそうしたニュアンスは重々承知していたと思います」

「すると望月さん。あなたは〝月宮殿〟に行っていないと？」

「行ってません、行ってません！」必死の面持ちの望月は、胸の前でバタバタと両手を振る。

「そうですか。ではここで……」メモ帳を閉じた椿は、目の光は硬いまま、口元には演出的な微笑を浮かべた。「改めて皆さんに確認しておきましょう。もちろん犯罪など犯していないが、別の事情で〝月宮殿〟に足を踏み入れたという人はいませんか？」

十秒ほど経っても、緊迫感を帯びた空気は動かないままだ。

「では、二階へ行ったかどうかはどうでしょう」椿刑事は、アーサーと甲斐に視線を向けた。「こちらのご兄弟の部屋は二階でしたね。でも、昨夜は二人とも、弟さんがアーサーさんの部屋へ移ったりしていた時間帯以外は、出歩いていない」

二人はそれが事実ですと伝えた。最初の聴取の段階で、二人は同じ部屋で寝たと告げた時、日吉がかすかに不思議そうにしたのを甲斐は感じ取っていた。あの狭いベッドで窮屈でなく寝られたのだろうかと、心配しつつ疑問に感じたのだろう。その点をこれ以上詮索されないことを甲斐は願った。クレメンス神父が床で寝たなどと知れば、もてなし役の日吉は卒倒してしまうに違いない。

「で、一階の方たちはいかがです」椿刑事は五人に声をかける。「二階に行かれた方はおられますか？」

しばらく待ってから、椿は告げた。

「人前では言いにくい理由で行ったという方は、後で個人的に申告してください」ここで彼の声は、やや厳しくなった。「それ以降、黙っていたのに二階に行ったことが判明すれば、それは重大な容疑になりますからね」

通達とも思える響きを持つその言葉の後、緊張の色を拭《ぬぐ》えないながら久藤が発言した。

「刑事さん。外から侵入した人物が犯人だとは考えられないのですか？　〝月宮殿〟はともかく、〝万物ギャラリー〟でしたら、盗みに入った犯人が鉢合わせした遠國さんを殺害した、というセンもあるでしょう？」

「その点ではまず、この大雨がありましてね。屋外の採証――証拠集めは実質不可能です。足跡の痕跡も見定められない。ただ、屋内の鑑識捜査では、侵入者の痕跡は皆無です。今朝、戸締まりは日吉さんが確認していますね」

「はい。玄関と、調理場横にあります裏口は錠が掛かっていました。各部屋の窓まで見回ったわけではありませんが……」

「我々の初動が入った時点では、どの窓も施錠されていました。では、そうですね、ここからは時間に沿ってお話を伺っていきましょうか。またか、と思われずにご協力ください」

椿はメモ帳で二、三度、自分の肩を叩いた。

「まず最初に、昨夜から今朝にかけて、気になる出来事を見たり聞いたりしたという方はおられますか？　……いないようでしたら、日吉さんから伺っていきましょう。起床なさったのは何時頃でした？」

「六時前です」

「昭さんから連絡がきていないか、すぐに確認したのですね？」

「今まで同様、メールが入っているはずなのです。コーヒーを持って来てくれ、とか」

「それがなかった」

「はい。ですがそうしたこともあるだろうと、身支度を調え、施錠を確かめて回りました。その後は調理場で朝の支度です。そうするうちに六時半になりましたが、まだ連絡がありません。この辺から不安になってきました。それで、相当に逡巡《しゅんじゅん》しましたがこちらから電話をすることにしたのです。でも、応答がなく……」

「〝月宮殿〟へ行ってみることにした。そしてこの時、階段ホールの一階と二階で、クレメンス兄弟との対面になったのですね」

アーサーと甲斐は、問われることに正確に答え、あの時の事態を再現して聞かせた。

「そして少し遅れてその場にやって来たのは、久藤央さん。何時から起きておられました?」

「部屋を出る十分ほど前ですね。ですから、時刻として六時半といったところでしょう」

「エレベーターの暗証番号を一致させることができて〝月宮殿〟へ向かうことのできたお二人が遺体を確認した時刻が、おおよそ……?」

「六時四十三分です」アーサーが応じた。「事態を弟に知らせようとした時にスマートフォンで時刻を確認しました」

「六時四十三分ですね。それから階段ホールの二階におり、しばらくすると、五十幡宗正さんと由比さん親子が姿を見せた。宗正さん。起床時刻と、その後の行動は?」

「起きたのは、私も六時半ぐらいでしたね。スマホが音声で時刻を知らせてくれます。娘の寝《やす》んでいる隣の部屋の壁を杖で軽くノックしました。それで目が覚めなかったとしても問題はありません。娘が一緒だと、安心感と行動速度が増すわけですが、無論、一人でも動き回れますから。身支度には多少時間がかかります。廊下へ出てみると、娘も部屋を出たところでした」

　隣で由比が頷いている。

「トイレや洗顔を済ませたかったので、娘と二人で階段ホールのほうへと向かったのです」

「判りました。では、残ったのは望月雪生さんですね。久藤さんと日吉さんが起こしに行くまで、就眠なさっていたのですね？」

　羞恥《しゅうち》の色をかすかにのぼらせる望月は、それを払うかのように早口だった。

「昨夜遅くまで仕事をしていたのです。深夜すぎまでです。寝た時間が遅かったものですから……」

「けっこうです」言って椿刑事は、記憶のスタンプを押すようにまとめた。「そして、遠國与一さんの遺体も発見し、通報時刻が七時九分」

　椿は続けて、

「さて、起床時刻も伺いましたが、それ以前、夜中などに邸内をうろついたことなどないのですね、皆さん？」と改めて問《と》い質《ただ》す。「これで最終確認としますが。どうです？」

　誰もが、部屋を出ていないと供述した。

「するとやはり、明かりのスイッチをあのようにいじったのは犯人ということでしょうね」

　などと聞こえよがしにもそもそ言った後、椿刑事はすっと顔をあげた。

「皆さんの指紋も検証に役立ってもらっています。エレベーターの暗証番号入力ボタンには日吉さんの指紋が付着し――」

　当の日吉は慌てて言葉をかぶせた。

「それは当然ですわ。触ったのですもの。エレベーターの一階のスイッチ――テンキーは、事件のことなどなにも知らない時に、普通に指で押したのです」

「はいはい、判っています」顎に指先を添えて、椿は頭を縦に揺する。「……ではこうしましょうか。〝月宮殿〟へ移動しながら、関係した人の行動を確認する。アーサー・クレメンス神父と日吉礼子さんに来ていただきますね。それと、昭さんの行動パターンなどを詳しく知る必要があるので、宗正さんもお願いします」

付き添いで由比も呼ばれた。

犯人がいじったらしい明かりのスイッチとはなんのことだろう、と甲斐が気にしているうちに、四人は部屋から出されていた。


リビングのすぐ外で聴取の補助に立っていたらしい若い刑事が最後尾に回り、椿刑事を先頭にして四人は廊下を進んだ。

「いやまあ、そうですか……」そんな意味のないことを声にしながら、椿はカフスを調整している。

「ヴァチカンの神父さんがいらっしゃるとは。それも奇蹟を審問するお立場なんですね」

半分振り返って声をかけてくる刑事の視線を、アーサーは柔らかく受け止めた。

「珍しい職務でしょうね」

「大変興味があります」

階段ホールに出たところで一人の刑事が歩み寄り、椿刑事に耳打ちをした。

頷き、「そうか」と応じると、椿はアーサーたちに向き直った。

「すみません。〝月宮殿〟からまだ遺体を運び出していないようでして、ここでしばらくお待ちください。私は様子を見てきます」


五十幡昭の遺体のそばには、二、三人の刑事を控えさせて、捜査一課検視官室の警部補が屈《かが》み込《こ》んでいた。

彼は遠國与一の検視を終えてからこちらに回り、遺体の腕などに焦《こ》げ付《つ》いていた布を剝《は》がしてから最終的な検分をしようとしているところだった。

「お疲れさまです」声をかけて椿は近付く。

「おう」検視官は遺体を見つめたままだ。

椿はすぐ横で腰を低くした。

「死亡推定時刻はどうです？」

「深夜頃としか言えないな。遠國とどちらが先に死亡したかも特定などできない。同じ頃に殺されたのだろう」

「そうでしょうね」

「解剖にも期待をかけないほうがいい。どっちが先に死亡したかは法医学的には判断できないはずだ。状況を調べて推定してくれ」

「はい。遠國の死因は見た目どおりの刺殺でしたよね。こっちのは判りそうですか？」

検視官は遺体の顔に指を近づける。

かぶせられていた黒い布はすでに取りはずされていた。左腕と同様、首回りも焼かれていることが露《あら》わになっている状況だ。首はもちろん、両頰から顎、口元にかけても熱傷の影響を受けている。しかし人相確認を妨げるほどではない。目は閉じていたが、口は苦悶の叫びをあげるかのようにひらいている。

眼球を観察しつつ、検視官は、

「扼殺《やくさつ》か絞殺だろうな。首を燃やしてその表面的な痕跡を消そうとした。たぶん扼殺だ。監察医の医師《せんせい》が確定してくれるだろう。それと、その燃焼物だが……」

彼が指差したのは、遺体の首から剝がして脇にまとめてある、ほとんど黒い灰になっている布だった。

「袖口のボタンと思われる物があったから、ジャケットの袖だろう」

「被害者の昨日の服装が、アイボリー調のカシミヤのジャケットであったことは確認してあります」

「その両方の袖をちぎって首に巻き付け、火をつけたのだな。ジャケットの残りの部分は左腕に巻き付けて、同じように燃焼の材料にしたのだ。匂いからして、あのオイルがかけられたのは間違いない」

近くにいた中年の刑事が、造り付けの作業台の隅に目をやった。「あそこに転がっていたスプレーのですね」

「ああ」

その赤いスプレー缶は、中身が空《から》になっていたが、精密機械用の潤滑オイルだった。天体望遠鏡のがっしりとした三脚部分や、あるいは、機械的に開閉する窓の桟などに利用していたものと思われる。

「恐らく……」検視官は、集中する様子を眉間《みけん》の皺《しわ》に刻んで言った。「最初に燃やされたのは、左の手首から先だろう」

その部分はジャケットなどの布は巻かれていなかった。

「潤滑オイルが燃料になることに気付いた犯人が、左手にスプレーし、それから火をつけたってところだ」

口々に刑事たちが意見を出した。「指先の遺留物を処分したかったのだろう」「被害者に引っ搔かれた」「あるいはなにかの痕跡を残したか」。

さらに検視官が推測を語る。

「現段階で確たる根拠は示せないが、それからかなり時間をあけてから首や腕が焼かれたのだと思う」

「確かに見た目は大きく違いますが……」椿刑事は言った。

左腕は、手首から先は焼けて黒くなっているだけだが、他は、皮膚と布が燃焼で密着した状態にもなり、さらに痛ましい損壊になっている。

「ジャケットを利用した着火は、手首を燃やしてから三十分とか一時間は後だろう」

検視官のその指摘に、所轄署刑事が首をひねる。

「遺体を長時間かけて、徐々に焼いていったということですか？　なぜそんな真似《まね》を？」

「現時点でそれを訊かれても困る。ただ、オーソドックスな想像はできるな。そしてそれが、恐らく真相に近いと思う。死後、時間が経過したことによって、首に扼殺痕《こん》が浮かびあがってきたのだろう」

刑事たちは得心の声を漏らす。

首を絞めた時の手の形が、時間が経つことによってアザのように鮮明になる……。紐《ひも》などによる索《さく》条痕《じょうこん》は、絞められた直後から無残《むざん》な傷跡を出現させるが、人の手の場合はそうならないケースが少なくない。

「それを目にして犯人はびびったに違いない。しっかり燃やして首の内部まで痕跡を消し去るためには、布でも巻き付けて炎を盛大にし、時間もかける必要があると感じた。ジャケットの袖が適当に思え、それを脱がせた。潤滑オイルは空になるまで使った。……ついでに左腕も同じようにしたが……これはなぜだろうな」

　少考してから検視官は口にする。

「左腕の皮膚にも、なんらかの痕跡が浮かびあがったのかもしれない。この被害者、左腕にタトゥーはしていないのか、椿くん？」

「それはまだ確認していません」

　うん、と声にして検視官は立ちあがった。

「こんなところかな」


　他に訊いておきたいことは、と検視官が捜査官たちを見回すが、質問は出なかった。

「では、遺体を搬送しよう」


　日吉礼子は、階段ホールに置かれた肘掛け椅子に沈み込むように腰を落とした。五十幡昭の遺体が二階の廊下へ運ばれて来るのが目に入ったからだ。担架に乗せられ、白布が掛けられている。そのためもちろん、直接にはなにも見えないが……。目を覆うようにして項垂《うなだ》れた彼女と、宗正以外の、アーサー、由比、その場に居合わせた刑事たちは、はらはらしながら遺体がおろされて来るのを見守った。

　角度が急なのでどうしても担架も斜めになり、それだけでも危険そうな作業だった。カーブを描く狭い階段なので担架の四隅《よすみ》のどこかはぶつかりそうになって、スムーズには進めないのだった。

　日吉は力なく顔をあげ、横で控えている鑑識の制服を着た女性に声をかけた。

「昭さんは、苦しんだ様子だったのでしょうか……？」

わたしでは判らない、との返事に代えて、鑑識課員は首を横に振る。

日吉は再び、手で顔を覆う。

「遠國さんだってお気の毒に……。無残な……」声は消え入りそうだ。「目をひらいたまま……、閉じてもあげられず……」

女性の鑑識課員は、日吉の肩にそっと触れた。

「あの方の目は、ちゃんと閉じてあげました」

五十幡昭の遺体はなんとか一階にたどり着き、遠國与一の遺体からはかなり遅れてこの屋敷を後にした。

「では」椿刑事が指示を発した。「皆さん、来ていただきましょうか」

4

階段をのぼっていた。「鑑識捜査は済んでいますが念のため」と、椿が調達してきた白手袋を四人はつけさせられている。

目の不自由な宗正は苦労していた。実家とはいえ、残された感覚だけですべてを把握し切れるものではないだろう。この階段を利用する頻度も少なかったのではないか。

一歩一歩確かめてのぼる宗正と、サポートする由比。

万一を考慮し、二人より下でアーサーは備えていた。

宗正が二階に達したのを見届けてから、椿刑事はアーサーに尋ねた。

「昨夜、そこの階段の照明スイッチに最後に触れたのは、神父さんなんですね？」

どこにでもある昔ながらのスイッチだ。四角いプレートの中央にさほど大きくはない角形のスイッチがある。暗闇で灯《とも》るパイロットランプの類《たぐ》いもない。

「そうです」アーサーは答えた。「弟とのぼって来て、私が明かりを消し、二人で部屋へ向かいました」

「あなたの指紋が鮮明に残っていました。すると、階段の下のスイッチに最後に触れたのは誰でしょう？」

「……わたしではないでしょうか」日吉が小さく手をあげるようにして発言する。「わたしが明かりを点け、下でお二人をお見送りしましたから。その後誰も使っていないのでしたら……」

「宗正さん、由比さん。あなたたちは下のスイッチに触れるとかなにか、しましたか？」

「なにも」即座に否定する宗正は仏頂面《ぶっちょうづら》にさえ見える。「近付いてさえいない」

由比はふるふると首を左右に振る。

「先ほどの聞き取りによれば、他の皆さんも同様のはずですね」

椿刑事がそう言ったところでアーサーが、

「刑事さん」と問いかけた。「下の照明スイッチには、なにか変わった様子があったのですね？」

「指紋は拭《ふ》き消《け》されていたのですよ、きれいさっぱり」

「すると……」知らされた者たちが思案するようなわずかな間の後、宗正が言った。「犯人が触れ、指紋を消していったのか」

「のようですね」

軽い口調で認めてから、椿刑事はエレベーター前へ続く廊下に皆を誘導した。

「このテンキーボタンには、日吉さんの指紋が残っていました。四つに。まあ、昭さんの指紋と重なるようにして、ですが。いつも昭さんが使っているボタンスイッチに、最後に日吉さんが触れたという状況を示しています。暗証番号は、昭さんの奥さんが亡くなった日付だったのですね？」

「そうです」

と日吉が答えると、宗正はなるほどという顔になり、由比はへえという表情になった。

「一発必中だったわけだ。もし違っていたらどうしましたか、日吉さん？」

「その時は、テラスからの階段をのぼったでしょうね」

短く頷き、椿刑事は四桁の暗証番号を押してエレベーターのドアをあけた。

「ここの、のぼるのスイッチも押しましたからね」

ケージに入った途端、日吉が珍しく突っかかるような勢いで性急に主張した。

刑事は苦笑しながら、また短く頷いた。

チンと音を立てて上の階に到着し、エレベーターのドアはひらく。

〝月宮殿〟だ。

その広間へと出る。日吉の顔からかすかに血の気が引いていく。

遺体のあった場所に人形《ひとがた》に貼《は》られたテープの白さが、黒いタイルの上で妙に映《は》えている。その床には一部、熱による影響だろう、焦《こ》げたりくすんだりしている箇所があった。

最終チェックでもしているのか、二人の刑事の姿が見える。

南に面する広いガラス壁には、激しく雨が打ちつけ、その音がざわざわとこの空間を満たしていた。

「あのガラス窓。まったくもって、ちょっとした天文観察施設ですね」

椿刑事もそちらの様子に気を奪われたと見え、それが最初の話題となった。

「あの上部の窓は電動式ですものね」

言いつつそちらへゆっくりと進む刑事に、アーサーも、他の三人も続いた。

それなりに高さのあるガラス壁の上部、三分の一ほどは、室内に傾いてくるような傾斜をもっている。そしてその中央部は左右にひらくのだ。右端からコードがさがっており、その先端のスイッチで開閉を調整する。

　ぶらさがっているそのスイッチに触れながら、椿刑事は話し始めた。

「月を——昨夜の場合は月食を観察する間、昭さんは当然、あの窓の部分はあけておくのでしょうね。さて、観測が終わった後ですが、すぐに窓を閉めるのかどうか、ご存じの方はおられますか？」

　答えられる者はいなかった。刑事は日吉に期待するような視線を向けるが、彼女は、

「そこまで詳しいことは伺っておりません……」と首を振るのみだ。

「では、今朝のことをお尋ねしましょう。神父さんと日吉さんがここへ来た時、あの観測用の窓はあいていたのですね？」

　日吉はそこまで覚えていなかったが、アーサーは、

「あいていました」と記憶を語る。

　答えつつ、アーサーは周辺の観察もしていた。

　ガラス壁の右端には、屋外階段へ出るガラスドアがあった。錠は掛からないらしい。

　ガラスドアの外の地面には人が歩けるような面積はなく、左右どちらにも進めない。外階段を下るしか道はないのだ。

　電動でひらく窓へ向ける仰角で、広間の中央には天体望遠鏡が備えられている。白いボディーの天体望遠鏡の接眼レンズ部分には黒いデジタル一眼レフカメラがセットされている。それらを支える三脚は、しっかりとした重量感を見せていた。

「我々が到着した時もあいていましてねえ」椿刑事はぼやく口調だ。「雨が吹き込んでいて大変でしたよ。拭き掃除《そうじ》をするだけで大事《おおごと》でした」

　そう聞くと日吉は急に家政婦の厳しい目になって、ガラス壁や床を点検し始めた。その目が一、二

度光ったところを見ると、掃除としての手抜かりを発見したようだった。

プロ根性を見せ始めたそんな女性を傍らに、椿は話を続けている。

「いずれにしろ犯人は、あの窓はあけたままにしておかなければならなかったでしょうね。室内で火と煙を発生させたのですから」

「開閉スイッチの指紋はどうだったんだね、刑事さん？」と宗正が訊いた。

「明瞭《めいりょう》なものは検出されませんでしたが、雨に打たれていたのでね。その影響かもしれません」

「ああ……。しかし犯人がその窓をあけていたのは間違いないだろうさ。煙どころか、人体を焼くなどしたのだから、匂いがひどいだろう」

十六歳の娘がいても、宗正の言い表わし方は率直だった。唾を飲み込むようにしたが、由比は表情を乱さない。

「遺体を焼いても延焼しなかったのは、タイル敷きの床の上だったからと聞いたが、そちらのほうにあるわけか？」

宗正が持つ杖の先は、黒い床のほうを指している。

そうです、と答えてから椿刑事はそのほうへ歩き、一同も移動した。

遺体が倒れていた場所から少し離れて立ち止まった椿は、

「皆さ――、ちょっと見て確認してもらいたい物が二点ほどあります」と口にしながら、手にしたスマホを操作し、画面を三人に向けた。「まず、これなのですがね」

映っているのは、証拠保存用の透明ビニール袋に入った、赤いスプレー缶だった。

見覚えは？　と訊かれて日吉は頭《かぶり》を振る。

「あの作業台の、机の脚に近い場所に転がっていました」そんな注釈を刑事は加えた。

この広間の東側の壁には、中央部が机になっている細長い作業台がのびている。

画面に目を近づけて注視していたアーサーが言った。

「オイル……。機械油のようですね」

「潤滑油です」

「燃焼材となる成分があったということですね。使い切られていた？」

「そうです。そして犯人はこのスプレー缶を放り出した。指紋は拭われていました。……見ていただきたいもう一つはこれです」

次に、同じようにして映っていたのは黒い布だった。

「昭さんの顔に掛けられていたものですね」

アーサーが記憶と突き合わせ、日吉が今度は頷いた。

「これは見覚えがあります。天体望遠鏡のレンズを磨《みが》く時に昭さんが使っていました。とても上等の布ですわね」

「そうですか、判りました」

スマホを仕舞う椿に、

「刑事さん」とアーサーが尋ねた。「昭さんの死因はなんだったのでしょう？」

「それはまだ……、お伝えはできませんが」

「窒息死ではありませんか？　首を絞められるなどの」

「そう思いますか、神父さん？」相手を探る気配だ。

「布では隠し切れずに首元が見えていたのですが、そこも焼かれていました。犯人はそこに手をかけて殺害し、焼却したい痕跡を残したのではないでしょうか」

「なるほど」と反応したのは宗正だ。「特徴的な形をした爪《つめ》が食い込んだとかな」

「顔に掛けていた物以外に、この部屋には手頃に使える布地がない……」

アーサーはゆっくりと、推論の段階を追う。

「だから犯人は、昭さんのジャケットを脱がせた。ジャケットを袖などで分解し——、ちぎる……、破って、それぞれ、首と左腕に巻き付けた。スプレーでオイルを染み込《し こ》ませ、着火する。……手首から先は布で包まれていなかったのはなぜでしょう？　腕全体を包むというのは簡単な作業で、ミスがあったとは思えない。ジャケットの布地も充分の量があり、足りなかったとは考えられない。しかも、手首から先も燃焼の被害を完全に受けていた。なぜ手首だけ、別の燃焼方法にしたのか？」

「まあ、意図が変化していったのでしょうねえ」

言葉を濁《にご》す椿刑事は、とぼける態度をごまかすかのように上等そうなネクタイを撫でている。

しかしアーサーのほうは、

「そうか、逆なんですね」と確たる口調になった。「手首を最初に燃焼させたのだ。まずそこに、犯人は隠蔽《いんぺい》したいなにかを見いだしていた」

「指紋を判らなくするとかですね！」日吉はミステリードラマ仕込みのような反応をした。

「それはないだろう、日吉さん」苦笑で宗正が否定する。「被害者の身元ははっきりしている。指紋が不明でも、なにも混乱しない」

「……そうですわね。昭さんの右手はきれいなままですし……」

「右手」宗正は、気になった素振りで眉を寄せる。「右手にはなにも言及されていなかったが、そちらはまったく無事ということなんだな？」

「そうです」と日吉。「昭さんは黒い半袖シャツを着ておられましたが、そちらには火も移らなかったようで、無事でした。脚のほうも。ですので、右腕もそのままで……」

「他は黒い、か……」

「最初犯人は、昭さんの顔に黒い布をかぶせた。そうじゃないでしょうか、椿刑事？」アーサーは、椿の目とも会話しているようだった。「その行為にはやはり、死への忌避感はあるにしても、罪の意識や贖罪の思いもあるでしょうね。犯人にはそうした意識も当初はあった。しかしそれでもなお、遺体を損壊しなければならない事情も生じた。燃やすという行為をしなければならなくなった。その対象が左腕の先だった」

「それはあれかな」宗正が言う。「争い合った時に、兄が犯人を引っ掻いていたとかってやつか。兄の爪に、犯人の皮膚片が残っていた。それに犯人が気がついた」

椿刑事は表情を変えず、アーサーが、

「それが仮定としては最も妥当でしょうね」と応じた。「その時点で犯人は、手首から先だけを処理するつもりだった。なので、オイルだけを使用した。黒い布を使うまでもないと考えたのでしょう。布はそのまま、死者の顔を隠してくれていればいい」

なるほど、と宗正は呟き、由比は、そうか、と同意する。

「しかしさらに時間が経つと、死者の首などにも犯人にとって不都合なものが出現し始めた。今度は面積が広いので、圧迫の痕跡かなにかでしょうか。そうせざるを得なかったが、ジャケットを燃やすことにした。犯人はそれでもやはり、燃えた後、悼む気持ちもなくならずに被害者の顔を布で再び覆った」

遠慮がちにアーサーを横目で見た由比は、小声で、「甲斐くんに教えてあげよう」と言った。

「え?」

「被害の現象を見ただけでも、人の……犯人の精神的な変化まで判るんだね、って」

「アーサーさんの推理が概《おおむ》ね正しいとすると、犯人は、長いこと現場に留まっていたことになるな」

宗正が言い、椿刑事は、

「一旦去ってから、また戻って来たのかもしれませんが」との見方も出した。

「それにしても、左腕を焼いた理由はなんでしょう……?」

アーサーのその疑問を利用するように、椿刑事

は、

「そこで皆さんにお訊きしたいことがあります」と聴取役としての目の色を取り戻した。「被害者昭さんの左腕には、タトゥーとか、いわくありげなアザなどがありましたか？」

「タトゥー？　入れ墨か？」宗正は一瞬、呆れたような表情になる。「そんな話は一度も聞いたことがない。アザだってなあ……」

由比も、これにははっきり発言した。

「夏場に軽装の伯父さんとも何度も会っていますけど、タトゥーやアザなんて見たことありません」

まったくそのとおり、と日吉も明言する調子で語った。

「そうですか、判りました」

その後椿刑事が次の質問内容を探すように少し口を閉ざすと、休憩用のテーブルのほうを見ていた日吉がぽつんと言った。

「犯人は何度か火をつけたということですが、あのライターを使ったのでしょうね？」

丸いテーブルの上、灰皿の近くには、軽くつぶれたたばこのパッケージと、黄色いライターが置かれている。

「そうかもしれません」椿刑事はそう答えた。「少なくとも指紋は拭き取られています。被害者の持ち物ですよね？」

ええ、と日吉は頷く。

そして椿刑事はこんなことも付け加えた。

「コーヒーのボトルには、昭さんと日吉さんの指紋が残っていました」

「それで普通ですわね」

「何杯か飲んでいたのでしょうか？」とアーサーが刑事に訊く。

ボトルのそばにはカップも置かれている。

「日吉さん。コーヒーはどれぐらいの量、入っていたのですか？」

「いっぱい入れましたよ」

「でしたら、被害者は二杯ぐらいは飲んだのでしょう」椿刑事はここで多少口調を変えた。「では皆さん、ちょっとあちらへ移動していただけますか。被害者の死亡推定時刻を絞り込むことに協力願いたいので」

椿刑事は、作業台が造り付けられている壁のほうへと足を向けていた。

わずかな間動かず、宗正が独り言のように言っていた。

「黒で埋め尽くされていくような姿だったんだな……」顔は黒いタイル張りの床に向けられ、吐息混じりにイメージを追うかのようだ。「右腕だけは白く残って、か……。新月か、月食で欠け残った月の一部みたいじゃないか……」

壁には、大小様々な、月を写したパネルが飾られていた。

「昭さんが撮ったのですよね？」椿刑事は感嘆の面持ちだ。「どれも名作だ。芸術的ですね」

眺めることができる者たちは皆、賛同し、賛嘆している。

薄く霞《かすみ》がかかっている山頂の上の満月は幽玄で、すべての自然物を夜霧に変える力がありそうだ。

赤い三日月は、禍々《まがまが》しくも妖しく笑う夜空の口だった。

「クレーターって、こんなに大きく写せるんですね。このカメラで撮れるのですか？」

椿刑事は天体望遠鏡を振り返っている。

答えたのは日吉だ。

「その望遠鏡とカメラで充分撮れるのだそうです。昭さんと遠國さんがそうおっしゃってました」

個人的な関心の色が浮かんだ椿刑事もすぐにそれを消し、また作業台に向き直った。

細長い台の上には大量の写真フォルダーが並び、どれにも月の写真が詰まっているのだろう。天文関係の資料もぎっしりとある。

椿が手に取ったのは、一つの写真立てだった。四十代半ばの女性が一人写っている。細面で、髪をきれいに真ん中から分けていた。

「昭さんの奥さんでしょうか？」

「はい」日吉が静かに答える。「夏子《なつこ》さんです」

写真立てを戻すと椿刑事は、さてここからが本番だ、という顔になる。

「我々は、天体望遠鏡にセットされているカメラのメモリーカード内のデータをすでに調べています。そこには月食の写真が数枚残されていました。これを素直に信じれば、月食観測および撮影が終わるまでは昭さんは生きていたことになりますね。しかしながら、写真はシャッターを切れば誰にでも撮れますので」

「犯行時刻をごまかすために、犯人が撮影した可能性もあると？」アーサーが訊いた。

「あくまでも可能性ではそうですよね。ですので確証を得ておきたい」

「こだわるようだが、シャッターの指紋はどうなっている？」と、これは宗正の発言だ。

「そこは微妙なのです。皮脂は検出されていますが、明確な部分指紋はない。ぶれているような具合ですね」

「シャッターボタンなんて、とても小さいですものね」と日吉は合点する。

「はっきり残っているのは写真データです」

椿刑事のその言葉を合図に、若い刑事が調節していたノートパソコン画面がアーサーたちに向けられた。

「これが昨夜の一枚めです」

満月が左下から欠け始めている。

「この段階は部分食と言うのですね」椿刑事はメモ帳を参考にしている。「国立天文台に問い合わせました。昨夜の部分食の開始は二十二時十五分。デジタル写真データに記録されている時刻ももちろん一致しています。そしてこれを見てください」

椿が指先で示したのは、机の上で広げられている観察日誌のようなものだった。手書きである。

「ここに日付が入り、〝一枚目　とばりを広げてい《》く幕開け〟と書かれています。覚え書きといいますか、写真のタイトルでもあるのでしょうね。それでこの筆跡ですが、五十幡昭さんのものと見えるでしょうか？」

「そのように見えますけど」と答えられたのは日吉だけだ。

他の者はそもそも、五十幡昭の筆跡が頭に入っていない。

「うちの鑑識の中に、筆跡鑑定技能を持っているのがおりまして」椿刑事が説明する。「その技官が言うには、被害者の自筆にほぼ間違いないだろうということでした。もっと正式な鑑定をするかどうかは今後考えますが、まあ、そこまでする必要もないでしょう」

パソコン画面に呼び出される写真は、二枚め三枚めと進んでいく。この二枚には、赤みを帯びた月が半分欠けて写っている。拡大率を変えて撮影してあるのだ。三枚めの月のほうがかなり小さい。しかしその月影は、周りの空に多少見えている雲といいバランスだった。

そして四枚めは、また大きく写されている月が、もう少しで完全に地球の影に入るところだった。時刻は十一時五十一分。

「月が完全に影になってからが皆既月食と言うのですね。十二分ほど続いたようです。そしてもう一度、ノートを見てください」

そこには、

四枚目　既死覇。一夜のうちに復活する覇道。

そう書かれていた。

「このむずかしい漢字は、きしは、と読むようです。検索しても単独の見出しで簡単に出てくるものではなく、古代中国で使われていた専門的な言葉のようです。意味は、欠け始めている月の光といったことらしい」

「昭さんならではの言い回しではないでしょうか」

そう日吉が評すれば、宗正も、

「どこか偉そうで、いかにもあいつが書きそうだ」と認める。

「犯人が被害者になりすまそうとして簡単にひねり出せる一文ではないのは間違いなさそうですね」椿刑事は納得する。「内容も筆跡も、本人の自筆であることを証明している、と」

「筆跡だけで充分に証明されてるんじゃないか、刑事さん」わずかに揶揄《やゆ》めいて言う宗正は、肩をすくめる。「筆跡がそっくりになるほど習得して臨んだ犯罪とは思えんだろう。暴力的な性質というか、こう、衝動的な狂気が起こした殺人じゃないか?」

椿刑事はただ黙ってメモ帳を閉じた。


この後は、パソコン画面に二枚の写真画像が流れた。皆既月食の明け始めで、月光が放射状に光った瞬間。そして次の、そして最後の一枚は、新月程度の細さまで回復した部分食と薄い雲のコラボレーションだ。時刻は零時二十五分。

すべてを見終わってから、椿刑事は口をひらいた。

「被害者はまあ、皆既月食を観測し切るまでは存命だったようですね」

「……あいつにすれば、せめても、だな」宗正が、低く小さく言った。

「日吉さん」椿刑事が問いかける。「この部屋でいつもと様子が違っているものとか、紛失している品などはありませんかね」

「さあ……」そう声に出しながら、日吉は広間を見回していく。

「焦らなくていいですよ」

自分も一緒に辺りを見回していた椿刑事が、机の横に備わっている大きな機械に目を留めた。

「これは写真現像機なんでしょうね。業務用だ」

「ええ。六つ切りワイド版までプリント現像できるそうです」日吉は説明し、やや声を落とす。「遠國さんがいらっしゃれば、このことも天体望遠鏡のことも、もっと詳しくお話しできましたのにねえ……」

「ちなみにですが、この現像機の角に昭さんの前額《ぜんがく》部《ぶ》——」ここで椿刑事はアーサーのために、自分の額を指差しながら判りやすく言い直した。「おでこの前、左側がぶつかった痕跡がありました。血痕《けっこん》もあり、傷口の形状は一致。ここで争いがあったわけで、この〝月宮殿〟が殺害現場であるのは確かです」

　室内の様子に違和感は感じないという日吉の観察結果を受けて、椿刑事はこの広間の徹底した入室禁止ぶりへと話題を進めた。

「室内で検出された指紋は九十九パーセントが昭さんのもので、本当に他の人間は立ち入っていないのだな、という様子でした。日吉さんは、遠國さんと一緒に、二ヶ月ほど前に入っているのですね？」

「一緒にと言いますか……。八月の中旬に、遠國さんが二、三度ここに入りました。現像機の調整をするためでした。その最終日に、昭さんに強くお願いして、掃除に入ったのです」

「それで遠國さんの指紋はないのですね。あなたも遠國さんも、それ以来入室はしていない？　今朝の発見時は別にして」

「はい」

「他の誰も？」

「そのはずです。少なくとも昭さんからはそう聞いています——聞いていました。掃除にも、何ヶ月に一度しか入らせてもらえないのです」

「遠國さんのほうが数多く出入りしていたのでしょうか？」

「そんなことはありません。ここには滅多に招かれませんでした。お友達ですから外では頻繁に会っていたかもしれません。ですけど、この家に来たこと自体、八月の前は春先で、その前になると去年の夏だったはずです」

「なるほど。いろいろ助かりました」無意識といった様子で、椿刑事は両腕のカフスをいじっている。

「では、下に戻りましょうか」

エレベーターの前まで来ると、椿刑事は宗正に顔を向けた。

「テンキーの指紋は拭《ぬぐ》い取《と》られていましたよ」それから彼は日吉に言った。「おりる時には、素手で触れないようにしたのですね？」

「クレメンス神父に言われまして。その時身につけていたエプロンを使いました」

アーサーが訊いた。「犯人はエレベーターで逃走したと、警察は考えていますか？」

「決めきることはできませんね。といいますのも、向こうの階段周辺の指紋状況にも一考の余地があるからです」と、椿刑事はガラス壁を、肩越しに親指で示した。「日吉さん。あの屋外階段に出るガラスドアは、昭さんはどれぐらいの頻度で使っていました？」

「ほとんど使わないと思いますよ。昭さんにとってあれは非常階段ですから、普段でしたら用はなかったと思います」

「あのドアのノブからは指紋は採取できなかったのですが、するとそれは、二ヶ月前に掃除をしてから昭氏が一度も触っていなかったからとも考えられますね。では、階段下のテラスから屋敷へ入るドアはどうでしょう？　あれも、滅多に誰も触りませんか？」

これには即座に、アーサーが応じた。「あのドアでしたら、昨夜、弟が私の部屋に移動したりしていた時間帯に二人で使いました」

「ほう。そうでしたか」

「十時前頃でした。テラスで夜景を見たのです」

顎に指先を当てて少し考え込む様子で、椿刑事はもう一度、「そうですか」と言った。「実は、内側のノブから指紋が検出されていません。外は雨により採取不能なのですがね……。アーサーさんたちの指紋がないということは、その後ドアを利用した犯人が拭き消していったから、とも推定できますね。まあ、エレベータールートにしろ外階段ルートにしろ、どちらからも残念ながら犯人の遺留物は発見されていません」

そしていよいよ、椿刑事がエレベーターのテンキーを押そうとした時だった。かすかに躊躇も感じさせて、アーサーが口をひらいた。

「これは恐らく、事件に関係しないことなのでしょうが……」

「はい？」

「遠國さんの行動を推し量る時に無視できないかもしれないので、お話ししておくべきかと思うことがあります」

「ほう、なんでしょう」真剣な面持ちで、刑事はアーサーに向き直った。

「遠國さんはかなり本気で、この邸宅には萬生さんが残した建築上の秘密があると考えているようでした」

「秘密？」

「隠し金庫から隠し部屋まで、想像の幅はいろいろでしょうね」

驚きに呆れた色もわずかに覗かせて、椿刑事は他の面々を見回した。

「本当ですか？」

まあそうですね、という反応が返る。

椿刑事は感情を抑えるかのように頭に手をやった。

「つまり、隠されたからくりがある、と？ ……雲上の陶芸家とも呼ばれて浮世離れしていた萬生さんの創意と言われれば、ないこともない気はしますが……。宗正さん、日吉さん、あなたたちも遠國さんと同様の見方をお持ちですか？」

日吉は遠慮がちながらに、そして宗正はきっぱりとこれを否定した。

えっ？　という色を見せた椿刑事は、「では、遠國さんに賛同していたのはどなたです？」と探りを進めた。

「いないでしょう」と宗正は、あしらうように言う。「彼だけの思い込みなんですよ」

「ではどうして、遠國さんはそのような思い込みをしたのです？」

アーサーを中心にして、遠國の主張がそれぞれの口から語られた。萬生が傾倒していた作風、書物。彼がある時息子たちに残した、金烏と玉兎の言葉。そして、タイミングがいいように感じられる改築工事。また、遺品整理の段階で感じた、作品点数の若干の少なさ。

「ですがどれも、普通に説明がつくことですよ」宗正はあくまでも問題にしない態度だ。

「日吉さんも同意見ですね？」と椿刑事が確認する。

「この家では日常的に長く過ごさせていただいていますが、それらしい奇妙な感覚など一度も感じたことはございません。美術品の多い大きなお屋敷ですけれど、普通の生活空間だと思います」

「昭も完全否定ですよ」幾分、宗正の語気が増す。「空想を楽しむだけならまだしも、昨日など遠國さんは執拗《しつよう》すぎて……」

彼が言葉を濁した先は、アーサーが情報として整える。

「実は昨日、その点では感情的になる一場面もあったのです。主に、昭さんと遠國さんの間で。疑われているようで不快だったのでしょう、昭さんはエキサイトしました」

「なるほど。皆さんが微妙に言いよどんでいたのがこれだったのですね」

後ろで聞いていた刑事の一人が鋭く言った。「それは大事なことじゃないですか」

「動機にかかわるかもしれない」椿刑事も言う。「なにしろ、亡くなったのが、その昭氏と遠國さんなのですからね。……それでふと思ったのですが、宗正さん。あなたは定期的な目録作りを要求して資産チェックに神経を尖らせているようですね。遠國さんは、どこかに隠し財産が秘められているのではないかと想像していた。この、財産の一部不明を疑う点では、あなたと遠國さんは一致していたのではないですか？」

宗正は、すぐには言葉を返せずにいた。

横で由比は、うろたえを抑えるように瞬きをする。

「質が違う」宗正はそう反論した。「私は、目が見えないということのハンディにつけ込まれるのが我慢できないだけだ。だからなににでも神経を尖らせる。隠された資産があるということを前提にはしていない。一種の防衛本能にすぎず、まして、兄に害意などはない」

「承りましょう。まあ、隠された資産がないか、帳簿の査定と同時に……」椿刑事は〝月宮殿〟内を見回した。「一応、隠し場所にも目を光らせますかね」

「その、場所に関してですが、刑事さん」アーサーが情報を足す。「この広間を最有力候補と遠國さんは見なしていたようです」

「おや、そうですか。理由は？」

「大々的に改築された場所で、しかもなにか意味ありげだからでしょうね。ここは元々、萬生さんの瞑《めい》想《そう》室のようなものだったそうです。階段もエレベーターに変えられた。そうした改築時に、昭さんはなにかに気付いたのかもしれないと、遠國さんには見えてしまう」

ふ……ん、と椿刑事は再度、室内に視線を巡らす。

「被害者の一人がそう思い込んでいたとすると、その視点で調べないわけにはいかないでしょうが、隠し部屋や隠し通路っていうのは、どうも現実的とは……」

そこで急になにかに思い至った様子で椿刑事は表情を改め、アーサーに目を向けた。

「そういえば神父さんは、各国で、宗教的で不可解な事案の調査をなさっているのですよね。古風な舞台も多いでしょう。何世紀も経た建物でしたら、秘密の通路などは当たり前なのでしょうね」

「ええ。歴史的な必然といえますからね。逃走経路の確保や、数日身を隠す部屋を設けるのは通常の知恵です。かつて王宮であった美術館など、隠し扉はどこにでもあったりします」

「そうした経験を踏まえた嗅覚で、この邸宅にもそれらはあっても不思議ではないと感じられますか？」

アーサーは慎重な目の色になる。

「可能性は、常にゼロではありませんけれどね。観察を重ねていますが、今のところぴんとくるものはありません」

「あっ」と、この時日吉が声を発した。「そうしたことを調べていたのですね、クレメンス神父は。エレベーターでおりる時に。昭さんの死を知って、下へ引きあげる時です。エレベーターの中を、神父さんが細かく観察しているように窺えました」

「そうなのですか？」と、椿刑事は興味ありげだ。

「捜査が始まればもう、エレベーターには立ち入れなくなるかもしれませんので、咄嗟に観察していました」

「エレベーターか……」

「以前は階段室で、作品の陳列棚もあったと聞きました。陳列と保管という連想から、建築構造上の類似的移行が行なわれた可能性はありそうですからね。これは探偵小説的ですが、一階と〝月宮殿〟である二階との間に、隠された階層がある……とか」

「結果はどうでした？　思わしくなかった？」

「見回した程度にすぎませんが、引っかかりを覚えるような点はなにもありませんでした」

　まあそうだろう、という刑事たちの表情だ。

　しかしそうした中でも椿刑事は、

「アーサーさん、神父さん。参考までにお訊きしたいのですが……」と、自分なりの探求心を見据えるように、深い光を双眸《そうぼう》に浮かべていた。「奇蹟にも思えることに成否の審判を下してほしいと請われるわけですよね。そうした事例の決断において、なにをもってこれが真実だ、と確信するのですか？　理性的な整合性とは違うものがありませんかね？」

「これはまた……」難問に対して集中するかのように、アーサーは顎の横をこする。「そうですねえ……、真相が醜悪なものだとしても、真相に触れたと直観できる瞬間的な感触は、優れて美的なものだと思います。最終的には審美眼が問われていると感じる時があります」

　喉の奥で唸《うな》る椿刑事は、重い思索に頭を垂れるかのような仕草《しぐさ》になる。

「椿刑事はどうです？」

　と次に口をひらいたのは宗正だ。面白がるように口元を曲げ、そのすぐ横の頬を、杖の頭で上下にこする。

「事件の真相をつかんだと感じる一瞬は、なにに打たれているのです？」

「これはまた、まいりましたね。まあ……、光明ってやつでしょう。きれいに言えば光です。天からズドンと落ちてきたものと、手掛かりのピースがカチッとはまった瞬間とが一致すると、炸裂《さくれつ》する光のように手応《てごた》えを感じる。いやぁ、文学的ですね。こんな風に表現したことはなかった」

「人には訊いておいて」と宗正。

「まったくです」

　椿刑事は苦笑して、エレベーターのドアの前に立つ。

「直観的な美ね……。興味深いレベルだ」

　呟きながらテンキーを押した。

もし犯人がエレベーターを使ったのなら、暗証番号は解除できたのだろうか？

指紋のこともあれこれ考えていると、椿刑事がリビングに入って来た。

姿勢よく一同を見回し、

「ご協力いただいた結果、五十嵪昭さんの死亡推定時刻の幅をある程度絞れました」

椿刑事はそう切りだした。

「真夜中ぐらいまで生きておられた。そして検視の結果、一時頃までには亡くなっていると推定されています。つまり零時から一時までが殺害時刻です。遠國与一さんのほうは、現時点では、十一時から一時という幅を狭めることはできていません。さて、つきましてはアリバイ調べです。皆さんの中で、十一時から一時のアリバイがある人はおられますか？」

これには久藤央が言葉を返す。「真夜中の時間帯に、二時間にわたってアリバイがある人なんていないでしょう。

5

リビングの外の廊下で、椿刑事は数人の同僚と話し合っていて、この間に、甲斐たちはアーサーから上での様子をかいつまんで聞いた。

警察ははっきりとは認めなかったが、遺体は手首から何段階かに分けて炎による損傷を受けたらしい。昭氏は、皆既月食の撮影はしていた。甲斐が少々ざわっとしたのは、犯人の逃走ルートがどちらかは判明していないと聞いた時だ。外階段を使った可能性もある。その場合、殺人者は、甲斐とアーサーが寝ていた部屋のすぐ外の廊下を歩いたことになる……。

気持ちのいい想像ではなかった。

兄は寝ていても敏感だが、さすがに、息を潜めた殺人者が廊下を歩いただけでは目が覚めないだろう。

いでしょう」

「ま、そうでしょうね。ですので、十一時以降、所在を証明できる時間帯があれば申告してください」

　室内はざわざわとする。

甲斐は、そしてアーサーも、すっかり寝入っている時刻だ。他の者もそうではないのか。

「では……」

　話しやすい流れを作る意図か、椿刑事が自ら口を切る。

「遠國さんの最後の行動を確認する意味でも、まず、日吉さんにお尋ねしましょうか。たしか、寝酒を部屋に持っていかれたのですよね？」

「いえ、部屋の前です。お酒を渡して、部屋に押し込みました。お酒はウィスキーの中瓶《ちゅうびん》。グラスは、水差しと一緒に昼間から置いてありました」

「時刻は？」

「早い時刻ですよ。九時二十分ぐらいでしょうか。それから昭さん用のコーヒーを淹《い》れ、お渡しし、クレメンスご兄弟を含めたお三方と別れました」

「それ以来、遠國さんとは会っていない？」

「さようです。わたしは自室にずっとおりました」

「ウィスキーを呑んだ形跡はありました。ベッドを利用してはいない。……どなたか、九時二十分以降、遠國さんの姿を見かけていませんか？」

　見たと答える者は一人もいなかった。

「でしたらアリバイの確認に戻りましょう。クレメンスご兄弟は一緒の部屋で寝ていたそうですが、他の皆さんは一人だったので、部屋の外に出ていないことを証明できる第三者はいないということでよろしいですか？」

「いえ」そう声を出したのは望月雪生だ。咳払いをしてから、やや上目づかいに椿刑事を見る。「深夜すぎまで仕事をしていたのは申しあげたと思いますが、相手が存在する内容でして、連絡を取り合っていました」

「おお、そうですか」

「パソコンや電話を介してですが、それでも第三者による証言になりますよね？」

「メールによる文章だけですと――」

「パソコンは、相互画像通信です。お互いリアルな映像を見ながら、かなり長時間話し合っていました」

「それでしたら証明価値はありますね。時間と相手を教えてください」

ホッとした様子で、望月はゆっくりと説明していく。

「相手は東京のデザイン事務所の方で、中野《なかの》さんという女性です。外国人アーチストの窓口になってくれています。昨夜は、あちらの都合で十一時半頃から通信を始めました。そう、そうしましたら、停電があったのです。十五分ぐらいしてからですね」

「それは停電ではないよ」

と宗正が教えると、望月は、えっ？　という顔になる。

「はい」説明を引き継いだのは日吉だ。「月食の夜、この家は一定時間電気が落ちるのです。昭さんが明かりを嫌い、そうセットされているんです。儀式みたいでもありますけどね……」

「はあ！　そうだったのですか」

そのことは望月さんには伝わっていなかったんだな、と甲斐は、昨夜のことを思い出しながら思う。

久藤さんはどうだろう……。

「三十分間でしたね」椿刑事は取り出したメモ帳を見ている。「……皆既月食の発生は、十一時五十四分からの十二分間。これを挟んで三十分ということは、ええ……、十一時四十五分から零時十五分までが明かりの落ちている時間帯。望月さんが停電発生だと思ったのは、十一時四十五分でしょうね」

「それぐらいの時刻でした。パソコンがいきなりダウンしたので驚きましたよ」

「するとそこで、証言者との連絡はおしまいですか？」

「いえいえ、まだ続きました。中野さんも驚いて、折り返し電話をかけてきてくれたのです。シャットダウンしてほんの一、二分後のことでした」

「そこからは電話で仕事の話を続けた、と」

「そうです。そのうち、部屋に明かりも点きました。確かに、三十分ぐらいで回復しましたね。その後もしばらく話を続けてから電話を切り、零時半頃に、パソコンで文書をやり取りしました」

「その後、就寝ですね？」

「すぐには寝付けませんでしたが、はい、そのまま朝まで寝たのです」

わずかな間を捉えるように若い刑事がスッと入って来ると、中野の連絡先を細かく書き取ってまた戻って行った。

望月の他には一定時間でもアリバイを申し立てられる者はおらず、椿刑事は次の質問事項に移った。

「さて、指紋なのですが……」間が作られる。「ほとんど立入制限区域であった〝月宮殿〟とは異なり、遠國さんが殺害されていた現場、〝万物ギャラリー〟からは複数の指紋が採取されています。日吉さん、あの部屋は最近掃除をなさいましたか？」

「はい、それは。今回このように、新たな来客が大勢いらっしゃるので、前日に手が回る限りの掃除はいたしました」

「おかげで、新しい指紋だけが検出される環境が整っていました。そして昨日の夕方、皆さん全員、あの部屋に入っているのですね？」

ばらばらと頷きが返る。

「中でも、遠國さんが倒れていた争いの場一帯にある指紋は注視しないわけにはいきませんね。それで、久藤央さん」

いきなりの名指しと感じたのだろう、少し力を抜いた姿勢でいた久藤は、ビクッと背筋を硬くした。

「模造刀に触れたりはしましたか？」

「模造刀？　凶器の？」久藤は水からあがった犬のように首を振る。「さ、触ってませんよ。なんで僕が」

「模造刀の近くはどうです？」

「近く？　刀の近くのなにかに触ったか、ということですか？　……あ、ああ、刀などが入っていた木枠の箱には触ってますね。それだけで、模造刀そのものには触ってません。触ってないはずですよ……。刀から僕の指紋が検出されたというんですか？」

　それには答えず、椿刑事は、

「では五十幡由比さんですが」と次の名前をあげる。

　由比のみならず、甲斐もびっくりした。不意を突かれ、緊張感でドキドキする。宗正も額に皺を寄せている。

「遠國さんは、武者の鎧のそばに倒れていましたが、その近くに窓がありますね。由比さんは、あの窓の錠に触れていますか？」

「錠？　い、いえ、いじったりしていません」由比は胸の前でペムを抱いている。

「これは検出されているのですが」

「そんなはずは……」混乱し、怯えたようになりかけた由比だが、あっ、と思い出した顔になる。「錠の近くには触ったかもしれません。中庭を見ようとして窓に触れたのです」

　甲斐も思わず声を出していた。

「窓に手を突いただけでしたよ。たまたま錠にも触れたかもしれませんけど。そばで見てました」

　ふむ、と、椿刑事は一度思案がちになった。

　それから顔をあげる。

「皆さんの動きを正確に知るためには、現場を見ながらのほうがよさそうですね。今回は全員、〝万物ギャラリー〟に移動してもらいましょうか」

　ということで、甲斐たちは積極的とは言いがたい身ごなしで立ちあがった。


　ドアのほぼ正面。左手にそびえる〝額縁の壁〟と右側に寄せ集められている物品との間の床、その奥のほうに、白いテープで人の形が残されていた。その右側に鎧がある。それらのさらに奥、一メートル半ほど離れて腰高窓が見えていた。

また念のためということで、全員が白手袋をさせられていた。

椿刑事が室内中程へと進み、久藤、由比、甲斐、アーサーがそれに続き、他の者は戸口や廊下で神経を張り詰めている。

「遠國さんの爪には、遺留物はなかったということでしょうか？」

そうアーサーが椿刑事に尋ねた。

「その点、上の事件との相似はありませんよ、神父さん。指は損傷させられていません。後頭部には打撲がありますが、他に暴行の痕跡は見当たりませんでした。被害者の後頭部は、その屏風の上縁にぶつけられた模様です」

そこで椿刑事は、戸口のほうで耳を傾ける者たちにも視線を飛ばした。

「皆さんの中で、この屏風や、辺りで壊れている物に触れた人はいますか？」

自信を持って答えられる者はいないようだった。

「触っていないはずだが……」という程度の記憶の確かさしかないのも無理はない。

ただそうした中で宗正だけは、明言した。

「私はなににも触れていない」と。そして問う側になる。「遠國さんは模造刀で刺し殺されたということだな。だがそもそも、作り物の刀に、それほどの切れ味があったのかね？」

「もちろん、刃はありません。腕の上に刃を載せてもまったく傷などつかない程度にはつぶれている作りです。切っ先もそうですが、形状としては鋭角に尖っています。力まかせに突けば人体にも刺さります。箸《はし》でもペンでもそうですね」

「斬《き》ることは無理でも突き刺すことなら……と、凶器としてそのように使われたのだな……」

相当の力の持ち主だろうと甲斐は思った。それとも、とてつもない憎悪や怒りは、瞬発的に桁違《けたちが》いの力を生むのか……。

「模造刀に触れた人はいないのですね？」そう訊く椿刑事は、久藤を見やる。

「だから触ってないはずですよ」

「触ったのは、模造刀などが放り込まれていたこのラックだけ、と言うのですね」

簡素な木作りのラックは粉砕されたまま、その場に残されている。

「久藤さん。なぜ触ったのです？」

「なぜって……」

「僕はその場にいて見ていました」

甲斐はほんの半歩だけ進み出ていた。

「おや、そうか」口調は今までと変わらず穏やかなほうだったが、椿刑事の目は、供述の真贋判定をしようとする鑑定士のごときものだった。「じゃあ、話してもらえるかい」

よく覚えている。久藤の動きも、由比の動きも、そして遠國与一のも……。

死の影はまだ、どこにもなく……

6

甲斐が興味を引かれて鎧に近付くと、そばの窓に遠國与一が顔を向けていた。

外の中庭はすでに暗く、ガラスには遠國の肉付きのいい顔がよく映っていた。

「なにか見えるのですか？」酒臭さも嗅ぎ取りつつ、甲斐は近付いた。

「ああ、甲斐くんか。見ていたわけじゃないんだ」

隣にどうぞ、という仕草をする。

「考え事をしていたのさ。この中庭に関係しとる」

「へえ。どんなことです？」

「……妄想扱いしかされないが、私は、萬生さんが残した玉兎と金烏のメッセージが頭から離れなくてね、いろいろと想像を巡らせている。そしてこの庭にも、想像を刺激するものがあるんだ」

　甲斐は目を凝らした。あまり広くはない、角形の中庭だ。豊富な種類の植物が雑然と集められている感じで、景観作りにはさほど気が配られているとは思えない。

「この庭にはね、松葉菊《まつばぎく》が植えられているんだが、その別名は金烏菊《きんう》だと萬生さんは言っていた」

「金の烏ですか？」

「まさにその字を書く」

「どこに植えられているんです？」

「中央辺りだね。量は多くはない。一ヶ所には集まらず、ばらける配置で……」

　それは、自然な生え方ということではないだろうか……。でも確かに、気にはなる。

「なにか調べてみたのですか？」

　苦笑して蝶ネクタイに触れる。

「さすがに掘り返すわけにはいかんけどね。場所の測定はしたので、図面上にいろいろな線を引いて仮説を立てようとはよくしたよ。でも、なんら成果はなしだ」

　この時、「なにか見えるの～？」と、由比がちょこちょこ寄って来た。

「いや。花の季節も終わりか、と話していただけだ」遠國は金烏の話は打ち切るようだ。

「そう？」ちょっと残念そうな素振りの由比は、窓の縦桟の辺りにぺたりと手を突いて、窓の外を窺った。

「僕はこの鎧を見に来たんだけど……」

　甲斐が話題を変えたところで、〝蟻の長き一歩〟と名付けられた作品群の話し合いが一段落した隙を突くようにして、久藤央が歩いて来た。

「なになに、仕事じゃない楽しい話なら混ぜてよ」

「鎧に興味あります？」向き直って応じたのは由比だ。

「あるある」と笑っているが、いかにも、取りあえず話を合わせておこうといった調子のよさもある。

「ああ、これね。触っていいのかな？」

「それはダメでも写真は撮りたいなあ」

甲斐のそんな希望を耳にすると、遠國がのっそりと動いた。

「私が訊いてあげよう」

彼が、望月と話している昭に寄って行く間、久藤が宗正のほうに目をやった。宗正は入り口近くにいて、日吉と言葉少なに話している。

「でも……」

囁くようなごくごく小さな声で、久藤が甲斐と由比に言った。

「こうした場って、目の不自由な人がいるのに、すごく精緻《せいち》に、月やら美術品やらを見る話をずっと続けていることになるよね……」

由比はごく自然な、淡々とした表情で、

「それは仕方ないです」と言った。「気づかうような遠慮をしていたら、普通に会話していく生活が成り立ちません。お父さんは少年の頃からずっと、そうして生活してきました」

「まあそうだよね」久藤は頷き、納得を自分に引き寄せる素振りだった。「家族で気をつかうようなことしていたら、二日も保たない」

「お父さんのほうだって、そんな同情的な神経の使われ方したら、かえって気詰まりになって気分を害するわ」

ここで遠國が大声を向けてきた。手を振っている。

「写真撮影ＯＫ！　触ってもいいってさ！」

「ありがとうございます」

礼を言って甲斐はスマホを構えた。何枚か写真を撮ったところで、由比が言いだした。

「鎧とのツーショット、撮ってあげるよ、甲斐くん」

「あっ、そう？」

「並んで並んで」

久藤が調子よく、「ほらほら、この真横に」と、自分の家であるかのような勝手さで、模造刀などが差し入れられているラックを壁のほうへと大きく移してスペースを広げる。

おかげで甲斐は、自然な立ち位置で鎧の隣におさまった。

そうこうしているうちに、久藤が上司のほうに首をのばした。展覧会を巡る仕事の話が再開している か気になったようだ。

望月と昭が熱心に言葉を交わしている。アーサーがいるのは、その二人より少し甲斐たちのいる場所に近い。

望月たちが手にしているのは、萬生の墨書作品だった。かなり太い筆で、達磨《だるま》の姿がさらっと、一筆書きのようにして描かれている。余白が活きている名品の典型だ。

〝額縁の壁〟のトリミング撮影に合わせて、日本画などにも洋風の額縁をマッチさせてみるというコンセプトはすでに了解済みという話だった。

「持参しました額縁は、デザインがなるべく異なる三タイプを用意しました」望月の声が聞こえる。「作品それぞれにどれが合うかも検討しておきましょう」

ここで窓の外に目をやった久藤が、「ああ。額縁、見えるや」と言った。

甲斐を手招きする。

久藤が指差したのは、広くはない中庭を挟んだ反対側の窓だった。

「僕の部屋です。小さな窓のほうに……」

「見えました」

ちょうど窓枠の内側を縁取るかのように、額縁が、少し傾いているのもあるが、立てかけられていた。

「あそこが僕の部屋だから、よかったら遊びに来てよ」

髪を耳の上に掻きあげる久藤は、甲斐のまつげか頬でも見つめるかのように視線を注いでいる。

由比が割り込んだ。

「久藤さん。お仕事の話、始まってるようですけど」

「そうだね」久藤は、ニッとした苦笑を浮かべる。「怒られないうちに戻ろうか」

それからしばらくして、日吉が、萬生の写真作品を掲げて甲斐と由比に声をかけてきた。

「お二人が見たかった作品はこれではないですか？」

「それです、それです」

二人は弾むようにそちらへ向かった。

7

雨が打ちつける窓から視線を剝がし、椿刑事は言った。

「鎧の横に場所をあけるために、ラックを移動したということですね。模造刀付近に触れたのは、その時だけで間違いないですか、久藤さん？」

「近付いたのもその時だけです。うっかり触ったということもないはずです……」

渋い朱色を基調として一式、脛当《すねあて》も籠手《こて》も揃っている鎧。四角い支柱の上の兜《かぶと》。その無言の気配は、雨音の中でさらに強調されているようだ。

「甲斐さん、由比さん」椿刑事は続けた。「近くにいたお二人も、久藤さんの今の供述を認められますか？　また、お二人は、模造刀に触れたりはしていない？」

「鎧には少し触りましたが、刀には触れていません。由比さんも久藤さんもそれは同じはずです」

甲斐は、なかなか冷静に答えられたと思う。

由比は、「うんうん。はい」と、ややせわしなく同意した。

鞘《さや》も作りの甘い品らしく縦に真っ二つになり、さらにその一方は折れているが、朱塗りの表面は艶々《つやつや》していて、指紋はくっきりと残りそうだった。

「刑事さん」

そっと尋ねるようにアーサーが声を出した。

「血痕が非常に少ないようですが、警察が拭き取ったのですか？」

「いいえ、現状のままですよ、神父さん。飛沫《ひまつ》となった血痕がこの辺りに……」と、椿刑事は遺体マークやラックの破片がある場所を丸く指先で囲む。「こうして数ヶ所あるだけです。刃物が凶器の時、こうしたことはままありますね。遺体の背中での流出は別にして。犯人が拭っていった形跡もない」

犯人が返り血を浴びている可能性も低いということだろう。

「即死でしょうな」

そんな言葉を投げかけたのは宗正だ。

ずいぶんあけすけな口ぶりだと甲斐は感じたけれど、苦しまなかったという点を知りたいのだろうと解釈した。

「検視段階の判断ではそうですね。床が板ですから指紋や掌紋《しょうもん》が付着し、これも判断材料になります。倒れていた遺体の両手の位置。そのごく近くに、一、二の部分的な掌紋があっただけですから、遠國さんはもがいた程度と見ていいでしょう。体を支えて動くことはなかった。……ああ、掌紋でしたら……」

床に向ける視線を微妙にずらした椿刑事に、アーサーが敏感に反応した。

「こちらの床には、スマートフォンが落ちていましたね、刑事さん。遠國さんの物でしょう？」

「ええ。メール内容も通話記録も、ごく日常的なもので、事件とは無関係ですね。これは昭氏のスマホの内容も同じです。それはともかく、落ちていたスマホ周辺の床は念のために調べてみました」

倒れていた遠國の右手から一メートル半ほどの場所。中庭に面した窓のある壁、鎧、背後の収納ボックスなどで囲まれた一隅だ。

「ここにも一つ二つ、遠國さんの掌紋がありました」

「格闘があった場所ということでしょうか」

「いや、神父さん。それほど荒々しい動きを想像させる付着具合ではないですね。まあ、突き倒されて転び、手を突いたということぐらいはあったのかもしれませんが」

「あるいは、落ちたスマートフォンを拾おうと手探りした、とか」

「……なるほど。それもありそうですね」

ふうん、と呟き、思案するような数秒の間をあけてから、椿刑事は、

「ではここで、電灯のスイッチに誰が触れていたか、聞き取っておきましょうか」と、戸口のほうへと視線を向けた。「皆さんがここの見学に訪れた時、もう、明かりは必要でしたよね？」

そうですという応答を受け、椿刑事は具体的に尋ねる。

「入室時に明かりをつけたのは誰でしたか？」

「それはわたしです」と、日吉。

「ふむ。では、退出時に明かりを消したのは？」

何人かが顔を見合わせ、日吉が、「最後に部屋を出た昭さんが消したはずです」と答えた。

「昭氏が最後にこの部屋を出たのは間違いありません」と望月が重ねて強調し、彼女は、耳の横の髪をこするような仕草で少考してから質問に転じた。

「刑事さん。そうしたお尋ねをするということは、ここのスイッチには指紋が残っていたのですか？」

「拭き消されてはいませんでした」椿刑事は、どこまで情報を出すか迷ったようだが、結局こう言った。「ただ、とても不明瞭《ふめいりょう》なのです。幾つかの指紋が重なっていて、しかもこすれている。鑑定は無理そうですが、犯人が拭き取ろうとしなかったことは確かです。これは再確認ですが、皆さんが発見者となった今朝は、ここの明かりは消えていました

ね？」

「はい」とアーサーが答えた。

ここで椿刑事は、

「あっ、基本も確認しておきましょう」と口にしてから日吉に目を向けた。「落とした電力が回復した後、もともと点いていた明かりは元どおりに点灯しますね？」

「もちろんそうです。設定し直さなければならないのは、三つか四つの家電類だけです。面倒くさいですが、何年かに一度のことですから」

記憶をまとめるように口をつぐんだ椿刑事は、ゆっくりと体の向きを変えて窓の外に視線を投げかけた。

「錠に残っていた由比さんの指紋は確かに、開閉するためにいじったという風ではなかった。ガラスに残っていた指紋との関連からも、手を突いた箇所がたまたまそこだったというお話は信じてもいいかな……」

ホッとしながらも由比は、信じてくださいという念を送るような目をしている。

「金烏ね……」次に椿刑事はそう言った。「萬生さんは宗正さんに、〝金烏に宝を求めろ〟という言葉をかけたことがあるのですね？　そう記した陶器を渡した」

「ええ、そうですが」応じる宗正は苦笑いしている。「警察が強制力を発揮して、金烏菊が植えられている付近を掘り返しますか？　萬生の秘められた名品がざくざくと出てくるかもしれませんよ」

「それは楽しみですが、やるのであればまず、地中レーダーでも使ってみますよ」

本気ともつかずにそんなことを言った椿は、中庭に出る戸口の場所を訊いた。

日吉が、階段ホールと〝レストルーム〟を結ぶ渡り廊下にあるドアだと教える。

そうした問答の間、甲斐は、風見鶏も気になってそちらに目を向けていた。それに目ざとく気付いたらしい椿刑事が声をかけてくる。

「甲斐くん。なにか気になるのかい？」

「あっ、いいえ、風見鶏にはなにもされてないのかと思って」

「風見鶏？」

それに答える日吉は、丁寧な口調ながらどこか得意げだ。「屋根の上など高い場所にあって、風向きを教える鳥の形をした気象観測道具です」

辞書的意味を訊いてるんじゃない！　という突っ込み空気が充満するが、こうした点に不感症である彼女は平気だし、椿刑事もまた調子を乱すことなく、

「その風見鶏がここにあるのですか？」と話をつなげ、聞き取り術の安定ぶりと度量の広さを見せた。

「で、甲斐くん。なにが気になるのです？」

「遠國さんがとても関心を寄せていたからです」

「ほう？」

皆で風見鶏のほうへ移動する間に、甲斐は、遠國が語っていたことをかいつまんで伝えた。

「なるほど。ニワトリではなく鳥ですね」

目の高さに置かれている風見鶏に、椿刑事は視線を注ぐ。

「しかし元々、これは金《きん》ではなく鉄製だった。それでも遠國さんは無視することはできなかった。神父さんから、遠國さんは〃月宮殿〃を中心にからくり構造を疑っているのではないかと聞いていましたが、この風見鶏も関係するからなのですね。萬生さんの瞑想ルームだった時には、これが屋根の上に立っていた。……それと、風や無風と直結している品だから、ということですね、甲斐くん？」

「はい。萬生さんは無風というテーマで長い間作品を作っていました。だから、なにかのメッセージが重なっていないかと……」

「あの時も不意に、風見鶏のことで隠していることがないかと、遠國さんは昭氏を問い質しましたね……」望月が顎をつまみながら述懐する。「そして

昭氏は、瞬間的に激高しました」

「この風見鶏も波風を起こしたわけですか」

椿刑事はけっこう無造作に、白手袋をした指の関節で風見鶏をコンコンと叩いた。

「それで甲斐くん。その時と今とで、この風見鶏には変わったところがありますか？」

それは見当たらないので、甲斐はそのとおりに答えた。

「そう。ここまでは鑑識捜査の範囲ではなかったのでね、まあ、指紋採取ぐらいはしてもらうことにしますか」

最後に椿刑事は、この部屋から無くなっている品がないかを尋ね、主に美術館の二人と日吉が紛失物はないと答え、これで〝万物ギャラリー〟での聴取は終了の様子だった。

椿刑事が全員を出口へと誘導する。

兄のすぐ近くに来た甲斐は、推理の一歩めを小声で口にしてみた。

「遠國さんは、夜、なにかを調べに来ていたのかな？」

「その場合、部屋の明かりを消していったのは犯人だということになるけど、スイッチの指紋を拭き取らなかったのはなぜなのか？　手袋をしていたのかな」

後ろから、「遠國さんが明かりをつけて室内を見回っていたという前提ですね？」と声をかけられて甲斐は驚いた。

椿刑事の顔がすぐそばにあった。

「日常的な感覚でもう一度、風見鶏などを見たくなっただけでしたら明かりを点けたでしょうね」足を止めてアーサーが言う。「刑事さんは、遠國さんがこっそりとなにかを探っていた場合も検討しているわけですか。その場合なら、電灯はつけず、手持ちの明かりだけで動いていたかもしれない」

「まあね、検討すべき可能性の一つでしょう」

三人だけが室内に残る形になっていた。

「懐中電灯などは落ちていなかった」アーサーが記憶をもとに言う。「遠國さんのスマートフォンに、ライト機能があるのかどうか……」

「ありませんでしたよ」

「そうですか」

「犯人が手袋をしていた可能性はあります。模造刀にも、指紋はなに一つ残っていませんでしたし」

あれっ？　という顔を甲斐が見せると、椿刑事はこっそりとした印象の苦笑を浮かべた。

「触ったかどうか執拗に追及してみたのは、ちょっとしたブラフにして誘いだよ」さらにぐっと声は潜められている。「久藤さんを特に怪しんでいたわけでもない。犯人を揺さぶってみようとしたのさ」

結果に満足している顔ではなかった。

「明かりのスイッチに関しては、こうしたケースも考えられますね」アーサーが次の想定を口にする。「犯人に追われて、遠國さんがこの部屋に逃げ込んで来たという仮定です。逃げるというのは騒動が大きすぎるかな……。姿を隠そうとした、としましょうか。この場合でしたら、室内で身を潜めようとしている遠國さんにとっては暗闇のほうが有利だから、部屋の明かりは点けない」

「スイッチには触れていない、と」

「この部屋に遠國さんが隠れたことに気付いた犯人もまた、明かりを煌々《こうこう》と灯して他の人間の注意を引きたくはないので、暗闇の中で行動した。そして遠國さんを殺害。そのまま去るのであれば、犯人もまたスイッチに触れる必要はない」

「犯人は、懐中電灯の類いを持っていたのかもしれないですね」

甲斐は椿刑事に訊いてみた。「ドアのノブの指紋はどうなのですか？」

ここでも意外なほど情報秘匿の態度を見せず、刑事は率直に答えてくれた。

「電灯のスイッチに誰が触れたか訊いたのは、そっちの確認でもあったからなんだ。ノブには指紋が残っている。日吉礼子、五十幡昭、遠國与一。これらの指紋が重なり合い、それらの一番上に付着していたのが、クレメンス神父のもの。ドアの外側のノブだね」

「発見時のやつですね」甲斐はその点をはっきり言葉にしておく。「犯人がノブを拭こうともしなかったのは、やっぱり手袋をしていたからかな」

「ドアがきちんと閉まっていなかったから――だからこそ犯人は、この部屋に遠國さんが入り込んだと気がついたのかもしれないな」椿刑事は閃《ひらめ》きを口にする。「ドアはあいたままだったから、犯人はノブに触れる必要はなかった、とも推測できる」

当然だけどまだまだ推測が錯綜《さくそう》する段階だな、犯人がライトを持っていたかどうかも含め、などと頭を巡らしながら、甲斐は二人に続いて〝万物ギャラリー〟を出た。

廊下では、椿刑事の上司に当たる加藤とは違う警部補が今後の捜索への協力要請を話し始めていて、他の面々は立ち止まっていた。宿泊に使用された各部屋をざっと調べさせてもらうという内容だった。身体への鑑識的な検査までは今のところしないので、その代わりだから呑みなさい、といった交換条件的な威圧を感じさせる語調だった。

その警部補の隣に進み出ると、椿刑事が言い添えた。

「どなたか、懐中電灯やその種のライトを持っている方はいますか？」

名乗り出る者がいないのを確認してから、彼は日吉に訊いた。

「このお宅では、その手のライトは用意されていますか？」

「用意はございます。ランタン型のライトなども。ですが今回は深夜帯のことですし、必要ないだろうとのことで、外の物置に仕舞われたままです」

「判りました。それで皆さん。手荷物のチェックと併せて、スマホや携帯電話の機能も調べさせていただきたいと思います」

「……通信の秘密はあまりにもプライベートではありませんか？　そこまで調べる権利はありますか？」

　やましくはないですけど、という顔で望月が抗議すると、宗正も堅苦しく言った。

「令状が必要ではないのか？」

「通話内容などには触れません」落ち着くように、と、椿刑事は身振りを加える。「暗闇で行動できる人がいたのかを確認する意味での、性能調べです。充分なライトの代わりになるかどうかだけを見たいのです。持ち主の前で、それだけを検《あらた》めますので、ご理解のほどを」

　もそもそと声もあがるが、改まって拒否を示す者はいなかった。

8

　時刻は十一時を回った。

　雨の勢いは衰えていたが、やんだかと思えばまた降り始めるという、安定しない空模様だった。

　関係者にして容疑者である七人には、監禁しているわけではないので邸内でしたら普段どおり過ごしてください、と伝えられた。ただし、警官が制限している区域以外では、とのことだが。

　結局、いかなる痕跡も一切見つからず、外部からの侵入者のセンは完全に否定されたようだ。同時に、七人の部屋、被害者たちの部屋からも、怪しい物はなにも発見されなかったらしい。

　甲斐とアーサーの部屋ももちろん調べられたが、生活の場でもないので、布団の下や物陰《ものかげ》を見たり、手荷物を一通り探った程度で短時間で済んでいた。

　二人のスマホに照明機能はない。

結局、二階に行ったり階段のスイッチに触れたなどと申し出る者は一人もいなかったようだ。

この事件はすでに世に知られていて、著名陶芸家の遺族の家で二重殺人が発生したというインパクトの絶大さが、この先の報道の過熱ぶりを予想させているようだ。

「世間の注目度が高いので、警察も慎重になっているということですのね？」

と、日吉は正面に座っている宗正に訊いていた。

「間違いないさ。萬生の威光はまだ地元政財界・文化界に残っている。しかもさらに、ヴァチカンが動く大々的な行事の前乗りをしている聖職者も関係者の中にはいるんだ。下手は打てない。どのような抗議も生じさせない配慮が必要不可欠だ」

「確かに……」

「そうでなければ、兄が爪で犯人を引っ掻いたのかもしれないという憶測だけで、強制的に体中調べられていたかもしれないぞ。ところが犯人が兄の指先を焼いてくれたおかげで皮膚片があったかどうかは不明になり、これでは容疑者の体を調べる令状も取りにくいだろうな」

リビングにいるのは、他に三人。甲斐とその兄、そして由比だ。展覧会の今後を話し合っているらしい望月と久藤は、階段ホールにいる。

甲斐は、電話で母と話しているところだった。先に言葉を交わしたアーサーは、少し離れた席でスマホを利用し、主に警察用語の勉強を始めていた。

「本当に大丈夫だって、母さん。兄さんだっているし」

『まあね』

心配しきりで緊張感もはらんでいた調子はほとんど抜けてきていて、母の声はいつもの涼しげな印象に近かった。

『あの人たちは、とんでもない事態のエキスパートみたいなところがあるわよね』

……父が含まれている、あの人たち。

母のそばにいる中川原《なかがわら》の声が漏れ聞こえてきた。隣家のおばさんだ。

『中川原さんは、油断しちゃダメだって言ってるわ。……あらあら、警察は無能で信用できないって』

「身を守って警察に協力するよ」

中川原のおばさんは、遠慮なく隣家の玄関をあけるような豪快でお節介《せっかい》な人だが、要は、母の身を案じて見守ってくれているのだ。大型犬を飼っていて、母が家の広い庭をその子の遊び場として提供しているという関係でもある。

甲斐が長時間家をあける時には特に、一人でいる母をなにくれとなく気に掛けてくれている。家に上がり込んでお菓子を食べたりおしゃべりをしたりしながら。

「中川原さん用のお菓子はまだあるの?」

『――失礼なってわめいているわよ。今日は彼女、妹さんからもらったマシュマロ三種詰め合わせを持って来てくれたの』

「そういう時もあるよね」

隣の席では由比が、旅行中の母親との連絡を取り始めた。

つながったようで由比は話し始めたが、相手はまだ事件のことを知らなかったらしい。驚く相手にあらましを伝えている間に、甲斐のほうは母との通話を終えた。

母親を落ち着かせたところで、由比は父と電話を替わった。

「いや、急いで引き返して来たところでなにもすることはないさ」

と、宗正は冷静に妻に伝える。

「昭の葬儀は、警察の捜査が一段落した後になる。そしてこっちは夕方ぐらいまで拘束されるかもしれない。……ああ、だから予定どおりの帰宅でいいさ。……楽しめないだろうが、友達と一緒にいれば気も紛《まぎ》れるだろう」

細かく連絡を入れると約束して電話は切られた。お祖母《ばあ》ちゃんの件も、帰って来てから母さんにはじっくり話そう、と、由比と言葉が交わされていた。

配られていた冷たい飲み物のコップがどれも空《から》になっていたので、甲斐は片付けに腰をあげた。兄のも引き受ける。すると、由比も日吉も他のコップを手に立ちあがった。

歩き始めると日吉が、辺りをはばかるという演技をするかのようにキョロキョロとして、潜めた声で言いだした。

「椿っていうあの刑事さん、ネクタイなんかも凝ってるわよね」

「縮緬《ちりめん》ですよね、あれ」由比は即座に反応した。

甲斐はなんのことだかよく判らない。ネクタイは黒かったけど……。

日吉は、場の空気をほぐしていく話題をあえて選んでいるようだ。

「仕事柄、派手なネクタイは身につけられない」と彼女は自説を展開する。「だから、作りや素材でおしゃれしたいんでしょうね。背広の裏地も玉虫色よ」

「へえ。伊達《だて》者なんですね」由比も少し無理しながら明るい表情を作る。「写真撮らせてくれるかな？」

「ポーズ取られたりしたら気持ち悪いわね。あっ、そうそう。これは写真に撮ればいいのにと思った光景が、早朝にあったんですよ」

「なんです？」と甲斐は興味を持って訊いた。

「今朝も凄い雲海が発生して、この家も呑み込まれていたんです」

「それは凄い！」

キッチンへ向かう三人はダイニングルームを進み始めていた。

「家も覆うってことは……」由比も、輝かせた目を日吉に向けた。「窓の外も雲なんですか？」

「雲以外なにも見えない。まあ、霧だけど、雲と思ったほうがロマンチックで面白いわよね。お日様がのぼってくる頃には、こういう高い場所のはみるみる消えていってしまうけど」

「それは見たかったなあ」

心底残念だった。もう二、三十分早く目覚めればよかったのか……。

そんなことを話しながらダイニングを抜けてキッチンに入った三人は、コップをシンクに置いた。ここで日吉が、

「洗うのはお二人にまかせるわ」と言いだした。「洗剤はそれ。この水切りに並べておいてね」

甲斐は、出て行く時の日吉に目配せをされたような気がした。その意味は……？

ペムをポケットに入れた由比は、ヌイグルミの代わりであるかのように、洗剤を含ませたスポンジをぐちゅぐちゅと握っていた。

せっかく日常的な会話でほぐした表情が、また沈みがちになっている。

「……信じられないよぅ、伯父さんが殺されて、元気で明るかったあの遠國さんまで、なんて……」

「そうだね」

甲斐は由比の隣に立った。すすぎを担当しよう。

「神も仏もないものか、とか言うけど……」古めかしい言葉で続ける由比はコップを手にした。「ひどいことが起こると、悪魔の存在のほうを信じちゃいそうになるよね。お兄さんには聞かせられない言葉かな」

「平気だよ、それぐらい。それに、カトリック教会も悪魔の存在は認めている」

「でも、悪魔のほうをより信じちゃいけないよね」

「そうだけど、意識の根底で、悪魔より神様のほうを信じているでしょう、普通？」

「それはそうだけど。でもそれ以上に……」由比の手の中で、コップがキュルッと鳴る。「わたしは神様の力を試しているようなところがあるの。叶えられそうにない真剣な祈りをずっとして、祈りを聞き

届ける力を試しているの……」ペムの入っているポケットに視線をさげる。「お父さんの目が治りますように……って」

「僕にも、真剣にずっと祈り続けていることがある」

「でも、神様の力を試したりするようなことではなく、でしょう」

「奇蹟を願うに等しいことだから、もしかしたら同じ意味なのかもしれない。それに、えっと……、由比ちゃんだって、必死の祈りだから、自分ではそんな風に感じているんだよ」

一瞬止まった手が、キュルッキュルッとまた音を奏《かな》でだした。少しだけ軽く。

「昨日も話に出たけれど、なんとかの神頼みじゃダメなのよね」

「由比ちゃんも努力してるじゃないか。たぶん、やれることはすべてやっている。ことわざだったら、人事を尽くして天命を待つ、のほうが近いと思う。人としてやるべきことをやり尽くして、どうしようもない部分は祈りにする。そして祈ったことで、またやるべきことも知る。お父さんのために懸命に祈り続ける由比ちゃんの……、兄さんならきっとこう言うよ、その姿こそがすでに尊いって。そこにもう、神の愛はあるって」

そう心から言葉が出たが、反面ふと、甲斐は思う。それでも神は無力だと魂が痛感してしまった時はどうなるのか……。

甲斐が最後のコップを拭き、すべて洗い終わった。

少しだけ眼差しを柔らかくした由比だが、手をすすぎながらこう言いだした。

「お父さん、警察は強引なことはできないだろうって言ってたけど、さっき廊下の先のほうで刑事さんたちが怖いこと言ってたよ」

「どんなこと？」

手を拭いた由比は、食器棚に軽く寄りかかった。

「犯人がこの中にいるのは間違いないんだから、戦前の警察だったら全員締めあげてホシを落としているところだ、って」

「この中に、か……」

それはまず間違いないのだろう。

「ねえ、甲斐くん。遠國さんと伯父さんを、別々の犯人が殺したなんてことはないよね？」

「殺害犯が二人いる、ってことだね。たまたま無関係の殺人が同時に起こったというのは、まず天文学的確率で有り得ないと思うな。殺意が渦巻いてた環境でもないしね」

「そうよね」

「二人の殺人者が意思疎通を図り、なんらかの理由で同時に実行したというのも現実的じゃないだろう。やっぱり、一人の人物が遠國さんと昭さんを殺したんだと思うな」

警察もそう見なしている感触だ。

「誰が犯人かを疑うなら……」由比は、ためらいつつ口にしていく。「わたしやお父さんが犯人でないのは判ってる。甲斐くんとお兄さんも違う。日吉さんだって違うと思う。そうしたら……、望月さんか久藤さんが犯人ってことにならない？」由比は小さく、吐息をついた。「わたしって、嫌なことばかり考えるよね」

彼女はペムを取り出して、ペフッと一度、握った。

「推理しちゃうのは仕方ないよ」

しかし警察にとっては、容疑者はあくまでも七人だろうと、甲斐は思う。椿刑事は、兄と自分には近しい距離感覚でいろいろ明かしてくれているように感じるが、それも、ブラフにして誘い、なのかもしれない。

「僕も推理したから、僕たち七人以外の容疑者がいる可能性に気がついたよ」

「えっ？　誰？」目を剝《む》き、由比は体を起こした。

「遠國さん殺しには、もう一人容疑者がいる。そして、僕たち七人の中に人殺しなんていないことになる」

「どういうこと？」

甲斐がその推理を由比の次に話したのは、兄のアーサーだった。

兄の反応は悪くなかったので、勢いに乗り、〝月宮殿〟からの犯人の逃走ルートの推理も始めたところである。二人は階段ホールで二階を見あげていた。

「階段の上のほうの明かりのスイッチに犯人が触れていないことから、推理が成り立たないかなと思ったんだ」

その言葉が終わるタイミングで、ホールに椿刑事が姿を現わした。

「お二人お揃いで。……って、大抵そうですよね。それにしても、今のお二人の眼光、私より刑事らしかったな」

他意はなさそうだがどこか捉えがたい微苦笑を見せる相手に、アーサーは、

「素人が推理をしていただけです」と返した。「ただ、刑事さん。弟が興味深い推理をしましたよ」

「ほう？」刑事の目が十六歳の少年に向けられる。

「遠國さんを殺害した容疑者を巡る推理です」

にわかに緊張を覚えた甲斐を傍らに、アーサーが語り始める。その声は真面目なものだったし、刑事もまた、真剣な目の色になっている。

「確認させていただきますけど、刑事さん。遠國さんと五十幡昭さんの死亡推定時刻は、当初伺ったままでいいんですね？」

「二体とも解剖が終わりましたが、死亡推定時刻に変更は生じませんでした。遠國さんは真夜中を中心に、十一時から一時。昭さんは、零時頃から一時」

「でしたら、昭さんが遠國さんを殺害した可能性もありますね」

「んっ？」

「〝万物ギャラリー〟で、昭さんは遠國さんを刺し殺してしまった。これは偶発的なもので、動揺したまま、昭さんは〝月宮殿〟へと戻った」

「なるほど。しかしその後は？」

「罪の意識から、昭さんは自ら死を選んだのです。首を吊《つ》って」

「……おお。しかし、発見時の昭さんの遺体の様子が違いすぎる」

「死後、遺体を動かした人物はいるのです」

「そうか。殺人者ではないが、現場に手を加えた犯人か」

「その犯人は、昭さんの死を他殺に見せかけたかった。そのため、遺体をおろすと、ロープで首を吊ったのか手で絞め殺されたのかを曖昧にするために、首に火をつけた。ロープ類は始末する」

「驚いた。けっこう筋が通りますね」

　甲斐の胸は一瞬高鳴ったが、刑事は、

「でも残念ながら」と論調を転じた。「検死の結果、五十幡昭の死因は扼殺――、つまり手で首を絞められたものだと断定されたのです」

「ああ、そうですか」

　アーサーは残念そうに言い、甲斐も溜息をついた。

「眼球内への出血など、縊死《いし》と絞殺では差異がありますし、首も皮膚の深い部分で、手に圧迫された痕跡が確認されました。ま、手の形が判るほどくっきりとしたものではないので、大きさなどから犯人を絞り込むのは無理ですけれどね。しかし疑いなく、昭さんは首を手で絞められて殺されました。殺人者はその場にいたのです」

　それに、と、刑事は急《せ》くでもなく言葉を継いだ。

「今の説ですと、昭さんは〝月宮殿〟を離れたことになるのですよね。偏執的なほど月食に執着していた彼が、その夜に〝月宮殿〟から抜け出すとは考えにくいですが」

「確かにそうですね」認めてからアーサーは、またさりげなく論を出した。「それで甲斐には、他にも、犯人の逃走と明かりのスイッチの関連で推論があるようなんです」

「それはどのようなな？」

刑事にまともに問われ、甲斐はまごまごしつつも話し始めた。

「〝月宮殿〟から逃げる時、犯人は慌てていたろうかと想像して、それとスイッチに関する推理を合わせると、あるイメージが浮かぶのと同時に、疑問も出てきて……」

まったくまとまりを欠いている、と、情けなさの上に焦りが重なったが、椿刑事は平静な表情だった。

「どう関連付ける推理なんだい？」

「逃走ルートは二つですよね。エレベーター経由と、外階段経由。犯人が走るようにして逃げていたとすると、外階段経由は除外されます。そんな気配をすぐ外の廊下に感じたら、兄でしたら絶対に目覚めています」

「なるほど。アーサーさんを知る者にとってはさらに説得力が増すのでしょうね」

「エレベーター経由のほうはどうでしょう」と、甲斐はきちんと説明することに意識を集中する。「二階におりたエレベーターから飛び出し、犯人は走って離れようとした。この場合、階段の明かりは絶対に点けますよね。急いで逃走するというのはほとんど本能的な行動ですから、体は通常の反射的な動きをする。暗い階段を前に、ごく自然に明かりのスイッチを押す。でもそれをしていないということは、犯人はこちらのルートでも冷静に行動していたのではないかと思いました」

「いや、甲斐くん。焦っていたか冷静であったかは関係ないと思うな。あの狭くて急な曲がり階段に差し掛かれば、誰だって明かりは点けるよ。使い慣れている住人でもね。これも本能的な判断といえる。人殺しという異常事態の後だったにしても、いや、だからこそ、急な階段を転落する危険は冒せない」

「それに犯人は冷静だったでしょう」とアーサーも意見を加える。「何段階にもわたって、炎による損傷を遺体に加えている。つまり、殺害行為そのものからは時間が経過し、状況判断と思索を重ねているわけです。それがまた突然、後先《あとさき》見ない逃走になるとは考えにくい」

「そうですよね」甲斐は言う。「そして冷静であったとしても明かりは点けたはずだ。ところが犯人はスイッチに触れていない。これって、犯人がまだ二階より上にいるってイメージになります。だから僕は、〝月宮殿〟で死んでいた昭さんが犯人ではないかと推定したんです」

「そういうつながりだったのだね。それで、犯人の首吊り自殺説か」

そこまで言ったところで、椿刑事は、両目を強めに窄《すぼ》めた。

「しかし今、甲斐くんは、恐ろしいイメージを口にしたね。犯人がまだ二階より上にいる。これが、アーサーさんの助言だった〝月宮殿〟周辺の隠し部屋と結びついたらどうなるか？　五十幡昭を殺害した犯人は、まだその隠し部屋の中に潜んでいるのではないか……」

それは甲斐も想像していなかった。いささかぞっとする想像だ。

その人物は人知れず、明かりも射《さ》さない空間で息を潜め続けている——。

「あるいは、階段を使わない第三の秘密ルートがあるということかもしれないわけですね」

アーサーはそう言った。

椿刑事は二階の廊下を見あげてから、

「ではここで、隠し部屋調べの結果を伝えておきましょうか」と口にした。

9

「他の方々にも知らせる予定です」刑事はまず、そう告げた。「結果として、建築的な死角も仕掛けもまったく発見されませんでした」

　アーサーはさしたる感情も見せず、黙って頷いた。

　椿刑事は、具体的内容にも言及する。

「エレベーターは、天井の点検口から上に出てシャフトもすべて調べましたが、どこもかしこも通常のものです。測量によって、〝月宮殿〟とその下の二階部分の間には部屋など構築できるスペースはないのも確定。もちろん、〝月宮殿〟の広間自体にも怪しい点はない。隠し金庫すらありませんよ。……いやあ、実のところアーサーさん——」

　椿刑事はにわかに愚痴るような口調になり、髪を掻きあげた。

「今回の捜査本部を指揮するトップの面々は、極め付きの現実主義者といったメンバーでしてね。秘密の抜け道などといった捜査対象に時間と人員を割《さ》くことは認めないでしょう。捜査会議でこうした提案をしたら、笑いものにされるか冷遇を味わうかです。〝月宮殿〟調べも、現場の再鑑識捜査という名目にして、現場レベルで協力願ったのです」

「ご苦労さまでしたね」アーサーもかなり同情的だ。

「中庭も含めて〝万物ギャラリー〟も構造的に調べてみるべきなのかもしれませんが、これはむずかしい……」

「よほどの根拠がなければ無理、ということですね」

「鳥の風見鶏があった、大改築された場所になにもなかったのですから、根拠はほとんど消滅したと見られるでしょう」

「それも、確かに……」

「さて、犯人が隠れている場所も秘密の抜け道もないとなると、甲斐くんの、明かりのスイッチの推理はどうなるかな？」

「ええと……、新しい情報をすぐに応用はできませんけど、僕はこんな風に考えていたんです。自殺した昭さんの遺体に偽装を加えた人は、ごく短時間しか二階より上にいるつもりはなかったのではないかって。なぜなら、階段をあがってから明かりを消さなかったからです」

ふむ、という息を漏らし、刑事は促す。

「明かりの点いた階段をあがり切れば、通常誰でもスイッチを切ります。その家の人でもそうでしょうし、まして、客として来ているよその人ならなおさらです。無駄に明かりは点けておかない」

甲斐は、ホールの上の廊下を見あげた。

「あの廊下はかなり暗いですけど、真っ暗じゃないです。外階段へ進む廊下の窓から月明かりが入りますし、エレベーター側の廊下には照明スイッチがある。でも犯行の時、偽装を加えることになる犯人は、ほんの短時間しかいるつもりはなかったので、つい、と言いますか、たまたま明かりは点けたままにしたのかもしれない。〝月宮殿〞を訪れても、邪魔するな、と昭さんにすぐに追っ払われる覚悟だったから。ところが、行ってみると昭さんは自殺しており、来訪した人は事後工作に時間を費やすことになった」

「工作の間中、階段の明かりは点いていて、偽装を終えた犯人はそこへ戻って来た。だから、触れていない階段上のスイッチから指紋を拭くようなことはしなかった。そういうことだね。……しかしその推理は、もっと前の段階を考慮していないね」

甲斐も、その見落としには気付いている。

頷いているアーサーを後目《しりめ》に、椿刑事が続ける。

「昭さんは〝月宮殿〞を離れて〝万物ギャラリー〞へ行ったのだろう？　そうであるなら、その時の彼の指紋が階段の明かりスイッチにあるか、上下両方のスイッチが拭き取られていなければならない」

「はい……」

「だが言われてみるとかなり不思議だな」椿刑事は考え深げになった。「家人だろうと客人だろうと、階段をあがれば明かりを消すはずだ。だから犯人もそうしたはず。それなのになぜ、上のスイッチには鮮明なアーサーさんの指紋しかないのか……」

「スイッチを押した方向も覚えていますが、それも変わっていません」

とアーサーに言われた椿刑事は、目を丸くした。

「方向とは？」

「日本語を勉強しましたが、あれは三路《さんろ》スイッチですね。まあ、どこにでもあります」

「そうですね。階段や廊下など、離れた二ヶ所にある。三ヶ所とか、複数箇所ってこともあるらしいが。どちらを操作しても、点けたり消したりできるスイッチだ。……そうか、ここのスイッチで言うと、右に押したか左に押したか、ということですね？」

「そうです。階段上のスイッチ。このホールを見おろしながらあれを押して明かりを消す時、私は手前側に押すのではなく、階段の方向に押した」その位置に立った人間の右手のそばに、スイッチはあることになる。「右左で言えば、左側に。そして、それはそのままの状態だということです」

「もし犯人がなんらかの方法であのスイッチを押したとしても、それは一度ではないということになる」椿刑事の声は、勢いに乗っている。「二度——、いや、偶数回押しているということだ。最低でも二度。それだけの回数触れているのに、指紋を残さないことも、また、元あったアーサーさんの指紋をまったく損なわないということもどちらも有り得ない。つまり、犯人があのスイッチに触れなかったのは確実視できるんだ」

椿刑事は口の中で、ここのスイッチの状態は軽視できないのか、などと呟いていたが、そのうち奇妙に表情を改め、クレメンスの兄と弟の顔を交互に見やった。

「しかしさすがですねぇ、クレメンス神父」

「なにがでしょう?」

「この事件の報道が流れるとすぐ、クレメンス神父の滞在先ではないのかと同僚各位から所轄などに問い合わせがあり、ヴァチカン市国ローマ法王庁の駐日大使館からも状況確認がてらの配慮を求める具申があり、しまいには捜査本部の上のほうに、警視庁《ホンチョウ》外事第一課からの意向もそれとなく流れたらしい。なんならその神父さんに協力してもらえ、とのニュアンスすらあったとか」

「協力ではなく利用、ではないですか?」

椿刑事は率直に苦笑する。

「ま、その中間ですね。私は言われるまでもなく、当初から勘に従って協力してもらっていますが」

「では一つお教え願えませんか、刑事さん。エレベーター前の廊下の、明かりのスイッチの指紋はどうなっていましたか? 昭さんの指紋がくっきりです」

「どちらにも、昭さんの指紋がくっきりです」

椿刑事がそう答えたところで、〝レストルーム〟のほうへのびる廊下から、女性の話し声が聞こえてきた。姿を現わした望月雪生は、スマホで仕事の話をしているらしい。そのすぐ後ろに、久藤央もいた。

通話を終えてスマホを仕舞い、立ち止まった望月と、そして久藤に、

「ちょうどいいタイミングです」と椿刑事は声をかけた。「お二人にお訊きしたいことがあったのですよ」

それから彼は、クレメンス兄弟を含めた四人を見回した。

「皆さんにまず、お伝えしておきます。ご協力いただいた、懐中電灯に類する照明の捜査結果ですがね。使用可能なその手のライトはなかったと考えていいようです。この家の懐中電灯類は、屋外の物置

にすべて仕舞われていました。犯行時にわざわざ外へ出て、懐中電灯を探して用いたとは想像できない。仕舞われている場所も熟知している日吉さん以外には、手頃ではないし、思いつきもしない方法と言っていい」

「そして私たちの誰も、その手の照明器具は持っていなかったのですね？」と久藤が言う。

「ですね。窓から投げ捨てられたことも想定して敷地内も探しましたが、なにも見つかっていません。スマホにその手の機能が搭載されているものもない。また、身近な人に慎重に訊きましたが、スマホや携帯電話を二台持っていたという人もいない。それぞれ今所持しているのが、普段使いの多機能通信ツールということです。そしてそれらは、手持ちのライトの代わりにはならない。画面のバックライトは、意外と弱々しく、ごく狭い範囲しか照らせませんからね。まとめればつまり、遠國さんが犯人と遭遇していた〝万物ギャラリー〟は、照明が灯っていたと推定できます。暗闇で二人が動き回っていたとは思えませんし、ハンディーライトの類いもないのですから。……もっとも」

言葉を選ぶように、椿刑事は間をあけた。

「お一人だけ、闇の中でも日頃と同じように動けるであろう人はいますが、この場合も、遠國さんが電灯を点けたでしょう。暗闇で動けば自分が不利になるだけですからね。まあ、両者の位置関係でそれもできなかったとか、あまりにも瞬間的な出来事であったなど、遠國さんの思いどおりにならなかった可能性もありますが、概《おおむ》ね、あの部屋に照明が入っていたのは妥当と見ていいでしょう。それで……」

刑事は改めて、望月と久藤に呼びかけた。

「お二人の部屋は、中庭を挟んで〝万物ギャラリー〟のほぼ反対側にあります。あの展示部屋に明かりが灯っているのを見た覚えはありませんかね？望月さんは特に、夜遅くまで起きていたでしょう」

「ですけど、カーテンは早々に引きましたからね。

なにも見てはおりません」

「僕も同様です」答えてから久藤は、上司に目をやった。「物音なども聞かなかったですか？」

「……覚えがないわねえ、残念ながら」

「そうですか」

そう口にして礼も述べた椿刑事だが、すぐに余計とも思えることを言い添えた。

「ちなみに、手袋を所持していたのは、このお二人だけでしたね」

「ですから……」望月は、苦笑で半分埋めた困り顔を見せた。「あの時部屋を捜索した刑事さんにも言いましたよ。今回の来訪では大事な美術品に触れますから、手袋は当然の備品だ、と」

「私の聖書みたいなものですね」

アーサーがそう言い、周囲の笑いを誘った。

それを潮に、階段ホールでの立ち話的な事情聴取はおひらきとなった。

10

それぞれの食欲に合わせた軽い昼食も済み、五十幡邸でも午後の時間がすぎていく。

雨はあがっていたが、不安定で不穏な空模様だった。冷えた空気と生温《なまぬる》い空気が混在するようで、彼方《かなた》には遠雷の炸裂も見えた。

関係者全員が〝レストルーム〟に集まっていて、そこには椿刑事の顔も見える。しかし、二つの死や犯罪といったものが意識させる深刻な重圧感は、かなりのところ薄らいできてはいた。それには、一部ではあるが外来者との対面などが許され始めていることも関係していただろう。外の社会との間での、空気の流れが生じ始めている。

当局にすれば、弔意を持って押し寄せる社会的地位のある者たちをさばき切れずにいるよりも、彼らの意を満たしたほうが対外的なイメージ戦略としては有効であるに違いない。

名工となっている萬生の元教え子、市銀の副頭取、県の文化行政官などへの対応が求められ、玄関先で済ませるわけにもいかず、警察は屋外の元工房を使うことを許可した。

五十幡宗正と、付き添いとしての由比が、刑事立ち会いのもとでの面会をそこでこなしたのだ。

〝レストルーム〟で、萬生コレクションの今後などが少し話された後、

「ずっと気になっていたのですが……」と、テーブル席に座るアーサーが誰にともなく言った。「〝万物ギャラリー〟の〝額縁の壁〟ですが、あれは萬生さんが指揮した作品なのでしょうか？」

「実は、そうではないですね」と答えたのは、サングラスを掛け直す仕草をした宗正だ。「破損している物でもなんとか活用しようとして、昭が作りあげたものです」

「やはりそうでしたか。萬生さんの思考や美意識とはどこかそぐわないと思っていました」

「父が亡くなってからの創作ですから、ここ二年ほどの作品になります」

ここで女性の若い制服警官が入って来て、アーサーの横まで進むと一冊の書物を差し出した。

「ありがとうございます」と、アーサーは受け取る。

遠國与一が五十幡邸の秘密の改造を発想した要素の一つ、『金烏玉兎集　現代語版』だ。天衣無縫に秘法が描かれる雑書であり、方位や暦、風水などで吉凶も論じる内容になっている。

萬生こと典膳の部屋にまだあるはずだとのことで、アーサーが探す許可を求めると、椿刑事が若い部下に探させることにしたのだった。

カウンターのイスからおりた椿刑事が寄って来た。

「それでよさそうですか、アーサーさん？」

「そのようですね」

女性警官がまだその場に立っていたので、アーサーがもう一度、

「助かりました。ありがとう」

と笑みを向けると、満足げにゆっくり会釈をしてから、彼女は美術館を後にするような足取りでその場を離れた。

「アーサーさん。その書物の内容に、この屋敷のからくりを解くヒントがあると本当に思っているんですか？」

身を乗り出すようにして訊くのは久藤だ。望月が座る椅子の後ろに立っている。

「今のところそもそも、建築的なからくりが現実的だとは考えていません」

「それでも調べるんですか？」そう問いかける椿刑事。

「調べる余地があるのですから、調べます」

アーサーはパラパラとページをめくり始めている。

「なぜ？　まあ、万が一でも見落としがあってはならないからでしょうけどね」

「それもそうですし、この件では、隠し部屋などが実在するのか否かだけを問うているのではありません。問題は、遠國さんがそれを信じていたということです。その発想をトレースできれば、被害に遭う前の遠國さんの行動や思考を再現できるかもしれません」

「……ああ、そうですね」と望月が頷く。「遠國さんが夜、なにを目的にどこを歩いていたのか、とか……」

「天使や悪魔の実在は立証できないかもしれない」そんな例えを持ち出したアーサーは、どこか少年っぽく表情をほぐしている。「でも、それを信じている人の心は間違いなく存在している。だから、それに沿って探る道はある……。ちょっとイメージが離れすぎですかね」

「天使と悪魔……」評価を返すのではなく、そこに

触れたのは宗正だった。「ここで人を殺した悪魔は単数なのでしょうね、神父さん？　刑事さん？」

「一人でしょう」さすがに捜査官としての硬い目をして椿刑事が答えた。

「なぜ二人も殺したのか……」自ら考え込むように、宗正は呟いている。「一人は目撃者で、やむを得ず急遽《きゅうきょ》とか……」

ここで、カウンター脇に控えていた日吉がそっと声を出した。

「神父様。昭さんは洗礼を受けたカトリックで、死の際の祈りも受けました。昭さんと遠國さんは、亡くなってから別の場所に行くのでしょうか？　――あっ、すみません、子供じみたことを言いだしまして……」

「いえ。かまいません」

甲斐は兄がひらいている本を横から覗き込もうとしていたが、それは閉じられてしまった。

「死者の救いもそうですが……」

日吉がそう続けていた。いつになく厳しくも沈んだ顔色をしている彼女は、つい口を突いた言葉を出口にして、心に秘めていたものを吐露しようとしているようだった。

「わたし自身の勝手な問いを言わせていただくなら……、非業の死を遂げた者の身内は、どのように自分を納得させ、救われればいいのでしょうか？　例えば、法律が加害者を裁いたとしても、それで相手や運命を許せない自分がいたとしたら……」

思いやるような眼差しを、由比が日吉に向けたことに、甲斐は気がついた。

「裁き、赦し、救い……」

アーサーはさながら、聖書に手を置くかのように、閉じた書物に触れていた。

「それらを語る時、人が定めた法を土台とするのは司法的次元と呼ばれています、神学、哲学的には。聖書が書かれた頃の律法から――もちろんそれ以前からそうですが――この司法的次元においては、当事者たちの心奥での完全に公平な救済は不可能です。ですから信仰が求められるのです」

「ああ……」

「司法的次元を霊的なまでに超克する。そのために指導的なキリスト教司祭は言うでしょう。神を、イエスを信じなさい。神の名のもとに赦しましょう。そこから道は拓《ひら》ける。そこにしかない。永遠の命の観念を視野のうちに取り戻して救いを見るのです、と」

「そうなのですね。それほどまでにむずかしい……」

「ですが」と、強い口調で久藤が言った。「神が赦してくれれば、それでその人間の罪は洗い清められるのですか？　信仰した者だけは神の前ですべて赦され、満足する。罪を告白して改悛《かいしゅん》したのだと言われても、キリスト教徒の外から見れば都合のいい逃避に感じられるのでは？」

その言にはまず望月が反応した。

「信仰している人たちの救いを、その外部の人たちには説明できないでしょう。神の声を聞いてくれないのですから……」

「しかしながら、了解不能で終わらせたくはないですね」

そうアーサーは言う。

「先ほど私は、司法的次元においては当事者たちの心奥での完全に公平な救済は不可能だ、と言いましたが、しかし人はこの世俗で、司法的次元で、少しでも救いに近付くべきでしょう。そのためにも宗教はあるはずですから」

その後アーサーは、そうですねえ、と呟くと、目を閉じてしばらく深く黙考していたが、やがて目をひらいた。

「まず、神の前での告解と改悛についてですが、当人が反省しましたと言って告白すれば、それで自動的に贖罪になるものではありません。罪と悔い改《あらた》め《く》の告白を聞いた司教や聴罪司祭が、厳正に、償いも見定め、キリストの名によって罪の赦しを与えるという権能を行使するのが悔い改めの秘蹟です。回心がなければ、それを認めなければ、使徒も十二人には満たなかった。まあ、私たち小人《しょうじん》のレベルで改悛を語るのであれば、まずその気付きが大事だと言えるのではないでしょうか。自分には、真に悔い改めることがあったのだと気付くこと。それすらできない者も数多《あまた》いますからね」

きつく瞑目《めいもく》するような頷きを見せる者が何人かいた。

「そして相対化して見られる上でさらに大事なのは、やはり、真の悔い改めに至れるかどうかでしょう。真の赦し。真の救い」

「ええ」日吉は、アーサーから目を離さずに大きく頷く。

由比も集中している顔だ。ここの誰もが、似た面持ちで口を結んでいる。椿刑事は同時に、人々の表情を窺っているようでもある。

甲斐は天井に視線を巡らせ、五十幡昭や遠國与一の霊がいないかと探してみた。

「真実の悔い改め……」アーサーはそこで、語りの先を探るようにした。「例えとして、真実の愛、というのを用いさせてもらっていいでしょうか。真実の愛を相手に捧《ささ》げているという主観。その主観に一片の違いもなかったとしても、一方では両者が尊重し合えている傍目にも麗《うるわ》しい愛があり、他方にはストーカーの愛がある。ストーカーは、世界で一番君を愛しているという主観としての真実を語っています。二つの例における、この〝真実の愛〟の違いはなんでしょうか……」

いささか衝撃力のあるストーカーの愛という例えにイメージを追いつかせながら、甲斐は先を待った。

「若輩な私の個人的な見解ですが、今回の場合は、自分と対等の他者がいるのかどうかの視点で見てはどうでしょう。愛の対象である〝汝《なんじ》〟、〝第二者〟。

その他者と自己がバランスを取ってこそ、真実と呼びうる呼応がある。どちらかに傾くと、修復の必要な関係になるでしょう。ストーカーは、〝あなた〟という呼びかけを意識していますが、実際そこには己《おのれ》しかない。自分と等しい〝あなた〟、〝汝〟はいない。自己愛と自己憐憫《れんびん》と自己完結。〝我《われ》〟以外は虚無。では、さて……」

アーサーの視線の先は、なにもない空間へと向けられた。

「弱く愚かな我々を絶対的に肯定してもらいたいがために、神が存在する宗教は必要とされた、という解釈の仕方がありますね。改悛に関しても、似た側面があるのではないでしょうか。告白して悔い改めた自分は、慈悲深き絶対なる善であるものに赦されたのだ、とリセットしたいがための、その対象となる神。ですが、ただ外側に絶対者を置き、私はその方に赦されましたから、と表明するだけでは、信仰の外から見る人たちにとっては特に、甘く身勝手な逃避にしか見えないこともあるでしょう」

「確かに、それも見方だ」と宗正は言い、久藤は首肯する。

「ですからここでも、外と内のバランスが肝要なのではないでしょうか。自分を赦す神を外側に実存させるのなら、我の中にも対等の存在を生み出す。もちろん疑問の余地なく、創造主たる主《しゅ》と対等の存在を自身の中に作り出すことなどまったく不可能ですが、この場合は、皆さんのイメージとしての神でいいと思います。信仰者が懐《いだ》く神の像とは違うでしょうが、それでもかまいません。皆さんが時にすがり、問いかける神も、壮大で善なる超越者であることは変わらないでしょう」

「それは確かに……」と望月は呟き、他にも、まあそうだな、といった声が漏れる。

「その神から、真の回答を得たいのであれば、その〝汝〟に匹敵するように〝我〟を高めなければならないでしょう。あなたを裁くのは、その両方にまたがっている〝神〟であり、赦すのもまたそうなのではないでしょうか。そうでなければ、本質は偶像崇拝の悪用になってしまう。……それで、こうした問題や悩みが皆さんを大きく打つのは、大事な人が理不尽さやむごさに満ちた死を迎えられた時が多いのではありませんか」

沈黙が深まるわけもないのに、甲斐は、室内に静寂が満ちた気がした。

「無残に死ななければならなかった……」

アーサー自身、静謐な目をしてそう先を続けた。

「ここで、象徴としてイエス・キリストを出させてください。無残な死というなら、イエスの死も、まさにその一つでしょう。罪人と同列に、罪の十字架に架けられたのです。晒《さら》し者《もの》にされ、愚弄《ぐろう》され、槍《やり》で突き刺される。……イエスが十字架の上でどのような言葉を発したのかは複数伝わっていますし、磔《たっ》刑《けい》死の解釈が定まっているとは言いがたいですが、私は、なぜ私をお見捨てになるのですかという神への懐疑をイエスは叫んだと受け止めています。いえ、懐疑と言うと語弊を生むかもしれませんね。神よ、あなたはどこにおわすのですか、と必死に問いかけたという意味です。この問い自体は、イエスを断罪して見物している群衆にも、嘲《あざけ》りの形で存在したでしょう。指差し、揶揄し、嘲笑したでしょう。お前の父である神はなにをしている？　助けには来ないのか？　どこにも見えないぞ！」

同意するように、もっともだという目をした者が何人かいた。

アーサーは咳払いをした。

「結局、この時イエスの肉体は救われなかった。神は不在だったのか？　それとも、復活のシナリオを進めているから待っていろと、遠くにいてシニカルに眺めていたのか？　……私は、神はごく身近にいたと考えています」

由比が、どこに？　と問う目をしたように見えた。

「イエスの中にいた。そうした理解があり、私もそう信じるのです。イエスを槍で刺した者は、神を貫いたのです。だからこそ、それを霊的な直観で察したこともあり、処刑した側の隊長は、『本当に、この人は神の子であった』とすぐに言葉で明らかにできたのです。神の代理として生き抜き、罪人として刺し殺されたイエスの生涯は無意味だったのでしょうか？　無論、そんなことはない。神の意志を広めようとし続けたイエスの生涯が、最後には同体となるほどの招きを導き、この瞬間、イエスは真に神の子となり、復活さえ許されたのかもしれない。カトリック教会が言う、終末での永遠の審判とは、こうした意味だとは受け取れないでしょうか。この世は惨苦から逃れられず、東洋的に言えば無常で、あのイエスさえある意味惨《みじ》めに殺された。しかし、だからこそ、ですね。神の子とされながらも、恥辱にまみれ、無力で、苦痛に苛《さいな》まれたその中にこそ神は在《あ》った。聖書のこうした言葉はよく聞きませんか？

悲しんでいる者たち、いま泣いているあなたがた、
そのあなたがたは、さいわいである。神の国は実に
あなたがたのただ中にあるのだ。

　せっかく生まれながら何日も生きられなかった赤ん坊の命にももちろん尊い意味がある。まったくの善《よ》き人が、許されるはずがないほどむごく死んだとしても神は寄り添っている。……いえ、平々凡々と生きているより、善でありながらむごく召された魂こそ、神の子に近いのかもしれない。そして我々は彼らに負けず、我の中に神を生じさせていかなければ置いていかれる……」

　日吉礼子は両手を握り合わせ、こみあげる思いを震えるまつげで抑えているかのようだ。

　しばらく言葉がない中、アーサーはわずかに体の力を抜いて、椅子の背に体を寄せた。

「マザー・テレサ女史が聖者と定められる認定過程の中で、私は感じたことがありました。死後わずか六年という異例の早さでの列福、そして列聖までも

十九年。女史は、医学にも見放された病者、貧困の底辺で苦しむ人、誰にも見取られずに死のうとしている人たちに一貫して慈愛で接し続けた。恐らく女史は、彼ら弱者の中に神を見ておられたのではないでしょうか。施す社会奉仕という理念で活動していたのではない。まさに直接、神に奉仕していたのです。キリスト教にとって最も大きく崇高なこの教義を、みまかるまで実践していた。だからこそ、聖人にふさわしいと誰もが感じたのでしょう」

宗正がかすかに身じろいだ。

息を吐き、握っている杖の頭を左右に揺らす。

望月も久藤も、椿刑事も、思索の目をしている。

ただ、最初に声を発したのは、静かな気配の由比だった。

「殉教した人って、もしかしたら……」ペムのあちこちをつまみ、そうやって言葉を探しているのかもしれない。「その……、磔《はりつけ》にされて死んでしまったイエス・キリストと対等の――って、もちろん本物とじゃないですけど、自分なりに理解した神の子の姿とバランスが取れるものを自分の中にも本当に存在させていたのかもしれませんね。そうじゃなかったら、拷問みたいな残酷な責めに遭っても信仰を手放さないなんて、できないと思う」

「そうですね」アーサーは、深い息づかいで応じた。「想像を絶する強さを、十字架上のイエスからいただいていたのかもしれません。苦虐の時にこそあった神とイエスの真実を、一部とはいえ生身に宿し続けたから、殉教者に聖者が多いのでしょう。だからといって、殉教が最も望ましい姿だということにもならないでしょうが」

「信念をもたらした強さに、こうした点も関係しているんじゃないですかな」と宗正が言う。「神の国ってやつです。信仰を貫いて召されれば、神の国で生まれ変わることができるとかいう話でしょう。殉教の意識としてはこっちのほうをよく聞く。こういったプラスの思考もないと、人はなかなか自分を支え切れまいさ」

「それも確かに」そう認めてアーサーは続けた。

「今回列福される高山右近もそうではないかと思います。長い間迫害されながらも宗教者として献身的に前進し続ける、そうした人たちの強さ。彼らの肉体は悲鳴をあげていたでしょうが、内なる魂は――昨日から用いている表現に引き寄せるのでいささか極端になりますが――歌を歌っていたのではないでしょうか。神の道を進んでいるという確信のもと、その祝祭の詩を口ずさんでいた。こうした完全に相反するものを一本の柱にまとめあげるのに必要な強靭《きょうじん》さは、彼らの信仰の力によってもたらされた」

ふふっ、と宗正は笑った。

「迫害なんてされた日には、私なんぞその内面は愚痴や恨み言で埋まるだろう。……二律背反も可能にする、か。矛盾も、逆説の理解で価値ある解釈とするのは信仰者の特権かもしれない……」

アーサーは幾分、目元を和らげている。

「芸術の分野で、萬生さんも、二律背反の厳しい道を歩いていたと言えますよね」

聞き手たちは眉をあげるような問い返しの表情になり、由比が、「お祖父《じい》さんが？」と口にした。

「萬生さんは、創作表現においては限界なく己を極めたいと枠を乗り越える一方、作品からは自分を消すことを佳《よ》しとしていましたね。己を飄々と注《つ》ぎ込《こ》んだ無私を目指していた。これも、なかなか困難な道と思います。細い峰の上のような道でしょう。萬生さんは世界中漂泊しながら、その道を探し、進んでいた」

「そういえば……」

なにかを思い量《はか》るような間をあけてから、宗正が口にした。

「少々話は変わるが、思いついたことがあったんだ。昨夜命を奪われた二人は、アーサーさんが昨日語った話の中身に奇妙にはまる男たちだったな、と」

「えっ？」

アーサー同様驚いた甲斐は声をあげていた。

他の者も宗正に視線を飛ばして一瞬固まったようになる。

椿刑事の目の光は若干、重い色を加えた。

「ほら、奥深い問いかけを持つ余白じゃないにしても、昭は、完成されて後は欠けるしかない満月に生じる黒い空白に魅入られた男だ。遠國さんは、祝祭的に人間性を解放しようとしていた典型的なハレの男だったともいえる」

「そうも捉えられますね……」

しかしそうしたアーサーの応答も耳に入らない様子で、宗正は、

「そんな二人が月食の夜に死んだ」

と自分の思いつきに入り込んでいたが、不意に、

「いやいや、なにを言っているんだ」

そう声を発すると坊主頭をがりがりと掻いた。

「柄にもなく形而上《けいじじょう》的なことをしゃべってしまった。無論、事件の動機がそんな観念的なところから発したなんてことを主張したかったわけではない。そんなことじゃないからな。この事件の動機も、通俗的なものに決まっている。金銭欲とか、恨みや妬《ねた》み。高ぶりすぎた怒りとかな。それは間違いなかろう」

ここで宗正は、「そういえば刑事さん」と椿刑事に呼びかけ、「はい？」と応じた彼のほうへ顔を向けた。

「他の刑事さんに聞いたが、遠國さんの店の経営は苦しかったらしいね」

「……ではお伝えしておきますか」わずかに思案してから椿刑事は応えた。「苦しいとまでいえるかどうか判りませんが、楽ではないようでした」

「すると、親爺《おやじ》が遺《のこ》した未発見の名品を本気でほしがっていたのかもしれないな。発見者の権利として、金銭価値の何割かを要求する。……ここまで想像したくはないが、夜間〝万物ギャラリー〟にいた

のも、金目の物をくすねるつもりだったとか……」

この憶測の発信者には特に、日吉と、娘ながら由比が非難の目を向けた。

「紛失した品がすぐに判明してしまうでしょう、それでは」と反論したのは久藤だ。

「いや。箱の中に仕舞ったままの物も多い。それが何点か抜かれても、長期間気付かないことは有り得る」

「そうした現場に出くわしてしまったとしたら、あなたならどうしますか、宗正さん？」椿刑事が感情のない声で質した。

「さてね……」宗正は数秒考えた。「つまらんことはやめろと言うだろう。徳川埋蔵金でも探せ、とね」

「このお屋敷に埋蔵金はないのですね？」

ゆとりも含んだ声音でそう言うアーサーは、萬生の蔵書に手を置いている。

「ありませんよ、クレメンス神父」

アーサーが触れている一冊に目を留めてから、椿刑事が言い添えた。

「もう一つお伝えすれば、風見鶏からは明瞭な指紋は検出されませんでした。また、あの品にも周辺にも、怪しい要素はなかった」

着信があったらしいスマートフォンを見ながら望月は腰をあげ、「あの展示室の主要作品がこのまま、証拠品で押収されなければいいと願っていますよ」と希望を述べた。

いつもほど響かない足音と共に日吉も部屋を出ようとしており、場は解散の流れになった。

甲斐と一緒に、本を手にテーブルを離れたところだったアーサーに、椿刑事が小声で囁きかける。

「昭氏の遺体へ加えられた黒い損壊ですがね。ま、犯人にとって不利な痕跡を消そうとした自衛手段としての工夫ではあるわけですが、異様な遺体が出現したことに間違いはありません。そこに、やはり多少は犯人の精神性が反映しているのではないかと分析する者も捜査官の中にはいます」

そばにいてこれを耳に入れた甲斐は、兄から聞いた言葉を思い出す。〝月宮殿〟で遺体の様子を知った後で、五十幡宗正が言ったらしい。右腕だけが白く残っているのは、新月か月食で欠け残った月の一部みたいだ、と。

「どのような分析です？」とアーサーは訊く。

「昭氏とは別の方向性になりますが、この犯人も月や月食に対して、異常にも近い固執を持っているのではないか。そういう見方です。必要性だけではなく、儀式としても楽しんだのではないのか。……神父さんはどう思われます？」

「根本《こんぽん》は必要な自衛手段だったのだと思いますが……」本の角を顎の先端に当て、アーサーは少考した。「あえて儀式というイメージを使うのでしたら、犯人は、身に押し寄せてくる恐怖の力を削ぐための祈りを、月食の後の月光相手にしていたのだと思いますね」

Ⅳ　新しい月に抱かれた古い月

1

「兄さん。僕たちが有力容疑者になっちゃう危険もあるんじゃないかな」

自分たちの部屋を出ながら、甲斐はそんな心配を持ち出した。

「今の推測だけでは、そこまで追い込めないだろう」

甲斐は電灯スイッチを巡る当初の着想をまだ手放してはおらず、それを今、話し合ったところだ。

時刻は午後三時を回っている。

二人は階段ホールを左に見おろす二階の廊下を歩き始めた。

「でももう一つ心配なのは、警察の焦りみたいなものだと思わない、兄さん？　犯人の目星がなかなかつかなかったら、容疑者が限られているだけに落ち度が目立っちゃう。急いで結果がほしくなるでしょう」

「世間の注目度も高いだけに」

「うん。椿さんがちょっと変わった刑事で、変に紳士的だから今は空気が荒々しくないけど、その防波堤を崩して強硬な刑事さんたちが押し寄せて来たらどうなるんだろうって思う。宗正さんが、目先の変わった動機も持ち出したし」

二人は階段のおり口で立ち止まった。

そして、明かりのスイッチに視線を合わせてアーサーが言う。

「犯人が触れなかったスイッチ。意外と大きな意味があるのかもしれないが……」

昨夜、五十幡昭と別れる時にアーサーが触れたままの……。

階段ホールの一階に、椿と二人の刑事の姿が見えた。玄関へと向かうところだ。

椿刑事は、二階の二人に気付くと、二人の同僚に先に行くようにと合図した。

アーサーと甲斐が階段をおり、合流すると椿がすぐに言った。

「捜査会議へ顔を出してきませんとね」

見張りの警官を何人か残して一旦引きあげることは、すでに伝えられていた。

そろそろ解放してくれないと仕事に差し支えると、望月雪生が要望を具申し始めた場にもアーサーたちはいた。望月と久藤は、萬生コレクションを相続するであろう五十幡宗正と、著作権管理者であった昭の事務方の代表とも話を段階的に進め、展覧会プランを軌道に戻しつつあった。だが、〝万物ギャラリー〟の作品に手を触れられないのなら、ここにいてもすることがない。

他の関係者も帰宅を求め始めている空気だったので、椿刑事は一同を集め、捜査会議で幹部たちの意向を伺い、戻って来て直接自分の声でそれを伝えるからそれまで待ってくれと説明したのだ。

「それでアーサーさん。安倍晴明の本には、興味を引かれるものがなにかありましたか？」

「今回の事件に関係しそうなものは、なにも。萬生さんがメッセージをこめたような形跡も皆無ですね」

「その点、遠國さんも空振りだったようですしね。それで今はまた、照明スイッチを気にしておられた様子でしたが、推理に新展開でもありましたか？」

「新展開ではないでしょうね。最前の推理を応用されると、我々兄弟が疑われるのではないかと、甲斐が心配したのですよ」

「……あれですか。〝月宮殿〟から一階まで逃げた犯人がいるなら、階段上で明かりを点けているはずだという推理」

「そうです。犯人はまだ二階以上にいるようだと思えたので、一時《いっとき》は隠し部屋の可能性も増しましたね。しかしもっと現実的で簡単な見方もある」

「二階にいるあなた方が犯人だ、という推論ですね」

椿刑事の応答は即座だった。それは、彼もこの推論を検討済みであることを告げていた。

「〝月宮殿〟と二階を往復するだけのあなたたちなら、この階段の明かりなど無関係」すらすらと彼は言う。「しかしその場合、下のこのスイッチの指紋が消されていたのはどう説明されます？」

「陽動作戦……」

甲斐が言ったその内容を、アーサーが細かく解説する。

「いかにも怪しげな痕跡を下方に残すことで、一階の人たちにも容疑が向くようにした、とか」

「でしたら、上の照明スイッチの指紋も消しておけばいいですね。自分の指紋を残しておくことはない」

「それもそうです」

「もっと決定的な根拠が出てこない限り、お二人の容疑が際立って濃くなることはありませんよ」

刑事は微妙な言い回しをする。

アーサーは二階の、エレベーター側への廊下へ視線をあげ、吹き抜けホールの天井へと移したそれを、〝万物ギャラリー〟の壁まで送った。ホールに面しているので〝万物ギャラリー〟の天井も高い造りだ。

「アーサーさん」椿刑事は苦笑を浮かべる。「二つの現場を結ぶ秘密の通路なんてないですからね。それは絶対です」

「その辺の捜査結果を疑う気はないですが……」

「そうそう。こんな捜査結果も出ていますよ。望月雪生さんのアリバイです」

「パソコンの通信で東京の方と仕事をしていたというものですね」

「それです。相手の女性、中野さんも全面的に認めました。十一時半から十五分ほど、カメラも通して会話をしていた。望月さんの背景に写っていたのが、あてがわれていた彼女の部屋であることも確認できました。そしてこの通信は、十一時四十五分に突然切断された。中野さんも慌てたそうです。で、二分後には電話をした。これにももちろん望月さんは出て、零時二十分頃まで話し続けたそうです。それから、電気も回復していたのでパソコンで文書を交換した」

椿刑事は甲斐に目をやり、また小さく苦笑した。

「電話のアリバイって怪しい、と思ってるかい？電話——スマホを持ったままどこへでも移動できるのだしね。確かにそうだが、今回は問題なさそうだ。中野さんから細かく確認を取った。話している間中、妙に間があいたことはなかったし、息切れなどの様子もまったくなかった。時には笑い合い、リラックス感が充分にあったそうだ。ですからね、アーサーさん。望月雪生さんは、十一時半から零時半までは犯行は不可能と断定していいでしょう。ただこれでも、容疑が晴れるわけではありません。五十幡昭の死亡推定時刻は、零時頃から一時まで」

「三十分たりませんか」

「ええ。そして遠國与一の殺害のほうは、十一時から一時までですからね。どちらの死亡推定時刻も零時頃とまで絞れていれば、望月さんのアリバイは完《かん》璧《ぺき》だったかもしれませんがね」

「ふむ……」と、アーサーは頬の脇を掻く。

そして、「では」と立ち去りかけた椿刑事を、「すみません、刑事さん」と呼び止めた。

「なにか？」

「階段下の明かりのスイッチですが、血痕かなにかが付着したので拭き取ったとも考えられますか？」

「それはどうでしょう」首を傾《かし》げつつ、椿刑事は応じる。「はっきりと報告は受けていませんが、血液反応などあれば情報をあげているでしょう。ここで血痕が生じるというのは状況にまったくそぐわないですし、他のなににしろ、スイッチだけにそれが付着したというのは、これまた偶然がすぎる」

アーサーは頷き、

「ではもう一つお尋ねを。指紋が拭き取られていたのはスイッチのボタン部分だけでしょうか？　周りのプレート、近くの壁面はどうだったのか……」

椿刑事はカフスをぴんと引っ張りつつ、軽く唸った。

「そこまで細かくは聞いていませんねえ。拭き取られていた〝スイッチ〟の範囲ですね。なにか引っかかりますか？」

「ただ、知っておけと勘が囁いているだけですが……」

そう兄は言うけれど、問いの質が少し変わりつつあるのを甲斐は嗅ぎ取っていた。真相をたどる道が見え始めているのではないだろうか。

同じような感触を得たのだろう、

「数多くの奇蹟を審問してきた男の勘でしょう」と、椿刑事も目に力を込める。「無下にする気はありませんよ、私は。よろしい、鑑識に確かめておきましょう。アーサーさん、電話番号を教えてください」

「えっ？」

「私は戻って来るつもりですが、上の判断でどうなるか判りません。もし顔を合わせられない場合、情報だけでもお伝えします」

ナンバーが登録され、甲斐は、兄を相当に信用しているらしい刑事が去るのをその場で見送った。

2

〝レストルーム〟のソファーで、甲斐は由比と並んでスマートフォンの画面を見ていた。

「いいじゃない、ゲームをしたって」

甲斐は、そそのかし、勧めた。

由比には日常的に楽しんでいるゲームがあるそうなのだが、場合が場合だけに、やり始めることをためらっていた。時間つぶしであり、気分転換であり、落ち着きを得るためにする馴染みのプレイ。生活の接続詞であり、リズムを作る呼吸。

「騒ぐわけじゃないしね」

と由比は、指をぴこぴこ動かしてゲームを始めた。

一人掛けソファーに座っている宗正が、嘆かわしげに首を振る。

「さっき父親が勧めてもしなかったのになぁ」

「あの時はまだ、気分じゃなかったのよ」

フランクに言葉が交わされていたが、明るくしていこうとする意識がみんなにあるのを甲斐は感じていた。十分ほど前に、日吉礼子の嗚咽《おえつ》を聞いたところだ。

彼女は、遠國の車を引き取りに来た娘と話したのだ。変なお父さんだったけど、面白さと温かさは世界一だったと泣き崩れていたようだ。日吉も涙を流し、泣き声を噛み締めていた。

少し落ち着いてから、日吉は、虚脱状態に陥《おちい》った。普通に続くと思っていた生活の激変に改めて呆《ぼう》然《ぜん》とし、行く手に立《た》ち塞《ふさ》がった壁を前に立ち尽くしているかのようだった。肉親のない彼女は、身内も同然だった雇用主も失った。

「日吉さん、雇い続けてあげられるよね」

由比から不意にそんな言葉が飛び出したのも、やはり頭の中から先ほどのシーンが消えていなかったからだろう。

「家《うち》に来てもらうわけにはいかないぞ……」宗正も思い惑う気配である。「この家も、空《から》じゃ仕方がない」

「お祖母《ばあ》さんに来てもらったらどうです？」

瞬間的な発想がそのまま言葉になっていて、甲斐は自分で驚いた。

「そうだ！」スマホも吹っ飛ばす勢いで由比は顔を輝かせた。「ここに来てくれれば、家にも近いよ」

「ふ……ん」この着想、宗正も満更でもなさそうだ。「萬生コレクションの維持をまかせたいからと言えば、腰をあげてくれるかもしれないな」

由比はかなり乗り気になって話を進める。

甲斐はその横で、画面に目を戻していた。もともとは、由比と二人でコラージュ用の写真を見せ合っていたのだ。

その先を見ていて、甲斐は、ちょっと気になる一枚を見つけた。


アーサー・クレメンスは、思考に沈むような面持ちのまま、崖《がけ》の上に建つ五十幡邸から視線を離した。彼のいるのは河原だった。月宮殿の木が並んでいる場所である。

見張りの警官の許可をもらい、細い道を下ってやって来た。

ここから見あげる角度では、館の母屋に隠されて、観測所である〝月宮殿〟はほんの一部しか見えなかった。屋根に風見鶏が立っていたとしても、ここからは見ることもできないだろう。

気温がさがってきていて、流れる水の音も冷たさを感じさせる。これからも気温は急速に低下していくのではないか。日の光が弱い。

引き返そうとしたところで、スマートフォンが着信を知らせた。

椿刑事からだった。

『スイッチの指紋の件、鑑識の担当から聞きましたよ』

挨拶もそこそこに、椿刑事の報告口調が始まる。

『階段下のスイッチ。これは、ボタン部分だけがきれいになっていたそうです。プレート表面は、生活上付着したと思われる日吉さんと昭氏の指紋がぼんやりと確認されていたらしいです。事件前後に触れたらしい鮮明なものはないとのことですね。プレート周りの壁は、指紋というより、微量の手垢《てあか》で多少汚れているような、ごく一般的な様子だったとのことです』

「すると、犯人はまったく触れていないと見ていいようですね」

『ええ。鑑識が言うには、拭き取るのはもちろん、手袋をした手で触ることもしていないだろう、と。もっともこれは、階段上のスイッチ周辺でも同じですが』

礼を述べた後、集中の間《ま》を持ち、

「実はもう一つ二つ、知りたいことができたのですが」とアーサーは切りだしていた。「一つめは、遠國さんの遺体にあったのではないかと思える痕跡についてです」

『どのような痕跡です?』強い興味の色が、椿刑事の声にはあった。

「模造刀で刺されていた傷口なんですが、ここには、なにかで強く突かれたような内出血の傷跡もなかったでしょうか?」

『刺された傷口に……?』

「尖った物で打撃が加えられた箇所を狙うかのように、模造刀は刺さっているのではないか、ということです」

『それは不明ですね。初動捜査時の検視では、そこは血で隠されていたでしょうから目が届いていないと思います。しかしそのような傷があれば検案書に記載されているはず。確認してみます。もう一つの疑問とはなんです、アーサーさん?』

「〝万物ギャラリー〟の、ある場所の指紋なのですが……」

その近辺の指紋採取はしたのかと、アーサーは尋ねた。

『そんな箇所の指紋採取はしないでしょう。それは間違いありません。そこに誰かの指紋があるというのですか？　なぜそんな場所に？』

矢継ぎ早に問い返した椿刑事は、自問自答するように言った。

『いや、判りました、もう一度調べてもらいましょう』

「私の思いつきでそこまでしてもらっては——」

『捜査上必要だと信じるから行なうのです。あらゆる道筋から解決に至らなければなりません。アーサーさんも、今の情報が揃えば推理が大きく固まるのでしょう？』

「そうですね」

『まだしばらく時間がかかりますが私はそちらに戻ることになりましたので、鑑識も連れて行きます。その時に、遺体の傷のほうもお伝えしましょう』


玄関から階段ホールに入ると、階段をのぼりつつあった甲斐が振り返った。

「あっ、兄さん！」急いでおりて来る。「どこに行ってたの？　中庭にいたと思ったらいなくなってて、探したよ」

「河原に生えている月宮殿の木まで行ってみた、警察の許可はもらってね」

アーサーは自分の考えを話した。中庭で五感を働かせてもなにも得られなかったので、最後の可能性のつもりで、月宮殿つながりの二点を結びつけてみようとした。あまりにも日常の景色に馴染んでいる玄関前の木には隠された意味がなさそうだったので、河原の群生まで足をのばした。

「僕、屋根の上の鳥で、思いついたことがあるよ」

探索結果を聞く前に、甲斐は自分の発想を口にしておきたくなった様子だ。「ことわざなんだけど」

「どんな？」

「屋烏《おくう》の愛。とても深く愛していることの例え。その人につながることならすべて、屋根の上に止まっている烏まで愛してしまうってこと。だから、屋根の上に烏の風見鶏を立てた、萬生さんのお父さんは、そんな意味を込めたんじゃないかなって思って」

「あるかもしれないね」味のある解釈に、アーサーはゆっくりと頷く。「家族すべてを愛しているという象徴。そして萬生さんは、金烏や玉兎に、息子たちへの思いを託した」

「遠國さんはそれらを違う風に読みすぎたんじゃないかなぁ。それで兄さん。梅の木と結びつけて、なにか閃いた？」

「建築的な仕掛けに関しては空振りだったよ。インスピレーションはわかない。今の甲斐の着眼も素晴らしいし、これはもう、この建物には秘密はないと納得していいと思う」

「……遠國さんはあきらめられなかったんだよね」

そんな遠國与一だからこそ、最期には歓喜の発見に至っていたのかもしれない……。

否定の先に見えたそうした一つの仮説が、息吹を持つのか否か。アーサーは椿刑事からの情報を待たなければならなかった。

3

〝レストルーム〟の、南に向いた壁一面のガラス窓。

日が傾いていく景色を眺めているのかいないのか、中途半端《ちゅうとはんぱ》な距離でそちらに顔を向けている人物。

その姿を、戸口の外にいてアーサーが、気配を消すかのように見つめていた。

警察の一団が戻って来たのは、夕闇《ゆうやみ》が薄暮として迫り始める頃だった。

この時、アーサーと甲斐はリビングで窓際の席にいた。

「さっき、見せ忘れちゃったよ」

「なに？」

弟が見せるスマートフォンの画面に、アーサーは顔を寄せた。

「大したことじゃないんだよ。どうってことない写り加減だと思うんだけど……」いざ口に出そうとすると、甲斐は何度もそう念を押さざるを得なかった。「ほら。今朝、兄さんが日吉さんと一緒にエレベーターのほうへ行った時に、階段ホールの二階で撮った一枚なんだけど……」

上から見おろす位置で階段が写されている。壁が右側。月の写真が順々に飾られている。

その写真プレートの一番上の一つ。甲斐が指差したのはその近くだ。

「ここの壁に、白く光が映っているでしょう」

「ああ、それらしく見えるね」

黒々とした板面である壁に、はっきりとはしていないが白く丸い光があった。

「これ、天井にあるライトが反射してるんじゃない？　階段の上の明かりだよ」

「そうかもしれない。でも、だとしたら……」

「変だよね。もう明るくなりかけていたから目立たなかったけど、明かりが点いていたとすると……。犯人が一階のスイッチで明かりを点けたり消したりしたって推理してきたのに、朝まで明かりは点いていたとなると……。それに少なくとも、警察が到着した頃にはその明かりも消えていた」

「それは間違いないよ」

「でもまあ、この反射している光みたいなものが天井の明かりとも限らないし……」

「同じような暗さになった時に、同じ場所から撮ってみるとはっきりする」

「そうだね。──あっ」

窓の外に視線を巡らせた甲斐は声をあげた。車が二台やって来たのだ。警察の車輛《しゃりょう》だろう。

玄関ホールまで進んで来た刑事と鑑識課員たちを、アーサーと甲斐が出迎える形になった。

「ああ。アーサーさん」

先頭にいた椿刑事が足を止め、一団の動きも止まった。

「例のあれ、ありましたよ」上体をアーサーに寄せ、声は潜められている。「刺し傷と重なるようにして、かなりひどい内出血痕が確認されています」

「そうですか」

この傷のことは、甲斐は初めて聞いた。椿刑事の目には期待の色が濃かったけれど、そこになにか少し、精密機械を動かすオイルに別種の油が混じったような濁りらしきものがあるようにも、甲斐には感じられた。錯覚だろうな、と思いつつも。

「もちろん、刀の鍔《つば》の痕跡ではありません」椿刑事は続けている。「模造刀はそこまで深く刺さっていませんからね。面積としてもずっと小さい。あんな損傷がなぜ生じたのか……。アーサーさんの想像、私にも見えつつあるものと一致しているのかどうか……」

探るかのような刑事の視線が、アーサーのそれと交錯した。

「あと少しでそれもはっきりするでしょう」刑事は性急に口にした。「〝万物ギャラリー〟での指紋確認作業が終了すれば」

彼の合図で鑑識課員たちが〝万物ギャラリー〟に向かって進んで行った。

動き始めた椿は立ち止まり、横目でアーサーを見やった。

「アーサーさん。私は欲深な人間でしてね」小声の囁きだが、歯切れがいい。黒いネクタイを手の平で撫でおろす。「少しでもゆとりのある生活を築きたいので。ですので、捜査上で大きな進展があっても、あなたの手柄だということは表に出ないかもしれませんよ」

「そのようなことはご自由に」アーサーは信者と談笑しているかのようだった。「私には必要ないことです」

「やはり気が合いますね。全面解明はまだ先でしょうから、今しばらく呼吸を合わせていただきたいものです」

　今度こそ立ち去りかけた椿刑事だが、その歩みも数歩で止まった。久藤と一緒にやって来た望月が、「もうここを離れてもいいのでしょうか？」と急く調子で問いかけたからだ。

「ああそうでした。それをお伝えしなければね。結論を言いますと、もう少しの間留《とど》まっていただきたいのです」

　明らかに失望した「ええ？」という慨嘆や、「どうしてです？」と問い詰める声の間に、他の面々もやって来た。日吉、宗正と由比の親子ら、全員が揃った。

「捜査の人が何人も来たようですが、新しく調べることでもできたのですか？」という宗正の問いも挟まれる。

「そうです。鑑識の再臨場です」椿刑事は皆を見回した。「これによって捜査は新たな局面を迎えそうなのです。ですので、皆さんに改めてお伺いすることも出てくるかもしれない。それがはっきりするまでお待ちいただきたい」

「しかし子供たちは明日から学校もあるのですよ」

「ですので宗正さん、もう少しだけです。未成年を夜までは足止めしません。……それと美術館のお二人にはもう一つお願いがあります。お二人のご自宅は姫路市ですね？」

　望月と久藤は揃って頷く。

「せめて明日までは、ここの市内を離れないでほしいとのことです」

「なんてことだ」と久藤は呟き、望月は天を仰ぐ。

「市内で！　明日まで……って、予定がすっかり狂う」

「ご協力いただきたいな」

「計画のやり直しだ」

そう言って顎を撫でながら、望月は部屋に向かうようだ。

「皆さん、行動はご自由に」

不満を少しでも減らすかのように椿刑事がそう告げると、さっそく日吉が、

「ではわたしは、刑事の皆さんの靴で溢れている玄関周りの掃除をさせてもらいますからね」と、鼻息荒く告げた。


十数分が経ち、椿は、禁煙中で苛々《いらいら》している男のような足取りで、〝万物ギャラリー〟の前から階段ホールへと移動した。焦っても仕方がないと自分に言い聞かせる。結果は間もなく出るだろう。それも、捜査の前進を約束する目覚ましい結果だ。それは間違いないという予感がある。

だから楽しみにそれを待つ。


胸の高鳴りに抑制をかけた椿の目に、なにかを探している様子である甲斐の姿が映った。

向こうでも椿に気付き、やや不安そうな色を覗かせて寄って来た。

「刑事さん。兄の姿が見当たらないのです。どこにもいません。もう外へ行く理由もないはずなのに」

「ほう……」

「それと、もう一人、姿が見当たらなくなっている人がいるそうです」

4

○

深い晩秋のような冷え込みだ。

五十幡邸を出て、山の高い場所を目指したつもりだったけれど、獣道のような足場がけっこう下りに

なったのは予想外だった。それでも目当てだった断《だん》崖《がい》には到着した。

高さは充分……のはずである。

広く深い渓谷の下から、滔々《とうとう》と流れる川の水音が立ちのぼってきている。その音の響きからしても、ビルの十数階の高さはあるだろう。

さて……。

彼のもとへ逝こうか。……いや、罪があっては行けないか。

その瞬間、意外なことに足音が聞こえてきた。

自分がたどった小径をやって来る。

驚きだったが同時に、半分予期していたようにも思えた。

来るのであればこの男だろう、と。

そちらへ振り返りつつ声をかけた。

「アーサー・クレメンス神父ですね」

「ええ」

お邪魔します、とでも言いたそうな平静な声音である。

「どうしてこんな場所へ?」と訊いてみる。

一歩、二歩と近付いて来る。

「魂を救わなければ。神父なのでね」

「救えますか?」

「そうしなければ。むしろ、こちらからもお訊きしたい。救えますよね?」

横に、彼は立った。

顔を正面に戻す。

川音が、風のように耳朶《じだ》を打つ。

「日吉さんに聞いたのです」アーサーが言った。

「見ていて不思議に思ったようです。あなたが、窯跡とも違う山の中へ入って行ったと」

「やましい歩き方ではなかったでしょう。人目も気にせず、ぶらっと歩いていたはずです」

「先のことを考慮するのをやめた歩き方かもしれません」

すぐに戻りますよ、という見え透いた言葉は出てこなかった。

足も動かない。引き返すという意志が働かない。アーサー・クレメンスがここにいる以上、なおさらだ。

先ほどの言葉といい、真相に達しているのだろう。

「救われるためには、まず、気付かなければならないのでしたね」出てくるのはそんな言葉だ。

もちろん、自分の罪は知っている。……その先を自問し、悔悟すべきだと？

「新しい手掛かりが出たのですか？　それで私が怪しくなった？」

「まだ結果は出ていません。それに、〝万物ギャラリー〟の捜査はあなたの罪とは無関係でしょう」

なるほど、鋭い。これは本当に——。

「無関係とはどうしてですか？」自分でも嫌になるが、とぼけて探るような言葉が口を突いている。

「〝万物ギャラリー〟と〝月宮殿〟の事件は、別々のものなのです。あなたならそれをご存じですよね。あなただけがご存じだ」

応じることができなかった。

「遠國さんの事件を切り離すことによってようやく、昭さん殺しにも解明の道筋がつきました」

沈黙で逃げる相手に対するものだろう。アーサーの声には、微細な波長のようにごくごく小さく、苛立ちと悲しみが混ざり込んだように聞こえる。

「二つの現場には微妙なものですが、差異はありました。昭さんのほうでは犯人は、要所で指紋を拭き取ることをしていますが、遠國さんのほうの現場ではまったくそれがない。——ああ、このような、仮説に仮説を重ねるような無駄なことはやめましょう。二つの事件は別のものだ。それはご承知ですね？」

ぐっと頷いてしまっていた。

アーサーは、解明の道筋がついた、と言った。つまり物証が露わになったということではないのだろう。推理で私が犯人だと突き止めたのか……。

「それで、〝月宮殿〟のほうの事件だけに絞って、どう考えたのです？」

　一度まぶたを閉じてから、アーサーは答え始める。

「一階と二階をつなぐ階段に注目すればいいと思います。〝月宮殿〟を往復する犯人がエレベータールートと外階段ルートのどちらを選ぼうと、あの階段は絶対に使わなければなりませんからね。ですので、上下にある明かりのスイッチの状態は重要な手掛かりです。――ああ、そうそう。犯人が階段を使わず懸垂下降したという可能性も検討する必要があるでしょうか？」

「えっ？」

「二階の廊下の手すりにロープを掛けて行き来したという可能性です」

「ああ！」苦笑というにはあまりにも大きな笑い声をあげてしまった。「それはないでしょう。現実的に考えて、有り得ない。遊びの推理だ」

「そうですね。それでも私は観察して検証してみました。二階の手すりや周辺の観察です。古い造りですので表面が脆く、ロープなどを巻いたり引っかけたりして人の体重がかかれば、痕跡が残らないはずがありません。しかしそうした痕跡はまったく見当たりませんでした。ですのでやはり、犯人は階段をのぼりおりしたのだと断定していいでしょう」

「普通に考えて、そうでしょうね。完全に同意します」

「ですと、明かりのスイッチも同様ですね。犯人は常識的に、スイッチをオンオフして利用したはずです。だから、指で触れてしまった下のスイッチは指紋を拭き消したのです。ちなみに、付着した血痕などを拭き消したといったことはないだろうと、鑑識は結論づけています。……他の細かな、ごく確率の低い可能性も吟味する必要があるでしょうか？　例えば、ふらついてしまった犯人がスイッチの所に肘《ひじ》を突き、その皮膚紋も残したくなかったので拭き消したのだ、とか」

「いや……」

「犯人が痕跡を消す操作を加えたのは、ボタンとして押すそのスイッチ部分だけだそうです。そんなごく狭いポイントに今言ったようなことがたまたま起きたなどと論じ立てていくのは、実用性など皆無の、混沌を弄《もてあそ》ぶ空論でしょう。お言葉を借りれば、遊びの推理かもしれません」

「確かにね。アーサーさん、犯人がスイッチから拭い取ったのは、自分の指紋だった、でいいと思いますよ」

「さらに全体的な状況も再確認しておきましょう」

淡々と着実に推理は進んでいる。自分は今、一歩一歩追い詰められているのだろうか？　今のところそうした実感はない。話は常識的な範囲のことに思える。そしてだからこそ、誤ってはいない。

さらに言えば……

犯罪もそうした常識の中で発生している。ただ、ある時空の一点だけが、常識も現実も崩壊している不可逆の暗黒なのだ。

ああ、なるほど……。

その一点が、暗黒ではなく光輝であったなら──。それが、アーサー・クレメンスが世界中で調査している奇蹟と呼ばれるものなのかもしれない。

「習慣と心理を念頭に、全体像をつかんでおくのです」

アーサーはそう続けている。

「こうしたことは、私の弟が早くから取り組んでいました」

「甲斐くんがねぇ」

「ええ。例えば、殺人現場から二階におりて来た犯人は、どのような精神状態であっても階段の明かりは点けるだろうと、椿刑事も交えた話し合いで推定されています」

「いや、でも……。人を殺した後なら、自分の姿も隠したいから闇のままでこっそりと……。いやそれはないか。あの階段ではね。変なカーブの具合で、狭く急で、おまけにすり減っていて滑りやすい。――なるほどね。無事に静かに部屋に戻りたい犯人ならなおさら、明かりは点けている、か」

「慣れている住人でも明かりは不可欠の階段です」

「納得しました」

「次は階段をのぼる時のことを考えてみます。犯人は建物の照明は使わず、懐中電灯などを持って歩こうとするでしょうか？」

「でも、その手のライトが使われたとは思えないっていうのが、警察の捜査結果ですよね」

「それでも充分ですが、念を入れて心理面からも検証しておこうということです。見逃した照明器具がないとも限らないので」

「いいでしょう。しっかりと詰めておきましょう、アーサーさん」

「結論から言いますと、懐中電灯の類いを持って犯人が屋敷の中を歩き回ったとは考えられませんね。誰かに見られた場合のことを想像してください。他人《ひと》の家でそのような歩き方をしていたら、言い訳のしようもありません」

口元が緩んだ。

「怪しいことおびただしいですね。目撃される危険を考えたら、自然に、建物の照明を利用して移動するのが筋だ。そうでしょう、アーサーさん。その場合は、移動の理由さえこしらえておけばいい。殺人の前であったら、計画を変更する」

「かろうじて怪しくないのは、邸内での働き手である日吉さんぐらいでしょうか。見られた場合、なにかを点検する必要があって、などと説明する」

「いや、アーサーさん。それでもわざわざ、彼女がそんな物を持つ必要はありませんよ。準備をし、片手を塞《ふさ》ぎ、そこまでして目立ってしまう。それほどの無理をしてでも建物の明かりを使わなかったのは、スイッチにも指紋を残したくなかったからですか？　犯人はでも〝月宮殿〟ではあちこちの指紋を拭き消し回っているのですよね？　行動にまったく一貫性がありません。それに前提として、犯人は階段の照明を使ったからスイッチの指紋を消したはずです。それ以外の携帯ライトを犯人が持参していたはずがない」

「そうですね。この仮定は完全に捨てましょう。やはり犯人は、殺意があったかどうかにかかわらず、階段ホールでは普通に建物の明かりを利用していたのです。階段ホール自体には設置された照明はありません。あそこにつながる各廊下には常備灯があり、ここから漏れる明かりで階段ホールはぼんやりと明るい。通り抜けることはできます。しかし、階段をあがる時には、しっかりと足下を照らす明かりが必要だ。だから当然、犯人もそうした」

　頷くしかない。

「ではなぜ、この犯人は、階段をのぼり切ったところでスイッチを押さなかったのか？」

　アーサーのこの問いには答えを返せなかった。当然出てくる質問で、そしてかわしようがない。

「当初、弟はこのような推理をしました」

　打開する言説をひねり出そうとしている間に、アーサーが先に言っていた。それに反応するこっちの言葉は食いつく勢いになってしまった。

「どのような推理？」

「善意の第三者を想定したのです。殺意などまったくなく、〝月宮殿〟までたまたま行ってみたら昭さんが殺されており、現場に細工を加えることはやってしまった。階段をのぼる時は、さっさと短時間で戻るつもりだったので、明かりも点けたままにしておいた、というものです」

　それもちょっと苦しいだろう。エレベーターと階段、どちらのルートを使おうと、それほど短時間では戻って来られない。よその家の明かりを点けたままにするのは不自然だ。

「しかし、この案はもう成り立ちません」そうアーサーは言う。「善意の第三者云々《うんぬん》以前に、殺人者が問題の階段を上下したのは自明だからです。隠し部屋も秘密の通路もありません」

「ああ……」

「殺意を持ってあの階段をのぼったなら、明かりは当然消していきますね。夜中に煌々と明かりを点けて人目を引くことはない」

「当然です」

「明らかな殺意を持っていなかったとしても、消灯するのがごく自然だと思われます。殺人が発生するほどの関係性を持つ人物のもとを訪れるのです。しかも、相手にとっては聖域ともいえる場所に、わざわざ。短時間の訪問で済むなどと、犯人も思うはずがありません」

「長時間その場を離れるのに、明かりを消さないはずがない、か」

「にもかかわらず、この犯人は明かりのスイッチに触れていない。さて、残された可能性はわずかです」

冷気が増してきている。樹木も渓谷も野鳥も、よそよそしいほどひっそりとしている。

「ちょっと思ったのですがね……」

反論というほどではないが、小さな抵抗の粒を蒔《ま》いてみる。

「はい？」

「闇と照明を巡る推論を聞いていて思ったのですよ。捜査する側が明かりを意識するように犯人が仕向けたとしたら、と。必要もなかったのに、階段の下のスイッチだけを思わせぶりに拭いたのです。容疑者の中には、懐中電灯も天井照明も必要とせずに、闇の中を自由に歩ける人がいますね」

「五十幡宗正さんですね」

「犯人は明かりのスイッチに触れたと私たちに思わせることによって、彼は盲点に隠れます」

「先ほど、スイッチのボタン部分だけが拭き取られていたとお伝えしましたが、その事実によってあの方の容疑は晴れます」

「えっ？」

「まず言わせていただければ、〝月宮殿〟で行なわれていた犯罪の様態からして盲目の人が犯人とは思えないのですが、実は私も、念を入れる意味でスイッチ周辺の指紋の付着具合を細かく確認させてもらったのです。それによりますと、スイッチボタンのすぐ外のプレート部分も含め、近くの壁面の汚れ方はごく日常的なものであり、手袋をした指も触れていないとのことでした。……お判りでしょうか？」

　頭が働かない……。

「宗正さんはここが生家ですが、三十年ほども前に出て、以降はたまに訪れるだけになっています。まして、あの階段の明かりのスイッチに触れる機会など、まずないでしょう。言いたいのは、盲人の鋭い記憶的な感覚をもってしても、スイッチボタンだけをピンポイントで突くことなど不可能だということです」

　ああっ……！

「そもそも一般的に、盲目の方が、照明スイッチの場所を感覚に取り入れることはないでしょう。宗正さんもそのはずで、その彼がスイッチに触れようとした場合、探り当てなければなりません。手袋をしたか、ハンカチで指先を巻いたのか、いずれにしろそのような指先で探ろうとすれば、スイッチボタン以外でも指紋等をこすり取ってしまいます。よって、彼ではない。それとも、このような想像を膨らませますか？　彼が、視力のある娘と共謀し、裏をかくような小細工を様々弄《ろう》しながら殺人を決行した。そして二人して何食わぬ顔で口をつぐんでいる」

「……やめましょう。現実として有り得ないことだ」

　不必要に疑いの妄想を振りまく姿に自身で心底うんざりしかけたが、ふと、また思いついてしまった。

「そうだ。犯人が明かりを消さなかった理由に、目の病気はないでしょうか？　由比さんのお祖母《ばあ》さんのケースじゃないですけどね。ほら、夜になると視力が非常に低下してしまう、昔鳥目《とりめ》って言っていたらしい、ええと……、夜盲症《やもうしょう》ってやつです。暗部だと極端に見えなくなるから、明かりを点けておいた。短時間とか長時間とかじゃなくね。なるべく広く、明るい空間がほしかった」

「関係者を調べれば、その病気の人が見つかると思いますか？」

「それは……」

恥ずかしさを覚えた。見苦しくなりつつないか。

……そうは思っても、まだ、すべてを晒す気にはなれない。覚悟を持てない。自分の身になると、告解への道は険《けわ》しいようだ。

「現時点でも、推測によってそれは否定できます」

アーサーの声は静かだった。

身に染《し》みるほど静かだ。

「犯人はエレベータールートを行った場合、こちらの明かりスイッチには触れていませんので、真っ暗な中で行動したことになる。外階段ルートも、私と甲斐の部屋の外の廊下から先、テラスにも照明はないので、月明かりだけが頼りです。この犯人の視力は正常です」

私の名前を呼びかけたアーサーが、解明への道を続ける。

「基礎固めはしっかりやりましたので、ここまでくれば後はシンプルな一撃です。明かりを点けた階段をのぼって行った犯人は、消すことはしなかった。まるで、途中でその人物が消えてしまったかのように。――そのような印象もあったので、私は当初、その人物とは遠國与一さんではないかとも想像しました。加害者ではなく被害者です。遠國さんが襲われたのは階段の途中だったのではないか、と。しかしこれも、基本的な理屈に合いませんでした。なにがあったにしろ、昭さんを殺害した人物は二階にあがっているのですからね。二階にあがったのに、なぜ、この犯人はスイッチを無視したのか。なぜなら――」

「いや、ちょっと待ってください」

反射的に遮《さえぎ》ってしまった。

「本当に、二階のスイッチには触れていないのでしょうか？」

「どういうことでしょう？」

「つまり、その……、アーサーさんの指紋がまったく欠けることなく鮮明に残っていたとしても、触る方法はある。例えば……、ペン先などを使ったらどうです？　細長い棒状の物で突けば、指紋の上から押したという痕跡は残らないかもしれない」

「なぜ、そのようなことを犯人はしたのです？」

「えっ？」

「自分の指紋を残したくなかったからですか？　でしたら一階のスイッチと同じように、触った後に拭き消せばいい」

もう、言葉に詰まってしまった。唾を呑み込む。

「あのスイッチは、押されたとしたら複数回押されたことになるのです」

「……複数回？」

「左右に押せるあのスイッチボタンは、私が押した時と同じ方向が押されたままでした。ボタンを一度押すと、それが逆になります」

「……なるほど」

「犯人はあのスイッチに、まったく触れていないか、二度以上の偶数回押したかです。他の幾つものスイッチ――階段下のそれや、〝月宮殿〟での各所では、犯人は指紋対策に拭き消す方法を使いまくっている。それなのになぜ、ここでだけ、細い物を取り出し、滑ることに注意を払い、二度以上慎重な作業をするのでしょう？」

まだ、まだ、と細かくあがき続けられそうではあったが、支離滅裂な混迷に入っていくだけだとの実感にも苛《さいな》まれる。

「どうしました？」と呼びかけられる。「この対話の最初では、常識的な判断をスムーズに受け入れておられたのに、ここへきて、あえて複雑に糸を縒《よ》り合《あ》わせようとしているかのようになられていますよ。ここまできたら、〝オッカムの剃刀《かみそり》〟です」

「ああ……。不必要な仮定をむやみに持ち込むな……、とかいう刈り込みの法則ですね」

「これは、哲学や自然科学などの分野以外でも充分に価値ある思考法だと思います。〝オッカムの剃刀〟によって得られる人の世の基本法則は、人々が豊富な経験と適応力から編みあげたアーカイブから導き出せる普遍的な真実であることがほとんどです。萬生さんではありませんが、ある芸術家も言っています。画家が描く最もシンプルな線が一番力強い、と。単純に見えるその一本は、それしかない、決定的なものなのだそうです。何気ない、美的真実であるその一本は、デッサンの経験を重ねて何万本も引いた線の結果として得られたものです」

何万本も……。

アーサー・クレメンスも、謎を解明に導く思考的な経験を過酷に重ねて、一本の線を見いだせるようになったのか……。

「剃刀を振るって結論を言えば、こうなるでしょう」

心境というより一個の肉体が、もう黙ってそれを待つ。

「明かりを点けて階段をのぼり始めた犯人が、二階のスイッチに触れることもなかったのは、その人物が途中で消えたからではない。消えたのは明かりのほうだ。その時、この館全体の明かりが落ちたのです」

5

あの瞬間の闇が、薄く削がれて眼前に落ちてきたようにも思えた。

瞬きをし、貧血が起きそうになったわけでもないだろうが、深く呼吸をしてみる。

夕闇に静まりかえる壮大な山気《さんき》を体内に取り込む。

足下遥《はる》かからわき起こる川音に、アーサー・クレメンスの声が溶け込んだ。

「犯人は恐らく、階段をのぼり切るところだったのでしょう。そこで人工的な停電が起こった。昨夜、電気が消えていた時間は三十分間。開始は、十一時四十五分です。つまりこの犯人はまさにその時刻に、あの階段にいたのです」

そうだ。と、鮮烈な記憶と共に気持ちでは頷いていたが、声にはならなかった。

「するとこう考えられます。この犯人は、その人工的な停電のことを知らなかったのだ、と。そうですよね？」

まだ私が黙っているので、アーサーは続けた。

「犯罪を犯そうとして現場に向かう犯人が、わざわざ途中で明かりが消えてしまう時間帯は選びません。犯意などない人物にしても同じです。よその広い邸内を、手持ちのライトもないのに夜間歩くのに、明かりがなくなる時間は選ばない。まして長い階段も利用しようとしているのに。昨夜邸内にいた人物で、この人工的な停電を知らなかったのは二人だけです。望月雪生さんと、久藤央さん、あなただけですね」

その先は？　と胸内で訊く。

「知らなかったですよね？」

さあ、どうしよう……。

「あなた方お二人と初めてお会いしたのが階段ホールでした。あなた方はここで昭氏の口から〝月宮殿〟のことを聞き、彼が月マニアであることも初めて知った。この時から久藤さんは、たまたまずっと私たちの——少なくとも私の前にいました」

そうだったか……？

「そして誰も、あなた方に電力が落ちることは伝えなかった。あなたが一人になったのは手洗いに行った時ぐらいですが、この時は他の全員が顔を揃えていましたから、無論誰も、あなたに停電の知識は伝えられない。〝万物ギャラリー〟見学の後も、あなたが甲斐を誘うようにしたので、あなたが部屋へ引きあげるところまで私も一緒だった。ですのではっきりしています。みんな、あなた方に電気がダウンすることを伝え忘れていたのです。真夜中のことですから重要性は薄いとの意識もありました。今朝になって、望月さんが、停電だと思っていたのが計画的なものだったと知って驚いていましたが、あれは嘘でも演技でもありません。同様に、あなたも知らなかったのです」

そうですね。と言ったつもりだが、聞こえたろうか。

「それで望月さんですが、彼女には、十一時四十五分におけるしっかりとしたアリバイが成立しています」

ああ、そうなのか……。仕事の通信が切れたとは言っていたな。

「第三者と動画で通信をしていて、相手もこれを確認しました。ここに、トリックの介在する余地はありません」

残るのは——私だけか。

「久藤さん。あなたは階段の上で、停電が発生したと思ったでしょうね。ホールの一階に差していた各廊下からのぼんやりとした明かりもすっかり消えてしまっているのですから、当然、停電だと判断します。しかし先へ進むことはできる。あなたは闇に目を慣らし、階段を慎重にのぼり切った。この屋敷に到着した時に、左側にエレベーターがあると昭氏から聞いていましたね。停電ですからエレベーターは使えない。しかし反対方向にあるテラスからの外階段でも〝月宮殿〟へ行けることも、〝万物ギャラリー〟での会話で知っていた。あなたはそちらに向かったのです。かなりの暗闇ですが、真っ暗ではない。ホールの二階廊下を左へ曲がると、その廊下には窓が並んでいて、夜空の星明かりが入ってきている。かすかなその明かりを頼りに廊下の全体像を探り、あなたは明かりのほうを目指した。

　窓の並んでいる廊下は、私と甲斐の部屋のドアがある廊下ですが、昨夜でしたら窓からの明かりだけで問題なく歩けますね。あなたはテラスへ出て、岩場に掛けられている外階段をのぼった。昭さんの手書きのメモや月食の写真などによって、彼が、皆既月食が始まる直前まで生きていたことはほぼ間違いないと見られています。時刻にすると、十一時五十二、三分でしょう。十一時四十五分に階段の上にいたあなたは、この七、八分間で〝月宮殿〟まで移動していたのです」

「そう。そのぐらいの時刻だったでしょうね」

　あの男の姿を思い浮かべると、不意に声が出てきた。

「五十幡昭は壁際のデスクに屈み込んでなにか書き込んでいましたよ。だから私の登場にはすぐに気がつかなかった。外階段をあがった先のガラス戸をあけて、室内に少し進んだところでようやく気付きました。完全に意表を突かれ、目をまん丸くして驚いていましたよ。美術館の若造風情が、どうして自分の聖域に闖入《ちんにゅう》しているのかと理解に苦しみ、それは憤りに変わっていきます……」

　思い出すだけで感情が一気に高ぶりそうだったので、記憶のシーンを他にずらした。

「話を、外階段をのぼる前に戻しますけど、下から見あげた時、〝月宮殿〟から煌々と明かりが漏れているのにはちょっと驚きましたよ。でもすぐに、自分なりに解釈しました。月食観測を妨げられることをなによりも恐れている偏執狂的な男のことだから、非常用の予備発電設備も整えてあっただろう、と。……ああ、それとアーサーさん。私は月食の時を狙ってあの男のもとへ行ったわけではありませんからね。皆既月食の正確な時間など、知りませんでした。テラスで月が見えた時に、その時なんだと気付きましたけどね」

「すると、月や月食に関することで訪ねたのではないのですね？」

「まったく違いますよ」

そうか。このアーサー・クレメンスも動機まではつかんでいない。それもそうだろう。この家に来てから生じた動機ではない。何年も前のことで、誰も知らない、五十幡昭以外は。

「停電に関して言えば……」

そう言葉にしてみると、昭を殺してしまった後の焦りが思いがけず甦《よみがえ》ってきた。

「あの場を離れようとした時、急いでエレベーターの前に行きました。〝月宮殿〟には電気が通じているのだから動くのではないかと思ったのです。しかし暗証番号が必要でしたね。無駄だと判っていながら、適当にいろいろ試してみずにはいられませんでしたよ」

ここでアーサーは疑問に思うだろうか。外階段を使って戻ればいいではないか、と。

この点にも推理が及んでいるのかどうか気になり、横目で神父を窺った。

それに応えて彼はあっさり、「ああ。あなたは高所恐怖症なんですよね」と言った。「さすがだな。見抜いていましたか。まあ、そうでなければ、先ほどの推理は未完成部分を残して終わったことになる」

「そうですね。半分は説明されていない。のぼりの時の明かりのスイッチで推考しましたが、下りはどうなのか？」

「弟さんも推理したんですよね。おりる時は必ず触っているはずだ、と」

「ただし、この場合には前提条件がある。暗闇のもとでは、という条件が。あなたがあの階段を下ったのは、夜が明ける頃だった。まだ弱い光だったでしょうが、照明が必要なほどではなく、それゆえ、階段の上の天井で灯っている明かりも見落としたし、もちろんスイッチに触れる必要もなかった」

「……しかし、のぼる時は気付かないものですよねぇ」

一瞬考え、アーサーは頷きの仕草を見せる。

「外階段ですね。のぼる時、あなたの意識は昭氏のもとへ行くことのみに集中していて、目も上しか見ていない。外階段とは呼ばれていますがあれは、崖と言っていい岩壁に取り付けられた鉄製の梯子《はしご》ですよね」

まさに、二ヶ所で軽く折れてジグザグにのびる梯子だ。高低差は六、七メートルだろうが、あれはとても……。

「どうして私が高所恐怖症だと気付きました？」

「到着なさった望月さんとあなたが〝レストルーム〟でいろいろ話された後、部屋へ引きあげる時です。あなたは彼女の手荷物も自分で持とうかと気をつかっておられましたが、彼女が眺望雄大なガラス壁の前で立ち止まっている時には近付かなかった。声をかけて寄ったのは、彼女がすでに荷物を持って廊下へ向かう頃です。甲斐と由比さんに対してもそうですね。二人があの窓の近くで写真を撮っていた時には眺めているだけで、あの場からバーカウンターに移動した途端、あなたは甲斐に接近した」

いささか恥ずかしいか……。

「今日もそうでした。〝レストルーム〟で集まったり、通り抜けたりする時も、あなたは絶対にあのガラス壁とは距離を置く」

今日は、自分が高所恐怖症であることを気付かれないようにしていたつもりなのだが……。

階段ホールの二階の廊下は、ちょっとした高さがあるけれど、まああれぐらいは支障はない。それでも、手すり側を歩くのは避けるだろう。

そんな自分が、殺人の後、逃げようとして外階段へ向かった時の衝撃。

「私は外階段を逃走経路にはできなかった。見おろした瞬間、目がくらみましたよ。崖ですよ、あれ。星明かりでも充分、それは判ります。あんな所の階段――梯子を使える人間がいることが不可解です。理解できない。私は一瞬で恐怖に縛られて、室内に逃げ返ってからはもう、ガラス戸の外に一歩も踏み出せなくなりました」

「月食が終われば、満月の光で崖が照らされるわけですしね」

「ええ。だから必死で、エレベーターを動かそうと試みました」

「しかし動かず、あなたは殺人の現場である〝月宮殿〟に閉じ込められた。……考えてみれば不思議だったのです」

アーサーは遠い光景を見つめるかのように目を細めた。

「犯人は時間をかけて、遺体に損壊の手を加えていった。しかし通常、犯人は殺人現場からはすぐに遠ざかるものでしょう。捜査する側の推理では、死後時間が経過することで出現する首などの内出血痕を犯人は消したかったのだと見立て、これはこれで間違いではないと思いますが、ではなぜ、それほどの時間この犯人はその場所にいたのか。それが謎になります。……ですから、黒々と重なっていくような奇態で過剰なあの処理方法も一計ではありましたね。もちろん、その場の物で工夫した必然の結果でもあるでしょうが、犯人はその場に留まっていなければならなかったのだとなるべき手掛かりの着想が、あの儀式的とも思える異様なイメージによって意味が反転し、保身工作に凝ったために居残っていたのだろうとの見方に半ば変質してしまいます」

「まあ、結果ですけどね……」

あの長い時間、それはただただ恐怖だった。自分が殺した死体と共に発見されるのかもしれなかったのだ。

左側に見える景色が少し気になった。川の上流で、のぼり傾斜になっているのだが、その川面を覆うほどの靄《もや》が立ちのぼっているようだ。

恐る恐る数歩進み、首をのばして渓谷の下を見ると、ここにもやはり靄が広がっている。川霧だ。見えるはずの川面が、すっかり霧に隠されている。

暮れゆく一時《いっとき》。対岸に奥行き深く広がる山林は、金色を薄めたような淡い光に彩《いろど》られている。渓谷の底には真綿が流れるようで、美しいといえばこの上なく美しく、そしてどこかミステリアスな光景だった。

元の場所まで後ずさると、どうしてもこの質問をアーサーにぶつけてみたくなった。

「明け方近くになったら、なぜ私が外階段をおりられるようになったのか、察しはついているんですよね？」

「雲海だと思いますけど」

またまた苦笑が漏れる。

「まったく、あなたはなにも見逃さないのか」

でもそのアーサーも、あの言語を絶する光景は想像できないだろう……、などと埒《らち》もない負け惜しみを胸中で形にし、彼の言葉を促した。

「日吉さんが言っていましたよ、早朝、もの凄い雲海が発生していたと。この館もすっぽり呑み込まれていたそうです。すると、あの外階段もほとんどが雲海——川霧に隠されたことでしょう」

そう、まさに……。

「かすかに明け初めた頃、なにか景色が変わっているように感じたのですよ。それで見てみると、どうやら川霧が発生しているようでした。またしばらくして見てみると、それが大変な厚さになって、噂に聞く雲海になっていました。下流の平地すべてはもちろん、渓谷も埋められていく……。そして驚くことに、それは外階段も上の二、三メートルを残して霧に埋没させるほどになったのです」

あえてこの言葉を口にした。当時の本音だった。

「神の救いだと思いましたよ。これを活かさなければ罪だとまで思いました。私は懸命に、視覚的な記憶を塗り替えた。雲を白い絨毯などと表現しますが、まさにそれだとイメージしました。絨毯だ。床だ。雲海の下には、目もくらむような渓谷はないのです。そう言い聞かせて、見える範囲だけに集中し、踏み出しました。……あんな時でなければ、得がたいその経験を堪能《たんのう》したでしょうね」

「雲の中におりていく感覚ですか？」

「それです。雲に包まれて階段をおりていく。まあ、おり方は梯子と同じです。梯子に体の正面を向けて、手すりにつかまり、一歩一歩……。自分と霧と、目の前の梯子しかない。高所の恐怖は消えていましたが、違う奇妙な感覚には襲われました。どこまでおりても切りがないのではないか……、たどり着ける足場はないのではないか、そんな空想です。

でも現実的な意識も働いていましてね。手すりは水滴で濡《ぬ》れていましたから、こすりながらおりていました。指紋はそれで消えるでしょう。テラスに着き、廊下に入ってノブの指紋を拭き、階段ホールへ静かに急いだ。邸内もわずかに明るくなり始めていましたから、焦りはありました。誰かがもう起きていておかしくありませんし、目撃される危険がある。そんな風に気が急いていたから、階段の天井照明が灯ったままだとは気付きませんでした」

「時刻にすると、六時前後でしょうか、あなたが外階段をおり始めたのは。日吉さんもその頃に起床し、窓を埋める雲海を目撃しています。そしてその頃なら、景色を見ることができる曙光《しょこう》のかすかな前触れもある」

「そう。六時前でしたね。部屋に戻り、着替えをして気持ちを落ち着かせ、様子を窺いながら廊下を歩き始めた頃には、窓の外にはもう雲海は見当たりませんでした」

「この高さでの雲海は、日が射すのに合わせて、みるみる消えていったようですね」

「三十分ほどの、奇蹟的な条件でした」

「あなたを救った大自然の共犯者は、ちゃんと姿を消してくれたわけですね。私と甲斐が目覚めて廊下に出たのは六時半頃でしたが、少なくとも窓の外には霧はありませんでした。ほぼ同時刻、あなたも廊下に出ていたのですね。様子を窺いながらということですが、階段ホールに来て最後の偽装工作をしようとしていたのでしょう？」

愕然《がくぜん》とした。このアーサーという男は、本当にどこまで……。

驚くべき精緻な推理力だ。

言葉を発せずにいるうちに、確認を取るようなアーサーの声が続いていた。

「第一発見者にはなりたくなかった。そうですよね？　ですけど、発見後あまり遅くなって二階が立入禁止区域になってしまってもよくなかった。そのタイミングを窺っていたのではないですか？」

「いやあ、まさにそのとおり」呆れるような思いで、すべてを打ち明ける気になった。「あの時、階段ホールのほうから人の話し声が聞こえてきていました。そっと近寄り、窺うと、日吉さんとアーサーさんがエレベーターのほうへ行くところだった。それが好機と思えたので――」

「その時に、天井の明かりが点いていることに気付いたのではありませんか？」

「あっ、そ、そうでした」また驚かされ、アーサーの横顔を見やった。「そこまで判りますか？」

「これはたまたまなのですが、弟が撮った写真が手掛かりになっているんです」

「甲斐くんの？」

「ええ。彼はあちこちでパシャパシャやっていたでしょう？　あの時も階段の写真を撮っていたのです。私と日吉さんがエレベーターへ向かった後にね。この一枚に、壁に反射しているらしい天井照明の光が写り込んでいたのです。まあこれは、確定した事実ではありません。今のところ、らしい、という仮説にすぎないのです。

そして次は、私の観察による見解になります。昭氏の遺体を発見してから私は、周囲に観察眼を巡らせました。これは、奇蹟審問官として場数を踏み、経験を積んだ性質のものと言わせていただきたいと思いますが、それによると、日吉さんと引き返して来た時、階段の天井照明は消えていました。あの時階段ホールにいたのは、二階にいた甲斐とあなたのみ。そしてあなたは、甲斐がエレベーター前の様子を見に行っている間に階段をのぼっていたとのこと。写真に天井照明が写っていて、私が戻って来た時にはそれが消えていたということは、階段下のスイッチでそれができたのはあなただけということになります。実にあの時、階段下の明かりのスイッチから指紋が拭き消されたのですね」

「そうです……」

これもまた決定的だが、アーサーにすれば論拠の客観性が薄いということなのだろう。照明の光が壁に映っていたと判明していないから写真は物証とはならない。そして、明かりが消えていたというのはあくまでも、個人の観察結果と記憶。客観性を保った推断の足場とはならない。

しかし、階段の明かりを巡る今までの論理と組み合わせれば、これも大きな意味を持つ。

私は、そっと溜息をつくようにして認めた。

「アーサーさんと日吉さんが廊下の奥へ行った時でした。注意力を払ってあの場所を見あげていたこの時に、階段天井の明かりが点いたままであることに私は気付いたのです。そして考えを巡らせ、状況を理解しました。階段の照明は、昨夜自分がのぼった時のままで、下のスイッチには指紋が残っている、と。それで、甲斐くんの姿も消えた時に階段下へ進み、明かりを消してスイッチを拭いたのです」

「そしてそのまま、必要があって二階までのぼって来た」

ああ……、そのとおり！

「今度は、あなたの指紋を残すためですね」

まさに……。

「電気のダウンが発生した時、あなたは暗闇の中で多少は手探りをしたし、階段の手すりにつかまりもした。あの辺りの指紋も採取された場合、二階に行ったはずのないあなたの指紋が検出されては明らかな矛盾になり、最有力容疑者になってしまう。従って、皆が見ている中で二階までのぼり、手で触れておく必要があった。殺人の知らせを聞いて気分が悪くなった風を装い、ふらつき、壁などに手を突いて回ったわけです」

「まったく凄い！」感嘆の思いが満ちるのみだ。

「ここまで見通されると、天を仰ぐしかありませんね」

しかし同時に、子供じみた対抗意識も顔を出す。

「でも、アーサーさん。動機と機会と手段のうち、動機に想像はついていないのですね？」

「ええ、判りません」

認め方が素直だ。

……ああ。

自分の中の、幼い意識がしぼんでいく。アーサーは、こっちに罪を認めさせる最低限度の論拠だけを手に飛び出して来てくれたのだろう。とにかく優先すべきは、久藤央の最悪の愚行を止めること。……神父として、なにか察するものがあったに違いない。

高所恐怖症のくせに、漠然と、身を投げる意識で体が動いていた……。

こんな形で未練が断てたのだろうか……。

「アーサーさん」

復讐《ふくしゅう》する気などまったくなかった。

「陳腐《ちんぷ》な言い訳にしか聞こえないかもしれませんが、殺す気などまったくなかったのです。その直前まで、〝月宮殿〟へ行く気もなかった。……トイレへ立っただけでしてね、その帰りにふと、五十幡昭と二人っ切りで話すべきではないかとの衝動を覚えたのです」

「殺意などはなかったでしょう。そのような計画性があれば、不用意に素手で明かりのスイッチに触れることもなかった。仕事柄、手袋を常備しているのですから」

「ふふっ。階段のスイッチ一つでここまでなにもかも見透かされるとは。でも今は、それに感謝しましょう」

と言いつつ、見透かされていない部分もあるのではないかと探りたくもなった。

「昭さんの遺体を、燃やす形で徐々に損傷させていった点については、なにか新しい推定は加わっていますか？」

窺う視線で、アーサーがこちらを見た。

「……別の意味があるのですか？　あれは、爪に残った皮膚片かなにかを完全に焼却した後、やがて目に留まるようになった遺体表面上の内出血痕を、時間をおいて抹消していった結果ではないのですか？」

「微妙に違うのです。ですが細かいことだ。それはいい。それよりも……」

神父に話すのならばこれだろう。

「私と彼のことを聞いてください」

6

時間経過で見れば、その記憶は、暮色に包まれる山林の遥か先にあるのかもしれない。

しかし彼は、今も身近にいる。

「五十幡昭が五年前に洗礼を求めた理由の一つが、交通事故で人を撥ね殺したからだというのはご承知でしょう」

ええと頷いたアーサーは、半ば「ああ……」と低く呟いてもいた。

「殺されたのは二十四歳と七ヶ月の青年。名前は、新藤《しんどう》優《まさる》。優美の優と書いて、まさると読みます。私の恋人でした」

言葉は、なんと伝え切れないものか——。

「恋人、なんてちっぽけな表現ですよね。とてもおさまり切れない。もっと大きな言葉はないんでしょうか。彼にふさわしい……」

半身？　魂の共有者……？

「私の人生の、幸福のほとんどの部分を彼が占めていた。彼にはガールフレンドもたくさんいましたし、自分が恋人だと思っている女もいたでしょうが、真の恋人は私でした。そして彼は、私との関係を隠すのをやめようとしていました。それは、同性に対するこうした性向も明かすということです。波風も立つでしょうし、世間も狭くなるでしょうが、その凝縮された世界が私と彼のものです。まったく新しい祝福の時が始まるはずでした。——その矢先、優は五十幡昭に殺されたのです」

冷えすぎたのか。指先が少し震える。

「彼が死んで……。アーサーさん、感傷的な誇張《こちょう》と思わないでください。私の世界は真っ暗く崩壊し、視覚も嗅覚も味覚もが意味をなくしたも同然でした。彼の葬儀へ行くどころではない。一ヶ月、二ヶ月、どうやって生きていたのかも覚えていません。当時実家にいたので、両親に介護されるようにして生活していたようです。……社会復帰し、仕事ができるようになったのは一年後でしたか。

ねえ、アーサーさん。この世にもう、優がいないのですよ。優のいない世界が続いているだけなのです……」

他の人々は、そのことに気付いていないのか。

「こんな世界が続くことの意味はなんなのか……。昨夜、欠けている満月の下で鉄の梯子を見あげ、それを問いたくなったのです。偶然なんですよ。仕事の上でこうして五十幡昭と接近することになったのは、まったくの偶然なんです。そして昨夜、私は五十幡昭の前に立ち、新藤優を覚えているか、と質しました」

「……どうでした？」

「覚えていました。公平に言って、驚きと動揺以外に、悲嘆と悔いの色も顔を過《よ》ぎりました。しかしすぐに、天体望遠鏡を覗くことのほうが大事そうな態度になったんです。苛立つことが当然であるかのようで、死んだ優のことも後回しの些事《さじ》にした……。

アーサーさん。優はね、大勢の人を幸せにできる男だった。福祉の道を目指し、勉強していた社会学には洞察と創造性を持ち、子供たちにも好かれていた。どこまで社会に貢献できるか楽しみな逸材だった。そんな存在を殺し、代わりにどんな人間が生きているのか。そいつは、のうのうと生きていていい存在なのか？

……五十幡昭はね、赦しの形を誇るかのように、交通事故撲滅運動に寄付している、被害者の会でも協力している、と、趣味にかかり切る片手間で述べ立てた。免罪符を持ったかのように。

話は聞くからとにかく二、三十分待ってくれと言った。優の時間を永遠に奪っておいて。

私は組み付いていた。……最終的には、凄い力で首を絞めていたようで……」

目を閉じ、ひらいた。

熱くなっていた気持ちも力も冷えていく……。

アーサーは、悼みを噛み締めているような口調だ。

「しかし、間が悪かったともいえるでしょうね。最悪のタイミングだった」

「月食の時刻だったということで？」

「昭氏が、あなたに我を忘れるほどの悲憤を感じさせてしまう対応をするのは、何年間の中でもその数十分間だけだったでしょう。彼にはその時、ほとんど〝己《おのれ》〟しかなかったのです。なにしろ、月宮殿での月天子なのですから」

「ああ、外に対置すべき……」

「〝汝《なんじ》〟を存在させる余地がなかった」

ストーカー的な愛、真実。

この瞬間、自問に胸の奥を突かれた。あの時自分も、優へのストーカー的な真実しか見ていない己のみだったのか――。

いや、そんなはずはない……。

まずそもそも、新藤優という存在も、彼への私の思いも絶対的な真実だ。そこから、偏りのような濁りは生じない……だろう。

「私がここへ来たのはね、自責の念からではありませんよ、アーサーさん。五十幡昭と私が同質のものとは思わない」

心持ち強気に話しだしてみたが、すぐに口調が沈む。

「遠國さんの娘さんと話した日吉さんの泣き声や嘆きを耳にしているうちに、こっちも、よく理解できない悲しみに心が浸《ひた》り始めたのは事実です。それは、優を喪《うしな》った時の心理崩壊の後遺症がぶり返したからでしょう。そのうち、やけに意気込んだ刑事や鑑識のチームが再登場した。これはいよいよ追い詰められそうな様相です。もともと、いつまでも逃げ切れるとも思っていませんでした。それで、自由に動けそうな最後の機会を利用した」

渓谷に目をやる。

「警察に捕まれば、世間に晒されて糾弾され、監獄に閉じ込められる。そんな無様《ぶざま》でごたついた扱いを受けてまで生きる価値など、優のいないこの世界にはないのですよ」

眼前に、信じがたい光景があった。

「凄いですねえ、これ、アーサーさん」

ええ、と同意するアーサーの声も心の底から発したものだろう。

川霧の厚さ、深さが驚異的に増していた。渓谷がほとんど埋まっている。

アーサーが言った。

「この深さでは、五十幡邸も呑み込まれているでしょう。あの館、今日は凄いですね。朝夕二度も、雲海に包まれた。……甲斐は、今度は写真を撮れているかな」

そう。朝と同じだ。雲海はまた、高所を消してくれた。

——誘っているのか。

恐怖を消す幻を作り出して。

数メートル下に、柔らかそうな床がある。

足の力が萎《な》えることなく、断崖の際まで行けるだろう。

気がつくと、自分よりずいぶん前方にアーサー・クレメンスがいた。

絶壁の上に近い。端整で彫りの深い横顔はクールで、精神修養でもしているかのようだ。

「罪の告白は終わりました、アーサーさん。赦しを請うつもりはありません」

一歩踏み出した足を、アーサーの声が止める。

「昭氏と同質ではない、と。確かに同質でない部分はありますね。久藤さん、あなたが認めるかどうかはともかく、昭氏は大きな自責の念に苦しんで赦しを得る道に進もうとした。事故であったにもかかわらず。ですがあなたは、赦しも請わない、と。人を殺していながら」

「アーサーさん」にらむような目つきになったろう。

「しかし久藤さん。同質でなくとも引き継げるものはあるのでは？」

「はあ？」

タイミングがいいのか悪いのか、この時アーサーのスマートフォンが着信を知らせた。

そしてアーサーはそれに出る。

相手を確かめてから彼は、

「ちょっとお待ちください」と、こちらに、やけに日常的に断りを入れる。「あなたに聞かせたい知らせかもしれません」

電話を掛けてきたのは椿刑事だった。

『アーサーさん、どこにおられるのです？』

「それほど遠くではありません。それで、鑑識捜査の結果は出たのですか？」

『出ましたよ。おっしゃっていた場所から、指紋は幾つも検出されました。遠國与一の指紋が』

アーサーの目は、久藤央の姿を静かに捉えていた。彼は、落ち着いたというよりも、感情を捨てていくような風情で耳の後ろへ髪を掻きあげている。

『どうしてあんな所に指紋が？　いえ、その付着具合からなにをしたのかは明らかでしょうが、その行動の動機が判らない』

「その説明は戻ってからします。しばらくお待ちください」

アーサーは礼を言って通話を切った。


同じこの時、もう一人、電話を受けている人物がいた。

甲斐・クレメンスだ。

「えっ！　母さんが!?」

7

それで？　という意味の視線を、私はアーサーに向けた。

「遠國さんの事件、解明したと見ていいようです」

「ほう！　そうですか、それは興味深い」

私以外に殺人者がいるのか？　それは誰なのか？　二つの別々の殺人事件がこれほど間近で同時進行するというのは、それこそ奇蹟的だ。その犯人に私は、なにを感じるだろう……。

「その前に、あなたが出した最後の問題も解けそうです」

「えっ？　問題？」

「先ほどのあれです。昭氏の遺体へ加えた損傷。あれは当初からの推定どおりの行為だったのか」

「あっ。違うと気付かれたということですね」

「髪を掻きあげるところを見ましたので」

「ああ」苦笑が漏れる。「油断しました」

油断というより、この時点ではもうどうでもいいことだから気持ちが緩んでいただけだ。

「あなたがその仕草をするのは、昨日三回、目にしました。それなのに今日はこれまでの長い時間、一度もなかった。耳の下、少し後ろのその引っ掻き傷を見られないようにするためですね」

「そうです」

「しかしそれだけならば、やはり引っ掻かれた時の皮膚片が昭氏の爪にあったのだ、となるはず。ところがあなたは奇妙な設問を発した。そして、その傷の様子やあなたが高所恐怖症であることなどを考え合わせると、昭氏の爪には物証などなにもなかったと推定できますね」

「さすがに理解が早い。やられました。では、その辺も伝えておきましょうか」

気持ちを改め、すべてを話すことにした。重要なことでもないが、記録として整っているほうが刑事たちも喜ぶだろう。

「……あの男を殺してしまった後、エレベーターは操作不能だし、外階段も使えないことを私は知りました。混乱する中でもまず、月食観測が中断しているのはよくないように感じました。殺害時刻をあまりにも明確に伝えてしまうではないですか。先々、いろいろと不利になる手掛かりかもしれません。曖昧にできることはそうしたほうがいいと思い、月食の写真を撮ることにしました。メモ書きのほうはどうしようもありませんから、写真作品だけはね」

「二枚撮ったのですね」

「そうです。そうでした。指紋を残さないように天体望遠鏡を動かして月を追い、シャッターを押す。シャッターの指紋はできるだけあの男のを残すように気をつかいました。小さなボタンのことですから、痕跡が多少ぼけていても特に目立ちはしないだろうと思いました。だから、死体を抱えあげて指を使うまでのことはせず、素手で触れないようにそっと押すことにしました。指先のカバーには、寝間着代わりの服の裾《すそ》や袖を使ってもかまわないわけですが、できればあの部屋の備品である布を使いたかった。探したところ、あの黒い布を見つけたのです」

「それを間に挟んでシャッターを押し、死後の撮影を偽装した。いわばアリバイ工作ですね」

「そう、アリバイ工作でしたが、そうしながらも、もっと深刻な事態に対処する手段にも頭をフル回転させていました。このままではずっと閉じ込められて、殺害死体と一緒に発見されてしまうのですからね。……まあ、思考に集中したい意味もあり、額にひどい傷を作って血にまみれているあいつの顔を視野に入れないように、布をかぶせました。考えたのは、遺体ごと発見された時にできる最良の弁明ですね。手で絞め殺されたことは法医学的に明らかになるでしょうから、自殺説や事故死説は言い立てられません。残るのは正当防衛ぐらいだと思いました」

「確かに」

「そこで、この首筋の引っ掻き傷を思い出したのです。この傷は、事件とはなんの関係もありません。寝る前に、自分の部屋でつけてしまったものなのです。パイプドレッサーの近くの壁に、フックがあるのですが、よろけた弾みにそこで傷つけてしまったのです。この傷は、このとおり、耳の後ろで後方に向かって斜め上につけられています。自分できれいにつけられるものではありません。傷が後ろに向かってつけられていることは、ちょっとまともに調べれば証明されるはずです」

「後ろからつけられた傷、ですね」

「はい。この傷を、口論の末に襲って来た五十幡昭につけられたものだと申し立てることは可能でしょう。〝月宮殿〟内に、こうした偽装工作に使えそうな、血痕《あと》を残した品物はありません。襲われた痕ではないと、簡単に反証はできません。だから、どっちにしろ微弱な論拠に違いありませんが、これしかやれることはありませんでしたし、うまく機能すれば効果は大きい。無策でいるよりはましと思いました。ただ、もちろん、基本的な問題がある」

「昭氏の指先に、引っ掻いた痕跡はない」

「だからといって、この偽装工作のために、爪に私の皮膚や血を残すのはどうでしょう？　この現場から逃げ出せる希望が完全に消えたわけではないですからね。エレベーターの暗証番号も、いろいろと試し続けていましたし。起死回生でうまく逃げ出せたのに、自分から確実な物証を指先に残すような真似をしておいたとしたら、笑いもののとんまな自滅です。そこで思いついたのが、指先を鑑定不能にするという発想でした。痕跡があることも隠せますし、ないことも隠せます」

「うむ……」

「結局逃げ出せずにあの現場で見つかってしまった場合、襲われた証拠を自ら消してしまったことになりますが、こう言って通らないわけでもないでしょう。本当の動機と同じことをしゃべればいいのです。『うまく逃げ出せる希望を持ちたかったので、指先の物証を消すほうを選んだのです』と。

もし、無事に脱出できた上で身体検査的な調べを受けてこの傷が見つかれば、これも正直に申し立てますよ。壁のフックでついた傷だと。室内をざっと検められた時、担当の刑事はフックの微量の血痕には気付きもしませんでしたけどね。それはまだ残っています」

「遺体の首や腕に損傷を加えたのは、想定どおりの理由からですね？」

「そこはそのとおりです……」思い出したくない記憶の筆頭だな。「時間がすぎるに従って、首に手の跡が浮かびあがってきたのです。くっきりと鮮明なものではありませんが、正直怯えましたね。手の形から私だと特定されるのでは、とも思いました。罪の刻印であり、遺体が告発しているようでもあった……。だから、そこも燃やすことにした。左腕も同じです。こっちはもっと薄くですが、やはり手形が見え始めていた。どうやら、彼の頭を機材にぶつける時に、腕をひねりあげて握っていたようです。ほんの二、三秒のことだと思いますし、あんなアザが浮かんでくるほどとは信じられませんでしたけどね。それに、左手の先を燃やす時に、左腕にはべたべた触りましたから、表面全部を焼いてしまうのがいいだろうと考えたのです」

悪魔的な所業の自供は終了だ。

「さて。こちらの事件のすべては明かしましたよ。次はそちらです、アーサーさん。遠國さんの事件の真相を教えてください」

「……その時のようですね」

ヴァチカンの神父は、胸に手を置いてから言った。

「あの事件に関しては、皆さんが知っていることの他に二つの大きな手掛かりを警察に教えてもらいました。二つめは、今電話で聞いたところです。一つめは、模造刀で刺された箇所にあるアザのことでした。刺された場所には、尖った物で強く突かれた皮下出血などがあったのです」

「同じ場所に？」

「ええ。この傷は、鞘で突かれたことでできたものと考えて間違いないようです」

「鞘で？　犯人は、鞘と刀の両方を武器にして使ったということですか？」

「いいえ。刀身は鞘に入ったままだったでしょう」

「……は？」どうもよく判らない。

「こういうことです。刀がおさまったままの鞘で、遠國さんは背中を激しく突かれたのです。この瞬間の衝撃で、鞘は縦に二つに割れた。そしてそのまま、抜き身となった刀身が体に突き刺さっていった。だから、突かれたアザと刀身の刺し傷が同じ場所にあるのです」

「ちょっと待ってください。鞘をぶっ壊してそのまままあそこまで深く模造の刀を突き入れるなんて、人間の力で可能ですか？　そもそもそんな攻撃をしますか?」

「あれは、人間がやったことではないのです」

では、なにが……?

数秒間、ヴァチカンが追う不可思議な事象に巻き込まれたような気もして、そんな問いかけもスムーズに出てこなかった。

「なにが起こっていたと?」

ようやく、少しつっかえながらそれを口に出した。

慎重さが窺える光を瞳に浮かべ、アーサーは眉をさするように指を動かす。

「お話しする前に、一つ確認です」彼はそう言った。「久藤さんは、トイレへ立っただけだったのですから、部屋の明かりは点けたままだったのでしょうね?」

「そうですね。点けたままでしたよ。それがなにか?」

なぜか、かすかにぞっとして、二の腕に鳥肌が立った。

自分に、自分でも知らないなにかが起こっていたのだろうか?

「これから話すことは、ほとんどが想像です。想像としての光景がつながっている」

しかしそれは真実を包んでいると直観できる。

アーサー・クレメンスが数万本の線の果てに選び出した一本の描線なのだろう。

「限界まで酔っていた遠國さんは、一人でフラフラと〝万物ギャラリー〟に入ったのでしょう」

こうしてもう一つの死は語られ始めた。

「明かりも点けず、闇の中で妄執と肩を組む」

おおっ。ナイスな表現だ。けっこうピンときた。

誰もがふと、やっていること……。

暗闇の中で、あの展示室の品々は、違う貌《かお》を見せたろうか。インスピレーションを求めるかのように、遠國与一は暗い静寂を味わった。

「そしてそのうち、遠國さんは、あの部屋の一角で寝入ってしまった」

ほう。

「場所は、武者の鎧と、中庭の見える窓のある壁、そして収納ボックスに囲まれたコーナーです。あの床から遠國さんの掌紋が検出されています。争いの最中に付いたと思えるような荒々しさはない様子で。あれは、寝込んでいた床から立ちあがる時に手を突いたものでしょう」

「寝てしまったというのは理解できますね。あの人はどこでも眠たそうにしていた」

「そして、起きた瞬間にすべては決定してしまったのです」

どんな風に？

「まず、目覚めるきっかけになったものは、物音だったのではないかと想像します」そうアーサーは続けている。「本当に想像なのですよね。彼が耳にした音は、古いスチーム暖房が時折立てるものだった」

「暖房が？　……そういえば、なんとなく想像がつきますが」

「金属が熱で変形する時に立てるような音。気体が走るようでもあり、ここのは、壁の奥が軋《きし》むような音も立てます。そして遠國さんは、何度もこのお宅を訪ねていますが、この音には馴染みがなかったでしょう。前回の訪問は八月。その前は春で、さらにその前は去年の夏だそうです。かなり長い間、スチーム暖房とは縁のない時期の訪問しかありません」

「なるほど。そうでしたか。馴染みのない音で目覚めたということですね」

「夢うつつでその音を耳にし、目覚めた。よろめきながら立ちあがり、次の瞬間最も明確に遠國さんの視覚を刺激したのは、中庭越しのあなたの部屋の小窓でした」

「えっ……」

「他はまったくの闇です。星空としての外光はありますが、〝万物ギャラリー〟に照明はなく、そんな夜の環境下で、くっきりと明るいのはあなたの部屋の窓明かりだ。腰高窓のほうは遮光カーテンをしていたでしょうが、額縁を立てかけた小窓にはカーテンなど引けませんでしたね。翌日〝万物ギャラリー〟から見た時、額縁は前日と同じく窓越しに見えていました」

「そうですね。あの窓にはわざわざカーテンなどしませんでした……」またなにか、得体の知れない不安が押し寄せる。それを打ち消したくて、思いついたことを口にする。「まあつまり、遠國さんがそうした行動を取っていたのは、私がトイレに立ってからの時間帯ということですね？　死亡推定時刻からしてもそうなる」

「時刻は、たぶん特定できます」

「えっ？」

「遠國さんが立ちあがったのは、十一時四十五分です」

「……それって」

「五十幡邸の電力ダウンの時刻です。遠國さんの目が小窓の明かりを見た直後、闇が落ち、網膜には小窓の四角い残像だけが焼き付いた。……ここでもう一つお尋ねです、久藤さん」

「は、はい？」

「夕方、みんなで〝万物ギャラリー〟を見学していた時、あなたは模造刀も立っていたラックを移動させましたね。その後、あれは元の位置に戻したのでしょうか？　私はそこまでは見ていなくて」

「戻していませんね。動かしたままにしてしまいました」

それがどうしたというのだ？

アーサーは小さく、しかし重く頷いてから言った。

「あなたが立てかけた額縁ですが、一番小さな額縁は、少しだけ傾いたままで置かれていた。ですから、あの場合の窓明かりというのは、実際は、一番小さな額縁が切り取った明かりで、しかもわずかに傾いていた。そしてここで、遠國さんの感覚です。あの方は酔っても言葉などはしっかりしていましたが、バランス感覚は鈍《にぶ》くなるようでした」

「ええ、危なっかしかったですね。平衡感覚はおそまつだった」

「そう、平衡感覚です。泥酔、暗闇、質の良くない睡眠からの起き抜け。こうした瞬間の危うい平衡感覚が窓明かりと認識したものが、傾いていたとしたら」

——うっ⁉

「窓というのは、日常感覚においては、垂直というより鉛直の存在といえるかもしれません。縦のラインは鉛直である。網膜に焼き付けられたそのラインがかすかに傾いていた遠國さんは、自身の鉛直性でも混乱していた。あの方にすればこれも頻繁に経験していることでしょう。ふらつきながら垂直に立とうとする。その中心軸を探る。こうして、視覚からの情報に合わせて自分の傾きを調整しようとふらついていた遠國さんが続けて目にしたのは、模造刀のおさまっていたラックでした。窓からの星明かりでぼんやりと見える。そしてそれは、夕方見た時の遠國さんの記憶とは違い、〝額縁の壁〟へ数十センチずらされていた。

　これで条件は三つ揃いました。

一。夢うつつで、壁の奥が軋むような物音を聞いた。

二。窓明かりと認識した鉛直の基準が傾いていた。

三。模造刀のラックと〝額縁の壁〟の間隔が狭まっていた。

　これらの情報が瞬間的に、酩酊状態といっていい遠國さんの五感に一気に押し寄せた。その結果、あの方はダイナミックに動く建物の秘密を発見したのです。〝額縁の壁〟が傾いているじゃありませんか」

「えっ、いや……、壁が？」

「ラックと〝額縁の壁〟の間隔が狭まっているのは、壁の下辺が前方にせり出してきているからです。つまり、〝額縁の壁〟は上のほうを奥へと倒す、そうした傾斜になっている。傾斜角はごくわずかですが、斜面になっている。この傾きは、仮構の窓明かりの鉛直性で歪《ゆが》められていた遠國さんの身体感覚の傾斜と相関的に一致していたのです」

「彼の認識において、〝額縁の壁〟は奥へと上部を倒す斜面になっていた……！」

「秘められた物音を立てて動いた壁。そうして角度を持ったあの壁は、上へと進める道です。埋め込まれている大きめの器は、手や足を掛ける突起物となる。スポーツで行なうクライミングの壁と同じです」

「ああ……！」

「遠國さんの指紋が検出されています。あの位置では、目の高さぐらいまでは埋め込まれている破片が小さいので、つかまる役には立ちません。頭より上の位置に、ホールドに役立つ大きさの陶器が埋め込まれている。ここから上に、遠國さんの指紋があったのです。初動捜査において警察も、そんな場所の指紋検出まではしません」

「……のぼったんだ」

「ええ。そしてこれも想像になりますが、遠國さんの目標地点は、天井の業務用タイプのエアコン送風口だったのでしょう」

「えっ？」

「四角い送風口の大きさは、充分に人間が出入りできるものです」

「うおっ」

「また、蓋《ふた》のイメージでもあるでしょうか。あけると奥に、宝物的な陶芸作品が眠っている。こうした連想には、萬生さんが長い間テーマにしていた〝無風〟も関係したのではないですかね。送風。無風……。壁の仕掛けが動く時、送風口の風は絶対に止まっている」

「なんと……」

　確かにこれは、と思える。遠國与一の行動や思考が納得できる。それがアーサー・クレメンスの推理が出力したものにすぎなくても。

「遠國さんは〝額縁の壁〟の〝斜面〟をのぼり始めましたが、徐々に、現実と感覚の間の齟齬《そご》が大きく膨らみ、やがて決定的な最終地点に至る」

「それはそうだ……」

「指の力などが、当人の予想以上に消耗していた。本来、あの年齢のあの体形で、しかも酔いがずいぶん残っているというのに、垂直の壁などのぼれるものではありません。〝斜面〟に身を預ければ小休止もできると思っていたかもしれませんが、実際は垂直の壁にへばりついているだけです。もう、腕も足も保たなかった。手や足を滑らせた、ということも有り得ます。それでも遠國さんは、滑り落ちるだけと思っていたかもしれません。しかし実態は、真《ま》っ逆《さか》さまです。壁から少し離れ、背中から落下する。そしてその真下に、移動させられていたラックがあったのです。遠國さんの体の重心が、上向きに立てかけられていた模造刀の切っ先と衝突する」

　――!!

「一瞬で鞘は弾け飛び、刀身が深々と刺さり込む。体は当然のけ反り、後頭部が屏風にぶつかった。屏風は倒れて周囲の物もなぎ払い、争い事があった様相を作りだす。模造刀に加わった力はラックの底も直撃してこれを破壊。遠國さんの体ごと倒れる模造刀はラックの枠組みも破壊する。どこかのポケットにあったスマートフォンも床へと飛び出す」

　一瞬で生み出された脳内のシーンが、記憶にある光景と完全に一致する。

　それは鋭角なる真実に思え、それが私に突きつけてくるものは――

「動かしたラックがあの人を……」

　あれを動かさなければ、遠國与一の錯誤は深まらず、模造刀は死の凶器とならず……。そもそも額縁が……。

私が間接的に彼を殺したというのか!?

いや、違う！　断じて違うだろう！

殺してしまった……？

同質……？

「アーサーさん！　あんたはなにを言いたいんだ……」

アーサー・クレメンスはなにも言わない。

逃げるように視線は横顔から離れ、渓谷の上で深まる夕闇に向けられる。

問いは自分に跳ね返ってきた。

新藤優を殺してしまった五十幡昭。

遠國与一を殺してしまった久藤央。

……同じはずがないだろう！

昭は、注意義務を怠ったんだ。法を犯したから刑事事件になったのだ。

私に落ち度などあるか。悪意や犯意どころか、過失すらない。誰が責められる？　罪になど問われるはずもない。

だが……

違うな。アーサーが言おうとしているのはそういうことではない。

すぐには思考はまとまらず、とりとめなくイメージがさまよった。

階段ホールの階段で私の前に闇が落ちてきた瞬間、遠國は大きな錯誤に墜《お》とされていた。そして私が岩場の外階段をのぼっている時には、彼は天に召される階段をのぼっていたわけだ……。

まったく。神の悪ふざけか、悪魔の采配《さいはい》か。

……悪魔、ね。

遠國与一の遺族の中には、私を恨む者もいるだろうか。

脳裏に浮かんだ逆恨《さかうら》みという言葉が、胸の内に戻って来てじわりと刺さり込む。

思考に沈みそうになっている時、アーサーの声がした。

「遠國さんの死について、あなたは法律では裁かれない。その一方、司法的次元で罪を償っていた五十幡昭さんをあなたは裁いた？」

報復意識などではなく、暴発した粗暴な衝動にすぎないが……。

「自身の罪を裁けというなら、だから、神に裁いてもらいますよ」

「しかしそれでは、あなたが否定していた昭氏の姿勢と同じではありませんか？」

「なに？」

「久藤さん。あなたは、宗教が作りあげている神が改悛を認めれば、告白して祈った者のすべての罪がそれで赦されるのか、と、憤りを秘めた疑問を持っていましたね」

「ああ……」

あの話し合いの時のアーサーの考えを聞いて、少しは判ったこともあった。外なるものを、内にも……。

「あなたは今、裁きの神を外に立てている」とアーサーは言った。「裁きの神が正しく裁いてくれますから、と、都合よく逃避しているだけだ」

……。

「あなたは、自責の念でここに来たわけではないとおっしゃった。しかし本当にそうですか？」アーサーの口調が柔らかい。「日吉さんが泣く声を聞いて、よく理解できない悲しみに心が浸り始めたとも言われましたね。〝汝〟や〝己〟の話をした時、自問自答していたでしょう？　罪の刻印、とも口にされた」

……くそっ。

「あなたは心の本当の部分に鎧をかぶせ、表向きの気持ちで自分自身を納得させて行動力を得ようとしている。……心の奥底にあるでしょう。そちらに向かってもいいような、出口を思わせる光が、小さくとも……」

くそっ。あるのだろうか、それはやはり……。

見える気はするのだ。だが、見えた気になってはいけないと思った。それこそが、都合のいい逃避だと思った。

蔑《さげす》み、蔑視《べっし》したい自責と、悔いと、罪の意識の、その暗いよどみの底から、自分でこう表現することが許されるならば、他よりは人間的な光明を持つものが小さく立ち現われている。それはかえって自分を責めるが、迷いつつなにかを探っている。

そこは、人との共有がまだ許される部分なのか。真実の悔悟へ向かうスタート地点なのか……。

アーサーは言っていたな。我《われ》の中にも神を生じさせていかなければ……と。

こいつなのか？

今かすかに見えるこいつが、育ち、道を作り始めるのか。育てあげればこいつが、やがて裁きの神になるのか。赦しの神になるのか——。

「だから、死んではいけない」

アーサーが言ったはずだが、他の誰かの声にも聞こえた。

「私も、このような経験をしたことがあります」

これは紛れもなくアーサー・クレメンスの声だった。

「ある辺鄙《へんぴ》な地方で殺人事件がありましてね。第二の被害者が出ましたが、この人は、見た内容の意味にはまったく気付かずにいた有力な目撃者だったと、解決する時に判りました。私も協力して逮捕に至った犯人が、連行される時にこう言い捨てました。その男の言葉のまま伝えさせてもらいますね。『無能な警察がうろついているだけなら、あの目撃者がいても心配はなかった。だが、神父さん、あんたみたいな鋭いのが来たら、駄目だと思った。怯えたね。身を守るために慎重にならざるを得なかった。だからあの目撃者も念のために殺した。あんたが来たから、あの女は死んだのだ』と。……どこから不意にやってきても、罪の意識は軽くはないですよね」

……これはまだ、小さな例なのではないか。もっともっと深い悔恨、絶望の中から、アーサー・クレメンスの神は出現していったのではないのか……。

続けて、奇妙なことが起こった。脳内に様々な、悲惨な映像が広がる。

家族が住んでいる家が目の前で土砂に流されていく。ひしゃげる車の中では体が押しつぶされ――。

リアルすぎる光景が、現われては消え、数珠つなぎで流れていく。

超常現象か？　それとも、自分が見聞きした世の中の惨事の情報が、イメージを暴走的に膨らませているのか。

アーサーの記憶が流れ込んできているのか？

銃声や爆発音と共に目の前で消えた、大切な者の最期の声。身動きできない空間で押しつけられた、励まし合うべき愛する者の、冷えていく体温。罪なき者に加えられる、息絶えるまでの暴力。遺体とさえ呼べない、無残な遺体……。

人の世は惨禍に満ちてもいる。

だが多くの者が、理性や人間性を折ることなく、魂を腐らせることもなく生きている。

「でもね、久藤さん。あなたを救うのは、私などが語る救いの論理じゃない」

「え？」

「あなたを救うのは、新藤優さんだ」

――!!

「彼はあなたにとって世界の大部分だった。幸せは彼と共にあった。そうですよね？」

「ええ……」

「その彼を喪い、あなたは闇の淵《ふち》に沈み、絶望の中をずっとさまよっていた」

「……そうです」

「でもやがてあなたは、社会に戻り、遊び、歌えるようになった。そうですね？　あなたは心の底から笑えるようにもなった」

「………」

「それが……、そのようなあなた自身こそが、新藤優さんが教え残した計り知れない恩寵ではないですか」

──優。

天を見あげざるを得ない。

そこで微笑んでいるか。君の笑顔は……。

あまりにも多くの思い出が押し寄せる。

そこから見おろしていたか。

そこと私の内にある君の顔を、曇らせてはいけないな。

君に安息日を与えなければ……。


雄大な渓谷を埋める雲海に目をやった。

「アーサーさん。これも神の遊びでしょうか？」

「これは川霧です。冷えて湿った空気が、それよりは温度の高い川面に接すると、無風の時に生じます」


すでに面白そうに笑っていたアーサー・クレメンスは、こう続けた。

でも、子供が遊びで作ったスープにも見えますね。

引用・参考文献

『口語訳聖書』

『新共同訳聖書』

『天文不思議集』　ジャン＝ピエール・ヴェルデ著　唐牛幸子訳　創元社

『「十字架の神学」をめぐって』　青野太潮著　新教出版社

「神の遊びの神学」　濱崎雅孝著

濱崎氏のこの論文と以下の書籍には多大な刺激と教えをいただき、引用も多くさせていただきました。特に記して深謝いたします。

『愚者の饗宴』　ハーヴィー・コックス著　志茂望信訳　新教出版社

本書は書き下ろしです。

N.D.C.913　254p　18cm

月食館《げっしょくかん》の朝《あさ》と夜《よる》　奇蹟審問官《きせきしんもんかん》アーサー

二〇一七年十二月六日　第一刷発行

KODANSHA NOVELS

著者—柄刀《つかとう》　一《はじめ》

発行者—鈴木　哲

発行所—株式会社講談社

東京都文京区音羽二-一二-二一

郵便番号一一二-八〇〇一

編集〇三-五三九五-三五〇六
販売〇三-五三九五-五八一七
業務〇三-五三九五-三六一五

本文データ制作—講談社デジタル製作

印刷所—豊国印刷株式会社　製本所—株式会社若林製本工場

ISBN978-4-06-299116-2